尊重故事结尾　不拖不欠

　　每个故事都有开头，不管这个故事该不该开始；每个故事都有结尾，不管它结束得突然还是拖沓。

　　有些故事，结束了也就结束了；而有些故事，可能它占据了人生的某个阶段或历程，特殊到具有了某种别样的意义，故事结束，应该或值得把它梳理总结、封存告别，以真正"往事不再回首，不问谁亏谁欠"！

　　　　　　　　　——写于本书开始写作日 2020 年 1 月 2 日

时间不语

亦又 著

团结出版社
UNITY PRESS

图书在版编目（CIP）数据

时间不语 / 亦又著 . -- 北京：团结出版社，

2020.7

ISBN 978-7-5126-8017-3

Ⅰ.①时… Ⅱ.①亦… Ⅲ.①长篇小说—中国—当代

Ⅳ.① I247.5

中国版本图书馆 CIP 数据核字 (2020) 第 109455 号

出　版：团结出版社

　　　　（北京市东城区东皇城根南街 84 号　邮编：100006）

电　话：（010）65228880　65244790

网　址：http://www.tjpress.com

E-mail：zb65244790@vip.163.com

经　销：全国新华书店

印　刷：河北盛世彩捷印刷有限公司

装　订：河北盛世彩捷印刷有限公司

开　本：170mm×240mm　16 开

印　张：16.25

字　数：251 千字

版　次：2020 年 7 月　第 1 版

印　次：2020 年 7 月　第 1 次印刷

书　号：978-7-5126-8017-3

定　价：48.00 元

目 录
CONTENTS

目录

第一章　如果，没有如果

那是 2015 年 6 月 16 日的晚上，一个再平常普通不过的夜晚，吹着夏夜的风、顶着夏夜的星辰。要说它有什么不普通，那也只不过是白天的时候，我和异地相恋了六年的男朋友陈枫吵了一架。其实这也算普通，因为近两年来，这种情况时有发生，甚至说不上吵架，我们已经不吵了，因为吵不动了。加之他本就脾气好，也宠爱我，所以我们吵架的方式早就从我一个人闹脾气表达意见，变成了我也不说话，彼此安静无言，没有热暴力，也没有冷暴力。

矛盾的原因极其简单，他处于事业上升期，工作繁忙，我们约定的许多按例见面相聚总是被取消，待在一起相互陪伴的时间越来越少。这样长期以来给我们的感情所带来的负面影响，又岂像它的原因和表象那样简单。

当天也是，他在电话里道歉，惶恐地哄着我，告知我原定于那个周末一起出行游玩的计划又要因为他临时出差参加会议而泡汤了，而我也只是很惯常地回答了声"好"。这种不满、失望、失落、无力异议和计较的感觉早已在我心里渐渐漠然。

那天饭后的傍晚，就如许许多多个"吵了架"的傍晚一样，我窝在沙发上翻书，消化着心里的那点儿负面情绪。可能唯一不同的就是，每吵一次架，我都会去用心思考这段关系是否还该继续，可能那天，这种心思更甚吧。

突然，手机冷不丁一响，一看是条微信："在干吗？"是卢昇发来的。
我心想："怎么又发来了？不是好久没发了吗？！"

　　说实话，卢昇这个比我小四岁的男人，在我的心里留有好印象。我们两家单位业务上有来往，第一次见他，大概是两年前的某一天，在我们单位办公室楼道的转角。他拐弯，我刚好出门，扭头远远瞥了一眼的工夫，就令我印象深刻——这个男人算是帅气，是我年轻时候曾喜欢的那种类型，和现任、前任、前前任的当年是同一种类别，也许这就是我命定的类别。我能记住这一眼，我相信是眼缘，但谈不上刻意，当时根本没有再多看他一眼，我们就往各自的方向走了，连对视和擦身而过都没有。我只记得，他进了我们主任的办公室。

　　之后不多的接触，都是他过来办业务，而当时主要对接他的办事人员就是我或者我的搭档，次数不多，印象里一个月也就一两次。

　　我们交谈不多，顶多就是办理业务的话语之外，再多几句寒暄。这个在我眼中是个孩子的男人（他有个同岁的发小也在我们部门工作，是一个真把我当姐姐的小孩，他俩都叫我杉姐），话不多，但算得上热情礼貌，偶尔也会拍拍我这个大姐姐的马屁，说些"杉姐怎么能这么漂亮啊""你有见过比你气质更好的女人吗"之类好听的话。因为不见他对别人说，甚至跟别人连招呼都不打，所以我也不觉得他是油嘴滑舌、油腔滑调。我也会回应"我这是天生丽质，小孩眼力真好""别拿甜言蜜语来收买姐姐啊，姐姐这把年纪了，吃过的糖可不少"之类的玩笑话。每次和他的短暂接触，都感觉很欢乐，笑语盈盈的。

　　后来，我慢慢觉得他有些言语和表现开始有点变味，带了点撩拨挑逗的意思，如"今天怎么打扮得这么隆重，是知道我要来吗""领子也太低了，让我如何把持""裙子敢不敢再短点，我看见不该看见的了"……但我也觉得无伤大雅，还在分寸之内，倒也没有感到大惊小怪，也没有过度理解、自作多情地夸大和定义什么。认为不过就是年轻男人的调皮作态罢了，人家要真有什么想法，干吗不去找那大把的年轻女孩，跟我们这种老女人费什么劲。也许在他的观念里，这就是连搭讪都算不上的正常交流而已，说不上轻佻，自己也不用矫情矜持。况且哪怕他是个不安分的主，是个表面稚嫩实则资深的玩家，那又与我何干？更何况我们还有着业务上的来往关系，需要保持社交交情，所以更没有必要太过计较和在意。因此我有时也配合式地大方回应："那你不会是因为要过来，所以专门打扮得这么帅吧！"而且因为我本来也是个喜欢以牙还牙、爱捉弄别人的人，甚至也会同样调皮地回应，"把持不住又能怎样""这裙子明明长到啥也看不见，你确定你看见啦？那就是只有你看见了，保密哦！"……

他有一次趁我不备，猛然跳到我身后，揪了下我的头发，我还故意作调教状："姐姐语重心长地跟你说，如果你对一个女人有什么想法，你这种招数已经过时烂大街了，毫无新意，连韩剧里都不用了。如果对方年长一些，你也不必走这种复古的路数；如果对方还年轻，那就时尚些，路子野一点。"

他听完打量着我，咂舌叹道："遇见对手了，不好对付，难度系数超五星。"

我又故意补道："如果你不是老手装新手，那其实还蛮可爱的；如果你真实就这水准，那就有得打磨了，这些花样，太不老练了。"

我还加以一副摇头嘲笑的样子，让他极为佩服和无奈，比出了甘拜下风的姿势。

他曾问我："是什么样的男人驾驭了你？"

我说："一个好男人！"

他说："我对这个男人特好奇。"

我打击他："别，他对男人不感兴趣。"

仔细回想，我们似乎有一段时间，是在这种"过招"中变得熟络起来的。谈不上暧昧，起码对于我来说，我没有这种意图和感受，只是要要嘴皮子而已。

不记得是在熟络之前加的微信，还是熟络之后。因为基于这个年龄段的成熟和趋于安稳，加之对爱情的忠贞，以及对异地恋守护中尽量避免的误解，我一般是不加男性微信的，除非因工作或其他正事的需要。我和他在一起后，这个他也是知道并见证了的。如果是在熟络之前加的，那就更说明当时他对我来说是不会得到我的关注的，我甚至都没有问过、没有通过微信朋友圈了解过，二十四五岁的他是否已经结婚或有无女朋友。

直到有一天，当我在专注忙碌的工作中突然一回头，发现他就站在我办公室的门口定定地看着我，之前我没有觉察到任何动静。我有点惊讶，还没来及问他是不是过来办理业务，他就说："我是专门来看你的。"为了化解尴尬，我也故意大大咧咧地回答："是要麻烦我做一个多大工作量的活，没必要这么铺垫，直说。"那天，我专门去翻了他的微信朋友圈（不要怀疑一个女人对男人神态的判断，尤其当这个女人已经二十八九岁，有情史、有阅历、见过爱情的世面、不乏人追、不缺脑用。对方那样的眼神所释放的信息，已然不同。尽管我不会小题大做，但也不会误读）。在那个朋友圈还没有"几天可见"设置的年代，他所有发布过的动态，都一览无余。很快，我发现他是有女朋友的，而且看上去两人还很甜蜜。于是我放心了，但也多了个心眼。

这之后的某一天，他过来找他的发小。不知他是早已在那里，还是碰巧遇上，走出办公室的我和他迎面相撞。他一把把我按在门口的墙壁上，对——就是那种影视或文学作品桥段里的"壁咚"。因为事出突然，我和他在那一霎四目相对，但没有电影桥段里接下来会出现的其他任何动作。我没有心生涟漪，毕竟这样的情调，我早些年就感受过，不乏体验，现在也没有那方面的需求。心里知道他有女朋友，可他却还做这样的举动，我因此也有所抵触和反感。我好像对他说了"哎，这样调戏姐姐，不怕姐姐告诉你女朋友"之类的带点批评和提醒的话语，然后连忙从他的手臂下钻了出来。

不是说我是多么循规蹈矩的乖乖女，固守善男信女的教条，但对于爱情，我有我的信仰——忠贞纯洁、一心一意。并且我自认为，和我相恋过的男朋友也都是这样。我能理解世上所有的花心，但我自己接受不了。我的爱人，就只能是一人心、一心人、心无旁骛的。对于这样自己有女人，还去勾搭撩拨别的女人的男人，我可以理解，但不认同、不喜欢，甚至不屑。

自那以后，不知是不需要再办理业务了，还是许多往来业务可以线上办理了，我很久没有再见过他，我们也没有了任何联系，直到我都快忘记这个人的存在了。

突然有一天，他发来信息问："杉姐，你真的有男朋友，是吗？不会分手的那种！"

他的询问很突兀，我也斩钉截铁、没有多想地回答："是啊！怎么啦？"我对他发来的这条信息感到莫名其妙。他回："没怎么，就是问问。还有，我要结婚了。记得过来参加啊，到时给你发请柬！"

"哇，好啊，恭喜啊！"我这样的回答不是客套，也不是故作姿态，是自然的情感表露。当时我在闺蜜季静家，我还玩笑着跟她抱怨："现在怎么稍微有点交情的人，办个婚礼都要请做客啊！唉，又得随份子钱！"在后来我和他的关系开始后，季静还提起过我的这番言论。

忘记是在他请客之前还是之后，我好像还评论了他发的婚纱照的朋友圈状态，大概也是什么"男帅女美，佳偶天成真相配，有福气"之类的祝福话，具体不记得了。

到了那一天，我真的去做客了，很正常不过的那种。业务单位的人，总是要保持人情礼仪。在婚礼现场，我道了喜，还跟他夸赞了新娘子。不过，我只挂了礼金就走了，没有吃饭，因为陈枫还等着带我去兜风，他难得有一整个周末的时间陪我出去玩。记得那一天，我心情极好，还抓了两颗喜糖给陈枫，把他的虫牙病给惹了出来。

接下来我们的见面就少之又少了，几乎也不怎么联系。可不知从什么时候开始，他又偶尔给我发微信问"睡了没？""明天请你吃饭如何？""昨天的球赛看了吗？""要不要一起看球赛"之类的。大多信息是在晚上发来的，让我开始介察。一个已婚男人，总是晚上给我发来信息，不管他的出发点是基于普通的交情、友情或是其他，我都一律不回复，或是予以拒绝，避免引起误会，造成不必要的麻烦。甚至有几次，我还奇怪地反问他，"大晚上的，给别人发信息，媳妇不管吗？"印象里，他没有回答过这个问题，我也没有再追问。

就这样，时间来到了 2015 年 6 月 16 日的晚上。他冷不丁发来的那条微信消息，按照以往的习惯，我肯定是不予回复的。但那天，说命运也不怪命运，赖给命运像托词，但是命运之手就是没有遵照常理。不知是那天我恰巧心中有难消的憋闷想要恶作剧发泄，还是"很坏一面"的那个我跳了出来，怀着对陈枫的怨恨和报复（准确地说，只是这两个词意千分之几的程度），又或者是喜欢捉弄不怀好意的人的心思在作祟，我鬼使神差地回复了句"在想你"，但很快我就补了句"开玩笑的"。他回过来："出来聊下呗。"我不记得我有没有经过考虑，反正我回了句"好"，我觉得也不会发生什么，就出发了。知道他没有车，我还问他在哪，去接他。

接到卢昇后（以下这些我之所以记得，不只是因为记忆，还因为当晚我又重拾了偶尔写日记的习惯），我问他去哪，他说随便，我说我也不知道，他说找个地方坐坐，我问："去酒吧？还是慢摇吧？"在我看来，像这种风格的小年轻，应该是喜欢出入这些场所的。何况自己很年轻的时候，也曾活跃调皮过，也喜欢去这些地方蹦跶。只是忘了从什么时候开始，老了，不再活泼明朗，经年许久，在家安分守己，没再去过。

然而他却直接反对："不，太吵，不喜欢，找个安静的地方待会儿吧。"此话一出，我心里基本上已经下意识暗自定论："渣男，不怀好意，肯定是图谋不轨，这么套路老娘，嫩了点儿吧。接下来肯定要说去酒店了，看老娘怎么替天行道治理你。"可此时，他却提议："你不是喜欢海吗？我带你去看海！其实就是个湖，而且是人工的！"出乎我的意料，我心想，他怎么知道我喜欢海？！然后，我们来到了一个叫容济海的人工湖公园。

因为新建不久，加之夜晚，四下无人，只有我们俩，很是安静。我把车朝向湖心停下来，那里还没有安装路灯，只有星辰月光以及它们洒在湖面上反射起的夜光。坐在车里，望向湖面，突然感觉好舒服。许久我才发现，我们两个人居然都没有说话，却也没觉得尴尬、不自在。

"这地方我只听说过，没来过。"良久，我对他说。

他说："我心情不好的时候，经常来这儿散心，离我家近。"

我看了看他，问："那这是心情不好咯？"

"也不至于。"他黯然道。我还想继续追问，他却反问我："你呢？"

我苦笑了一下："我已经很久没有好心情了。"说出这话的时候，我也讶异，自己已经很久没有和别人诉说这番心事了，哪怕是跟自己最好的朋友也没有提及，谁知当时怎么就脱口而出，对他说出了这句大实话。也许是因为环境，那般静谧安然；也许是因为他，对我来说，他还不算熟人。

"为什么？和男朋友闹别扭啦？"他问。

我笑中带有几分怅然："哈哈，有别扭闹那还好咯。"

"不是很相爱的吗？"

"是啊，不相爱能在一起六年啊？！（这话，我像是随口坚定地说给他的，也像是自问自答地说给自己的）——你怎么知道？我很少跟别人讲，也很少发朋友圈。"

"我问过啊。见到你之后，我跟别人打听过你，人家说你有很相爱的男朋友。"

"是吗？我都不知道。"

"你肯定也不知道我什么时候第一次见到你，反正你没看见我。"

"难道不是我第一次见你的时候吗？"

"我不知道你第一次见我是什么时候，反正我第一次见你的时候，你没看见我，你在办公室里和同事聊天，笑得特开心、特灿烂。"

顿时，我脑中不由想：我是很久没接触男人了吗？有多久没有男人这样说我的笑容，或者关注到我的笑容了！陈枫，他如今除了关注他的公司、他的事业，他可曾注意得到我的笑容……

"想什么呢？被夸呆了？"卢昇打断我。我调整了下心绪，却调整不过失落，又不得不显得正常地说："那就起码是两年前了，这两年，都快不会笑了。"

"开心点，我记得你发过一个朋友圈，叫'保持嘴角上扬'。"

"哎，你还挺关注我的！"我问道。

他说"那是。"我没继续接这个话题，只说："可是等你到了我这个年纪，你就会发现，很多自己立起来的flag，就像自欺欺人的玩意，连勉强自勉自励都力不从心。"

"你是觉得我很小吗？"他有点不开心地问道。

"当然，年轻就是好啊，我现在巴不得是你这个年纪，起码我妈催婚还不会到丧心病狂的地步。"我答。

"有妈催，真幸福。"他说了句。我立马鄙视回去："哎，别来幸灾乐祸，你倒是早早结掉了，家长肯定就不烦你了，你哪知道我们这种苦楚啊。"

他接道："我妈在我初中的时候就病逝了，我倒是想让她烦我，可她烦不了啊。"

我一听，感觉自己说错了话，立马道歉："对不起啊，我不知道。"

"没事，好久了，都过去了。"他停了停，像是在吞咽某种消散已久却从未真正消散过的悲伤，"我妈过世后，我爸就出去做生意了，没人管我，我就自己管自己。"他强调道："真的，自己管自己，做什么都是自己一个人，真的是自己长大的，你能想象吗？"

我没接上话，他继续说："一年前我爸回来了，因为他生病了，到现在，治不好了——所以，所以我快成孤儿了，真正意义上的孤儿！"

我好像记得在朋友圈看到过他陪他爸去省城看病的消息，但因为没问过，所以没想到是这样的情况。我正要接话问，他却补充道："嗯——就这样，就是这样。"好轻描淡写的一句"就这样，就是这样"，却不知怎么，听得我心里怪难受的。人啊，有时总会推己及人、推人及己。我的父母身体健康，而且一直对我照顾有加，我从小在蜜罐中被宠溺着长大，而他却……这样类似的悲惨故事在现实和文学作品中不是没有听过见过，可当它就这么近地呈现在自己耳边眼前时，哪能不更共情更感怀。而且，还发生在这么一个看似阳光的人身上是更为惊愕的。

我安慰道："你别悲观，现在医学这么发达，到处看看，好好医治，应该是有办法的。"

"都看了，这一年多跑了多少地方，都没法了，治不了，绝症。医院都不收他了，在家自己做透析，不过是拖延时间罢了。并发症发作或实在难受的时候才去医院。可治标不治本，好一点了，人家就让出院。"

"尿毒症？"我问道。

"嗯。"他有气无力地回答。

因为家里有认识的人得过这个病，所以一听透析，我就知道是这个病，也知道这个病到后期有多无望，除非换肾。我不敢有更多交流，只是又问道："那都是你在照顾？"

"除了我，还有谁！"

于是我赶紧关切道："那我们早点走吧，你是不是还要回去照顾你爸？你不在，你媳妇一个人能照顾得过来吗？"

"她不在，她回娘家住去了。"他说得很平淡。

我心想，不管是正常地回娘家住，还是两口子闹别扭，抑或是他爸病着，不方便，反正都是人家的家事，我不喜欢窥探别人的隐私，所以没问原因，也没接话。

他叹了口气："再待会，今晚就让我多放松一会吧，我累了。"

我这才转头，好好地看了看这个男人。他坐在副驾驶座上，头往后靠着，整个身体窝着；和平时光鲜的模样不同，虽然依旧俊朗，却疲惫不堪，甚至透过不明显的光线都能看到那明显憔悴的面容。他也转头看向我，我也不知道我们在对视什么，但都没有移开视线。突然，忘了是谁先开始的，日记里也没有写，反正从一开始就记不清了，我们的唇吻到了一起，没有止于吻，没有止于抚摸，直至身体交融缠绵在一起。

说不清我们到底是在怎样一种冲动、欲望、需求或满足下，完成了那一次纠缠。当一切结束，我既蒙，又觉清醒。我们像这个年纪的成年人办事一样，没有多少不自然，得体地收拾好自己。不记得有没有说话，我只记得他还是很温柔：帮我拉裙子、套鞋子、整理头发。我只是说："不用，随便弄一下就行。"我们离开的时候，我看了一眼仪表盘，当时是十二点多，我们到那的时候是九点半，我们在那待了将近三个小时。

我把他送到他家小区门口，彼此正常地道了声"再见"，到家后也没有再联系。我洗完澡接到陈枫的晚安电话，心里无比自责，于是写了一篇类似忏悔录的日记。

第二天，我去把车洗了，并特意叮嘱人家是精洗，要把车里洗干净。

我是橡胶过敏体质，不能使用橡胶类安全套。那晚，事出突然且急切，我们并没有采取任何安全措施。事后回想，和一个并不了解的人做了这种事，我心里莫名有些后怕。于是到了医院做了检查，确认了没事我才安下心来。

日子照常继续，我们没有再见面、再联系，我也没有再去想这件事和这个人。那阵儿他怎样生活我也不清楚，但我认为应该和我一样。那几天，我还不时看见他在朋友圈发媳妇的照片，我心想：应该没事了，就当个意外，过了，知错就改了吧！

大概过了一星期，有一天，下午快下班的时候，他发来信息："晚上请你吃饭？有空吗？"

这次和上次不同，我思考、犹豫，迟疑了好久才回复，可我回复的依然是"好的"。事到如今，我都后悔这个选择，如果没有这第二次，也许一切就打住了。可是世上最遗憾的，就是没有如果、没有后悔药、没有改变得了的当初。

不知是有意还是无意，吃饭的地方是我选的，选了个离我家很远的地方，可吃完饭，我们却去了我家。也不记得是谁提的建议，可能潜意识里，我都选择遗忘了前几次发生的这些错事。而且这次，我们回家后，他走过场似地随便参观了一下我家，我们就直奔主题了。也许当时我还尚存是非与良心的观念，当他抱起我往卧室走廊走去的时候，我下意识地指向客房，没有让他去主卧。

事后，我们靠在床上，还有些尴尬。我故意问他："我是你约的第几个女人？"他说："第三十个和第一个，你认为是哪个？"我没有正面回答，反问他："那我说我是第一次约，你信吗？你肯定不信！"

"我信。"他看着我的眼睛，斩钉截铁道。对于他的答案和态度，我感到有些意外，但没有再说什么。很快，他就走了，他走的时候我没有起身去送。他走后我沉思了很久，没有哭，但流泪了。这次他到家后，给我发了个信息："到家了。"我回复："好的，晚安。"他也只回复："晚安。"

之后我们还有过几次，可算不上频繁，也算不上偶尔。说实话，我们在这方面很合拍，激情、贪婪、欢愉。我们沦陷其中，着了迷，上了瘾。我们似乎有个默契的共识——只想有身体的交流，不想有其他方面的交流。这是我们之间一种不曾说出口的默契。只有一次，我好奇地问了他，为什么他的脖子上一直戴着这条银项链，我觉得这种痞气有点不符合我的审美。他说那是他妈妈留给他的遗物，我自然就懂了。

我认为这种尺度把握是对的，我只想把我们的关系划定在纯肉体交集的层面上。

他在我七月生日的时候，送了我一本当年很火的秘密花园手绘画册，我不想欠这份人情。于是九月快到他生日的时候，我特意让他自己挑选了一份礼物还他——一辆汽车模型。我当时的心态就是，不要有什么情意恩惠和物质亏欠，以免纠缠不清。

第二章　不是所有的"来"，都该"来亦来"

后来，陈枫虽然忙得没有时间陪我，却很有心地为我安排了一次北京之旅。我去北京找了我最好的闺蜜玩了一趟。但我觉得特别对不起陈枫。因为我从北京中途折到省城办事时，卢昇刚好也到省城出差，禁不起他的诱惑，也怪我没有自制力，一个巴掌拍不响，我俩一块儿在省城待了一天。回来后，我下定决心，要理性克制。虽然他还是会过几天就约我，但我都用各种借口搪塞了，"我来大姨妈了""我不舒服""我有事和朋友在一起""有闺蜜要来我家住""要加班""我不方便"……我想，他不是被骗了，只是也识趣，并不拆穿我，既不撕破脸，也不死缠滥打，总是体面地回复："好吧。"

我努力调试心态，想让一切回到正轨，在陈枫面前抑制着愧疚感。只是和陈枫在一起的时候，性爱这件事，我接受不了了。既不想，也抗拒排斥，所以都拒绝了，他每次也都尊重我。我想，这和我在爱情里有高度洁癖（甚至可以说极致），追求身体和灵魂的干净、统一有关，而并不代表我心里面有了卢昇。

一段时间后，我从一个也认识他的女同事口中得知，她在超市遇见了卢昇和他的媳妇，他媳妇怀孕了，肚子都老大了。我当时有点不爽，但也谈不上被耍、被欺骗。我没问过，人家也没说，都谈不上隐瞒；就算是隐瞒，那本身就是约几次，有交代背景和原因的义务吗？只不过，他在媳妇孕期，在得不到基本的生理满足时而来和我做这件事，让我觉得低级、恶俗、肮脏，也更觉他的不负责和大胆。于是，他在我心里的印象降至了最低点。我不想以我最细腻的观察和感受所获得的那些所谓的了解，去为他开脱、辩驳。我也谈不上什么不值，因为根本也没有去追求什么值得。

于是，在接下来国庆节假期我和陈枫的出游时，我特意罕见地发朋友圈秀了恩爱。发之前我也想过有没有必要做这种幼稚的事。答案是，必要、需要！这既是让我自己回到正轨，也是对他的一个告知和答复。我还把当时陈枫在海边给我拍的一张露背装背影照设置成了微信头像和手机屏保，以此来提醒自己，也提醒别人。

可果不其然，在假期结束我回到氆江的当晚，卢昇就找了个没有技术含量、一眼就能识破的"询问某个工作业务"的借口，打来电话，问我玩得如何、说照片很美之类的，甚至还直白地问陈枫是回了梵城，还是跟我来了氆江。我清晰地记得，当时他的声音支支吾吾、没有底气的，这也是后来他跟我讲他不会撒谎，而我信以为真的原因。我觉得一个会撒谎的人在表达非真实的事件和意图时，不会那么不镇定。当时我故意顾左右而言他，回答他我在追《琅琊榜》，挺好看的，推荐他也看。他似乎也体会到了我的冷漠和敷衍，问我是不是生气了、为什么生气。我冷冷地回答："没有。"挂了电话还骂了他一句"贱！"

而后他的非正常联系，我都只给予"闭门羹"；正常的联系，就只是工作而已。

时光很快来到2016年1月，他家小朋友出生了，是个男孩。看见他发的朋友圈，我犹豫了一下，还是接着几个共同认识的好友的评论（几乎都是我们单位的同事），也评论了"恭喜"。那个时候，在我看来，一切都已过去，大家维持正常的工作关系就行了。而一个月后，他居然发来信息，请我吃孩子的满月酒。我真的无语了，我不知道这个人是怎么想的、是一种什么样心态。我忍无可忍直接回复："你不觉得尴尬吗？你觉得合适吗？"他倒还莫名和无辜起来："啊？我只是不想因为有什么事没有告知你，而让你多想和生气。"

我当时简直想扔手榴弹，我想，这人到底是真简单还是真复杂？到底是白痴傻蛋还是精明鬼？我差点就脱口大骂：你就缺我这一份份子钱啊？

真是无语佩服至极。好吧，我就当破个财，又不缺这点钱。到了那天，我去了，不去显得我小气，或者心里有鬼。我还约了他的那个发小——我的同事一起去。我大方地包了个不算小的红包给他（就是那种普通交情不会包的数量），他见到我的时候，表情和行动都很不自然，我心里默默鄙夷：奇葩！他忙着招呼客人，我没和他说话，吃完饭就走了。

第二天，他来家里找我，当时我没看猫眼，开了门才发现是他。一进门他就对我说："昨天看见你我有点意外，我以为你不会来了。"

"你都请了，那我只能去啦。"我气道。

"我后来想了，好像是不合适，但看见你我挺高兴的。"他解释。

"为什么？"我问。

"因为我想你啦！"他认真地说。

"别，都当爹的人了，请自重！——再说了，我们可不是想的关系，你老人家一时兴起，为了一时之需，过了就过了，玩嘛，谁还玩不起了？！"我呛道。

"我没玩，我玩就不会找你了。"他辩道。

"哎哟，你的意思是，人还多着呢！"我讽刺。

"冷杉，你不要误会我好不好，我是真的想你，我喜欢你。"他慌乱着急。

"呵呵，想？哪种想？想来一发的那种想？！喜欢？你是个已婚男人，对了，还是当了爹的男人，说喜欢别的女人，像话吗？靠谱吗？你有这个资格吗？你媳妇答应吗？"我怒道。

"你别说气话了好吗？你知道的，我口才不好，我不会说话，不善于表达……"他求道。

"不不不，别谦虚，我倒觉得你挺会花言巧语的。"我打断他，接着说，"还有，喜欢？喜欢我？那她呢？什么？爱？你爱她？"

"不，我不爱她（他说"爱"这个字的时候很别扭、很生疏，结巴了一下，像是挤出来的），我不会说爱，我从来没说过这个字，对任何人，对她就更是连喜欢都没有说过，你相信我。"他语气焦急。

"我为什么要信你？我信你有什么用？"我像是要把所有不满和愤怒都释放出来。

"我认识你的时候已经有她了，我问过了，你也有男朋友，我跟你讲过的，我妈去世后我爸就走了，他去了柔平县，在那里相好了一个女的，那个女人离过婚，有个孩子，我爸就把那个男孩当作自己的孩子，照顾他，给他钱。我去找他，他跟我说他没钱。我一直靠我姑姑和舅妈接济，出去上大学后，我本来再也不想回来了，可我姑让我回来。好吧，回来工作后，想着终于可以靠自己好好生活了，可我爸查出病来了，那个女人就不要他了，多一天都不愿意收留他，我只能去把他接回来。可是，哪知他欠了很多债，人家天天来要债，还要到我单位去了。没办法，在法院强制执行前，只能赶紧把老房子卖了还债，剩下的那点钱也不够再买个房子，我就只能让他借宿在我姑姑家，我就在几个朋友家轮流借住。可是他毕竟是个病人，时间长了谁受得了，我姑家也不方便了，我只能想办法买房子安置他。我咨询了银行办理房贷的人，人家说只要结婚了，两个人一起办理贷款就能多贷点，可以凑个首付。于是，我拿上户口本，叫上她，就去把证领了。"他结结巴巴却不带多余喘息地讲完了，心急地看着我。

我说："你跟我讲这些干吗？跟我有什么关系？"

"我从来没跟别人讲过，这些东西都是我心里的伤痛，只有你见过这些伤口。"

他表情很难受，我一时心疼又心软，可我依然不解和生气："那孩子呢？孩子又是谁逼你生的？这个别人帮不了你吧？"

"孩子也不是我想要的，是她家人和我姑姑给的压力，一直催；她也说先试试，很多人怀很久都怀不上，哪知道一次就怀上了……"

"行了，我不想听，你总是有理的，你总是被动的。"我严词打断他。

"真的，检查出怀孕后，她特别高兴，可我是一点都高兴不起来，她也看出来了，我还让她去把孩子打掉，她为此生了我好久的气。"

"废话，哪有一个做老公的，让自己的老婆去把自己的孩子打掉？！"我义愤道。

"可是，那时我实在没有精力去迎接一个孩子，经济上也难以负担。我爸看病花了很多钱，我也借了很多钱，他没有收入，我的工资还了房贷，连养活我俩都勉为其难，哪还有能力去承担一个孩子的费用！而且，我也还不想要孩子。"他解释。

"行了，我不想听这些，这是你家的家事。"我强硬叱令。他没再说话，过了一会，我漠然地说："你说完了吗？说完赶紧回家带娃去吧！"他深吸一口气，走了。

过后的某一天，我看见他发了个朋友圈，文字大概是"又走"，图片是去省城的高速路收费站。我当时想：难道他爸爸又病重了？又要去省城医院治疗？之前我已经在朋友圈看过几次，但我都没有过问，这次亦然，虽然心里有些担忧。

几天后的一个清晨，我起床看手机，发现他在凌晨一点多给我打过两个电话，可我不知是睡得熟还是手机放得远，根本没听到。我想忽略而过，可是后来刷朋友圈的时候，看到他半夜发了一条大概是什么"老天爷，你是要玩死我才甘心吗？"之类的，配图也很诡异恐怖，具体是什么记不得了。我第一反应是，是不是他爸出什么事了？我没有犹豫，立马给他拨了电话，刚一接通，我就赶紧询问："是发生什么了吗？刚刚看到你朋友圈。昨晚我可能睡得太熟了，没听到电话。"他顿了顿，问我方便吗，方便的话想跟我借点钱，他爸病重住院了。我想都没想，因为在我看来，治病救人是世界头等大事，尤其是自己至亲的人。我问他需要多少，他说根据我自己的情况定，我便想了下最常用的卡上的金额，问他两万可不可以。他说："可以，谢谢。"我还很急地跟他说我一会儿取了就给他送去，他说中午找我拿，顺便一起吃个饭，我说好。

吃饭的时候，我见到他憔悴不堪的样子，还是有些难受。我想，关乎金钱，是男人的自尊。从小，我没有过过缺钱的日子，如果我需要用钱，跟家里人说一声就行了。哪怕现在三十了，我也还没有为了钱去低头跟别人开口，所以我更加觉得他不容易。于是，我故意很随意地把钱放在了他的包上。他说实在是没有地方可借了，能借的都借过了，不好意思再借，不是万不得已也不会跟我开口，昨晚实在是情急，才给我打的电话。我说没事。他说等过一段时间有了钱就还我。我说不急，我不急着用。

饭后他去了医院，我去上班，到了单位停车场，我却迟迟没有下车，坐在车上，我想了又想，输入又删除、删除又输入地给他发了个信息，内容大概是：其他事我帮不上你，但经济方面，适量的我可以。如果再有需要，不用再去跟别人低头开口，直接跟我说。不用为难，没有别的意思，你不要多想。不知道我这样说恰不恰当，但我是真心真意的，毕竟朋友一场。

一开始他没有回我，不知道是在医院忙着，还是不好意思回复、不知道怎么回复，以至于我有些后悔，好几次想把它撤回，可又觉得那样更奇怪、更不妥当。过了好几个小时，他才回复："我都不知道说什么好，谢谢。"

我没再接着回复。

第三章　一开始很简单，只是想帮你渡过这个难关

那几天，卢昇会时不时地给我发信息、打电话，讲讲他爸的情况、工作的情况、身边的见闻什么的。

他跟我讲过，有些药具是医院帮忙进的，每过一段时间就要集中去拉一次，一箱一箱地从药房搬到车上，拉回小区，再搬上楼。看见他朋友圈发"为了拉药，跟朋友借了辆破旧的面包车，一趟一趟地往医院跑"，我也会评论"加油，辛苦了""一切都会好起来的"之类的话给他鼓劲。

这种感情说不上是恻隐之心，不只是同情可怜，也有欣赏敬佩。一个比我小四岁，26岁的男人，却经历了很多同龄人不曾经历的苦难，尝过那么多我不曾尝过、也许也不会尝到的辛酸，所有事都是他自己在操持担当，他在我眼里是个大男人了，一个独立能干的大男人。尽管在结婚、生子这两件事上，如若他所言属实，我觉得他不够成熟、很是草率。换作是我，我会更慎重、更有主见。可是，我又怎能去要求处于这样遭遇里的他，凡事都周详思虑，处理得尽善尽美呢？更何况，男人天生就比女人成熟得晚的。

看着他每天奔忙于单位、家、岳母家、医院这四个分别位于东、南、西、北四个方向的地点之间，想到他没有车，光凭走的话，可能会太累，也赶不及；打车的话，估计他也没有长期承担的经济能力，便想着要不要把自己的车借给他，毕竟我每天也就是家和单位两点一线，而且家离单位很近，步行慢走也就二十分钟。当时的念头只是想像帮助朋友一样帮他，但也怕他理解有所偏差，误解了我的意图，或者会伤他的自尊，所以也就没提。

但巧的是，我有这个想法的时候，他正好跟我开口了。他说，因为要送饭，时间来不及，问我是否方便把车借给他几天，等他爸出院了就还我。我很痛快地答应了，当天就把车开去他们单位门口，交给了他。他还担心我以后的出行，说如果他来得及的话，以后可以顺便接送我。我谦辞拒绝了，说让他忙他的就行了。为了让他没有心理负担，我还轻巧地说："我都懒出肥肉了，想走路或者骑车上下班了。我有一辆自行车，很多年前买的，当时信誓旦旦要绿色健康生活，可结果只要车在，还是会习惯依赖开车，所以这个计划一直被搁置。这回好了，终于可以实施了，多亏你帮我把车挪开了。要是我瘦了，还要谢谢你。"他似乎也懂我的心意，说："可是马上到五月了，太阳很晒，氤江的雨季也要到了。"我无所谓地说："没事，可以打伞、戴帽子嘛。再说了，我还可以打车呀，我都多久没坐过出租车了，它长啥样我都忘了。再不济，单位那么多有车的同事，我可以搭她们的车呀，跟我家一个方向的也有啊。"他这才同意，还说如果我有需要的话，随时呼他。他们单位和我们单位就在一个红绿灯路口的两边、一条马路的两侧，几步路的距离，他仍坚持把我送回单位门口，并在我下车时说了句："谢谢，辛苦你了。"我对他笑了笑。

第二天，我开心地去把放在楼下多年、崭新却落满了灰尘的自行车翻了出来，清洗干净，骑着它上班去了。我还挺享受的，虽然蹬得有点累，但新鲜、好玩，心情特好。

他每天上班时会问我"到单位没？""骑车还是走路？"；下班时也会问"回家了没"。有一天下班，我骑着骑着，突然暴雨降临，我坚持继续骑回了家，到家时已被淋成"落汤鸡"。正当我冲着热水澡的时候，他打来电话，着急地问："回家了吗？还是还在单位？我在医院，一会来接你送你回去！"我说我已经到家了，他问是否淋了雨，我说是，但就淋了一点。他居然用了"心疼"这个词来回应，说担心我感冒。我说："放心吧，我身体好着呢。"

他没有挂电话，问我上班忙不忙，我说不忙，习惯了。他说来我们这边时，经常看见我在敲字。我说那是闲暇时开小差，写些自己喜欢的小东西，挣点稿费，赚点外快。他说看见我家一书房的书，就知道我肯定是学霸，我说谈不上，"读书不忘玩，也不落下谈恋爱"是我一贯的作风。他笑了。他说我是个宝藏女孩，感觉认识不完、挖掘不完；说我像本书，怎么翻都好看。我说我希望不是本长篇，因为读着累；也不要是中短篇，感觉浅，不过瘾。我想是诗歌、是散文，能读懂多少，因人而异。他玩笑着说学渣分不清这么多。他说一直想问我，可没有问，我怎么会来到靓江工作。我说人年少时都想往外走，感觉外面有自由的空气、未知的领域，没有父母的管束、熟悉的限制，可是距离远了我爸不同意、不放心。靓江和梵城是相邻的两个城市，车程也就三个小时，所以就来了。他问我就因为这样才和陈枫异地分开吗？我想了想说，因为当时我爸妈反对我和陈枫的交往，他们更希望我和之前的男朋友林臻结婚，所以我就出来躲清静。可天意弄人的是，当我爸妈同意我和陈枫的婚事时，我却不知道我们现在的状况是否还适合走进婚姻了。他问我，如果跟陈枫结婚，是不是就要回梵城去了。我说，我在靓江待习惯了，感觉走不掉了。陈枫把那边的公司打理清楚，就会过来这边发展新的事业。他问我想家吗？我说，准确地说，是想我父母的，但是这两年因为催婚的事，我和我妈关系很紧张，在一起就容易发生争执，所以想也不怎么回，规避矛盾。但其实我心里对他们还是很愧疚的——独生女，既不在身边侍奉，也没有满足他们最普通的愿望。

说到这儿，我想起他爸，连忙问："怎么一直在说我，你那边呢？你爸爸怎么样了？"

"好多了，就是脾气大得很，经常说我不管他，不想让他活久一点。"他叹道。

"哎呀，病人嘛，都会情绪不好，尤其还是老人，你不要计较，只是气话，不是真心话。"我开解。

"是真心话也没事，我早就习惯了他的各种无理取闹。人家都说子女是父母上辈子的债，我觉得在我这儿是反的，他才是我几辈子的债，该还的吧。"他只是心平气和地说，我甚至听不出委屈。

我开导道："可能人老了，就是会返老还童，变回小孩的样子，那自然不讲道理了。"

"变成小孩还好了，小孩不懂道理，但不会做违逆常理的事。他倒好，到处告我状、说我坏话，亲戚倒是知道实情，邻居和医生护士不知道啊，在人家眼里，我被塑造成了一个什么样的形象，人家要么轻蔑地看我，要么教育我要孝顺，真的是常被议论纷纷、指指点点啊。"我正想慰藉，他又感叹道，"心累啊，真的心累。"这句倒听得出浓浓的愁了。我很心疼他，我想，世上真的有这样的父亲吗？亲生父亲啊，这世上的父亲不是都应该是我爸那样的吗？一切为了孩子，慈爱至极。我不想他再陷在这样的哀苦中，于是提到了他的孩子，因为在我看来，世上所有的孩子都是精灵，是能治愈父母一切苦楚的良药，是寄托，是希望。

"那你家小朋友呢？看到那么可爱的孩子的存在，是不是就什么都OK啦？"

"我基本顾不上他，但其实小孩烦得很——不过我希望他慢点长大、不要长大，不长大就没有烦恼了。我也不知道把他带到这个世上是对是错。"

这时，有护士叫他，我赶紧让他去忙，他说，铁定是他爸又在闹什么幺蛾子。

"我什么也帮不上你，感觉挺不是滋味的。"

"不，你帮我的已经够多了。要不是你，我都不知道这段时间我会是怎么过来的。"他感激道。

那天，我接电话的时候是匆匆从浴室出来的，头发凌乱潮湿，身上只裹着条浴巾站在卫生间里；而他站在医院的楼道里，我们就那样讲了近两个小时的电话。挂电话的时候，他表示不可思议，说这是他讲过最长的电话，他都不敢相信他能讲这么长时间的电话，而我却煞风景地说："以前我和陈枫还能讲一天的电话呢。"

那阵子，上班期间，他偶尔会发信息邀我到我们单位楼道的窗口，他站在他们单位楼道窗口，我们隔着马路遥遥见上一面；在电话中听到我咳嗽时，他会在家里煮冰糖梨水送到我们单位；有空的时候，他还接送我上下班。我觉得这样不合适，像是情侣之间的举动，而且怕被别人说三道四，所以没几次我就回绝了。

有一天，天气预报说会有雨，于是我没骑车，听着歌、走着路去上班。谁知半路上下起了瓢泼大雨，打着伞也没用，寸步难行，我只能躲在街边商铺的房檐下避雨。他打来电话问我在哪，我不想让他操心、来回折腾，也想避免与他同行，于是骗他说，已经在单位看雨、听雨了。他说那他就放心了，还笑称这符合我文艺的气质。听见他笑，我很开心，我还把前一天骑车转弯时做拨左转向灯手势的糗事说给他听，他哈哈大笑，说我居然还有这么"二"的一面，以后应该叫我"冷二妞"。

不久，他爸出院了，他说把车还给我，可我想着他依旧每天要不停地往返于北边的家和南边的单位之间，还要时不时去医院，所以就让他先用着，说自己已经习惯了骑车和步行，很舒服。他说，等他渡过这段时间就把车还我，我说好。

第四章　渐深情愫，却没想要结果

五月，单位体检时发现我身体有点毛病。和家里联系后，我请假回家，去找了知名老中医，抓药、调理。回家前，不知为什么，我专门跑去容济海看了看，待了待。卢昇也在我走之前跑来单位看了我，让我好好治病。

我回家后，他没有和我联系，而我更是从来都不主动联系他。我想，他应该认为，我回家后有陈枫在身边陪着，不便联系。也确实如此，陈枫再忙也还是会关心和紧张我的身体。可我时不时地会想起卢昇，想起近一年来，我和他说的一些话、做的一些事，但也只是想想，我不知道怎么定义我们现在的这种关系，但我相信，我们都会回到正轨，现在也都还在不太偏的轨道上。

我也趁机积极修复我和陈枫的关系，跟他多相处、多交流，但就是没有性爱。而卢昇呢，我觉得他似乎也很正常，发发关于孩子或一家三口的朋友圈。说实话，每当看见他朋友圈的时候，我心里不是不酸，但我觉得这样挺好，说明他还是个对家庭负责的男人。

成年人最需要的就是收得住，我庆幸于我们还没有失控，都还有度。

到了 5 月 20 日，那个因为谐音"我爱你"而被很多人视作情人节的日子，早上我收到了陈枫"520"和"1314"数额的红包，中午喝了我爸给我熬好的中药，下午正在为了晚上和陈枫共进晚餐而打扮的时候（其实也谈不上打扮，我是那种对自己审美很素很懒的人，连隐形眼镜都懒得戴，几乎只戴框架，化妆对我来说更麻烦，所以很少化），卢昇发来了"5.20"数额的红包。我没有惊讶，但也没有预料到。说实话，早晨起来时我有想过："他今天会和我联系吗？应该不会，他应该忙着向他老婆表白与祝福。对，我们都只能和应该在一起的人过这样的日子。"但是，他的红包我收了（这是我收过的最小的红包，但金额从来不是我关注的，我在乎的只是心意，从来如此，对陈枫也是），并说了谢谢。他说："回家后都没有音讯。"我说："你也没联系我啊，我以为你已经把我忘记了。"他发语音过来："怎么可能，从来没忘记，一刻也没忘过，时时都记着。"我把人家的答案招惹出来，自己却又不知怎么回复了，就那样，不了了之了。

过了几天，我回到了靛江，没跟卢昇说。一天晚上，他却自己找来了，说要不是在单位下面远远地看见我，都不知道我回来了。他问我的病好些了吗，我说没有大碍。他说我要好好的，要是有不舒服就跟他说，他带我去看医生。那天，我们没有性爱，只一起看了一场刚好在直播的足球赛，看完他就走了。他还问我怎么这么喜欢足球，很少有女孩子这么懂足球。我说因为陈枫以前是足球青少队的，踢得可好了，以前我很爱去看他比赛。他紧接着问我在家养病这段时间，我和陈枫是不是挺缠绵的，我没有说话。

6月1日，他也给我发了"6.10"数额的红包，红包封面写着"大龄儿童，节日快乐"，我回复"你就只能过父亲节了，我就只能祝你家小朋友节日快乐了。"然后，我看到他发的他家小朋友过第一个儿童节的朋友圈，本想给他点赞，但没有。

刚好那天，我之前请朋友拍的一组写真好了，朋友传来给我，我把几张照片发在了朋友圈，卢昇很快给我发来信息："冷二妞怎一个漂亮了得。"我回道："因为皱纹和斑点都被P掉了。"他回了捂脸和哭笑的表情。一直等到晚上睡觉前，陈枫都没有跟我提及任何关于我写真的事情，也没有任何关于儿童节的示意。估计，他压根儿就觉得儿童节跟我没有半毛钱关系。这可以理解，喜欢把生活过得有纪念感、仪式感，是我矫情的喜好，不怪他。可是写真，他也许压根儿连看都没有看到，更别说记得这件事了，哪怕我拍的时候兴奋地跟他讲过。于是我把朋友圈改成了——愿你出走半生，归来仍是少年少女，那是得有人，一直把你当作少年少女。

　　第三天，闺蜜季静专门打电话给我，她看见一个男的开着我的车，问我是谁。我没有像回应其他同事朋友那样打马虎眼说是个朋友，而是约她出来喝咖啡，跟她如实交代。我也没有完全坦白，只说是个"炮友"。我不知道我有没有挑战到一个已婚的妇女、3岁女孩的妈妈的价值观。只是，她坚决反对我继续这样的关系，这在情理之中，我毫不意外。她骂我是不是糊涂，跟陈枫相恋那么多年，他那么爱我，他才是最适合我的，我不应该跟一个已婚的小屁孩儿玩火。她说我那么聪明，怎么就被这个男人忽悠了。我没有过多地反驳，只跟她讲我打算跟陈枫分手了。季静教训我，怎么能为了这样一个人而舍弃要结婚的对象。我说我不是因为卢昇才要和陈枫分手的，我已经考虑很久了，卢昇只不过是碰巧出现的，就算没有他，我迟早也会做这个决定。季静说陈枫忽视了我，也是为了他的事业，为了我和他的将来，为了证明给我爸妈看，他能让我过上好日子，我不能因此而怪他。

　　我说我没有，这个初心我一直记得，这么些年来，我始终支持他，我没有轻易想过放手。只是时间和空间的距离，把我们拉远了，我不想要这样的爱情，我不想要这样的婚姻。而且，我现在做了对不起陈枫的事，我心里罪恶感满满，我做不到藏着这样的背叛还若无其事地与他生活，我没有这么好的心理素质，也没有这么恬不知耻。我想过要不要和他坦白，求他原谅，但是那样，我们还能回到以前吗？不，不可能再像过去那样纯洁了。季静说卢昇终究是导火索，可就算和陈枫分了手，和卢昇又能怎样，能在一起吗？毕竟他结婚了。我说我和陈枫分手不是因为选择了卢昇，我和卢昇没有未来，更没有要追求一个结果。我压根儿就没有去这样想过，我只是不想再游离于两个男人之间，我做不到。季静让我再冷静冷静，要深思熟虑。

　　之后的那个周末，陈枫过来陪我，我已经想好了要跟他坦白。可是我没想到，我刚开口，他说他早就知道了。我讶异于他知道了却从未提及，也没有对我有丝毫不好。但我也不奇怪，因为我不是那么能伪装的人，我还是太外露了，一切肯定都有迹可循。更何况，他和我在一起那么多年，他那么了解我。他说他没说是因为期待着我会改变、会回头，这样他会原谅我。虽然他很生气，也接受不了，但他反思过，这也是他的错，他太忙于事业而忽略了我，疏忽了对我的陪伴、关心和照顾，他也在不断反思自己，在试着改变。我听着他的话，心里很痛，我不敢面对他、不敢抬头看他，眼泪止不住地流……陈枫让我做个选择，要么和卢昇断了，从此不再联系；要么就随我，只能放弃他。我很心痛，说我们回不去了，一切都是我的错。陈枫听完就走了，我看见了他脸上的失望和悲伤，在他关上门的那一刻，我想去追，但我没有，我站在原地，号啕大哭。那天，距离我和卢昇去年 6 月 16 日第一次做错事，刚好差不多一年了。

晚上，卢昇打来电话，问我是否看到他在朋友圈发的歌。我说没看，问他是什么歌，他说是《三十岁的女人》。我知道他喜欢听民谣，喜欢听宋冬野、赵雷和李志的歌，但我那会儿根本没有去想这些。我忍不住地哭了起来，他着急地问我怎么了，我只哭不说话，他慌忙解释："我没有别的意思，我知道歌词里描述的和你不贴切，你没有皱纹，也没有挑剔着再三选择……哎呀，我都不知道怎么说了，我只是想表达我想你了，你别敏感、别胡思乱想好吗？哎呀，急死我了，你知道的，我口笨嘴拙，你不喜欢我删了就是了。"

"不是——我和陈枫，分手了。"听他手足无措，我赶紧回答。

他愣了一会儿，想必也是吃惊，然后问我："你在哪？是在家吗？你等着，我马上来！"我哽咽着说："是的，好。"

一会儿，他到了，我给他开了门，他抱住我，给我擦了眼泪，把我丢了一地的纸巾捡起来丢了，安抚我到床上坐下，去卫生间拧了块热毛巾为我敷眼睛，又烧了热水喂我喝……许久，我才停下来。我没跟他说分手的具体实情，因为我不想让他觉得我是因为他才分手的，他也没有问我原因。他只是看着我，一把将我拥入怀，按倒，亲吻起来。

"你知道吗？上次以后，我没有碰过别人。"他对我说。

我沉陷在他的亲昵中，问他："她也没有吗？"

"没有，一直没有，从碰了你开始，任何人都没有，我只要你！"

"我也是，我和陈枫也没有，我不想，我做不到！"然后，几个月后久违的一次，我俩在这次酣畅淋漓缠绵中得以释放。

　　事后，他从后面紧紧抱着我，我也紧紧蜷缩在他怀里。我说，陈枫是用命爱过我的，一次我们开车去香格里拉的路上，一转弯，一辆车侧着迎面而来。为了避让，我们把车靠向山壁停下的时候，陈枫整个人扑在我身上，用他整个身体盖住我。我是爱他的，我答应我会支持他，无论如何都得做到，哪怕他再没有时间陪我，我都不跟他生气、耍性子。生病了我自己去看，灯和水管坏了我自己学着修，做得了、做不了的事我都尽量自己做。后来，他成功了，有钱了，受人追捧了，可我想要的不是这些。他给我的卡和钱，我都没有要，更没有花过一分。刚跟他在一起的时候，他什么也没有，我说两个人吃一碗方便面也好吃，这是真实的感受。到后来，我们一天都说不上几句话，我有什么事想跟他说的时候，他要么在忙，要么就没有听进去，可我还是记着我们的誓言。我答应过他，我等着他来娶我，只是后来，我太习惯一个人了，反而不习惯和他在一起了。他是那么熟悉，却也越觉陌生。到底是什么变了？是他？是我？是我们？是感情？是时间？我以为这些是不会变的，我也不想发生改变……我又啜泣起来，卢昇抱着我，对我说，他是不会变的。

　　我不知道我是什么时候睡着的。那晚卢昇没走，第一次在我家过了夜。那天我们也还是在客房，直到那以后，我们才搬到了主卧。

第五章 游离行止，若即若避

有一天快下班的时候，卢昇给我打来电话，说他要赶紧回去，他爸情况不妙，怕是不行了。我心里一紧，几年前外公外婆爷爷奶奶要去世前的害怕感真切袭来。回到家，我坐立不安，连晚饭也忘记了吃，一直忐忑不安，直到晚上他发来信息说没事了，我的心才放了下来。他跟我说，有时候他觉得实在受折磨，甚至会想他爸要是早点解脱了，自己也可以早点解脱，这是好事，大家都不痛苦了。可当真的面临这一时刻的时候，他却恐惧无比，害怕再次失去。

当晚，我写了个只有自己可见的标题为"但愿世上所有的不舍，都只是虚惊一场"的日志，以此祈愿，祈祷他爸能活得长久些，不要让他再次体会失去至亲的哀痛，再次失去，对于他来说，就不只是双倍叠加痛苦那样简单了。但我没有跟他说过这篇日志，他也没有看过，他爸去世后，我就把它删除了。

七月，我生日那天，他给我送了一束花，送之前把花藏在车后座下面，藏得极其笨拙，我一上车就瞟见了，但我装作没有看见。后来他对我说，他是第一次买花送花，不会选，款式和数量是老板推荐的，如若我不喜欢，也将就下。虽然是很普通的一束，我的心里却很暖，但我故意打击他说："连花都不会送，你以前是怎么谈恋爱的？你的那些女朋友们，你都是怎么追到手的？恋爱期间，她们都是怎么容忍你的？"

他说："没追啊，看上的就直接问要不要做我女朋友，她们就答应了。"

我说："这么狂？"

他开玩笑："可能是因为本人有点姿色。"

我"呸"了一下，并挤眉弄眼耍了个黄腔："看来你都是走硬来路线的嘛！"

他瞬间明白了："直截了当不好吗？"

"你那是直接耍流氓。"我不屑道。

他哈哈笑着，说我很坏，又道："不过，我不浪漫倒是大家的共识，她们个个都这么说。所以，好不下去就不好了呗。"

"如此薄情！"我震呼。

"可能是没遇到想深情的人吧。"

我预感他要暗示些什么，就糊弄道："不过好像浪漫这个东西，也是需要天性的。"

"所以我开始学习啦。"他诚恳地说道。我撇了下嘴，他问我："不信吗？"

我不想表现出明白了暗示的样子，回了句"跟我有什么关系？"可他还是继续说："冷二妞是我想用心对待的人。"我没接话。

后来有一天晚上，卢昇开车来接我，说带我去雪山脚下看星空。他喜欢摄影，也喜欢研究拍摄星空照，那是他第一次带我做这些。去的路上，我试探他，这是不是不懂浪漫的他每次谈恋爱唯一浪漫的必杀技。他认真地说没有，从来没跟别人做过这些，我是第一个。

我从来都不是只懂得"耳听"爱情的人，我更相信"眼观爱情"。在我看来，说再多好话都比不上做一件感人的事，言语层面的爱情是虚的，也可能是假的，行动层面的爱情才是真实的，我喜欢通过时间和经历，去分辨、判断一个爱人，去验证一段爱情。对他，我也是如此。虽然从一开始，我就没有站在爱情的立场、没有从爱人的角度，去对待他。

他左手握着方向盘，右手牵着我的手，这在后来成为了我俩开车、坐车时的一种习惯性动作。车里放着《相见恨晚》，他紧紧握住我的手，将我的小手裹在他的大手里。他看看我，皱着眉头，叹了口气说："真是相见恨晚啊！"我知道是什么意思，但我没有接话，他接着说："你知道吗？每次放到这首歌，我都想循环听，但听一遍就够心疼的了。"

我看着前方，目光呆滞，出神着说："是啊，你怎么不早点出现和开口呢？"

"再早，我早得过他？！"

"是啊，那之前，我在省城上大学，你在靛江上高中，我们没法相识；然后我来靛江工作了，你又出省上大学去了，我们依旧没法相识。"

"后来我回来了，我遇见你了，可你已经有他了。"

"你也有她了。"

"哪怕这样，我也该更早开口的，毕竟那会儿我还没结婚，但你——但你对我的态度是拒之千里的，你很肯定。我觉得是没有可能性的。"

"是啊，怎么那会儿对你就没有感觉呢？——所以，我们注定是错过的。——现在，我未嫁，而你已娶！——你相信命吗？也许，这就是命！"

他把我的手抓得更紧，说："我不相信。"

然后，我们一路陷入了沉默，只有音乐始终播放着。

在雪山脚下的空草坪上，我们下了车，仰望星空。他突然悄悄说了句"我爱你"，很突然，让我猝不及防。

我打趣道："什么？你刚才说什么？我没听到！"

他居然真的有些羞涩地说："放屁，你肯定听到了。"

我接着捉弄他："什么啊？没有啊！真的没听到，你再说一遍！"

他脸都红了："哼，好话不说二遍。"

我哈哈大笑起来，他生气地说："你居然嘲笑我。"

我说："原来你说你从来没说过这个字，是真的啊。"

"肯定啊！你不信啊？！我跟你说我没有骗过你，我不会撒谎的！"

虽然当时我心想，一个不会撒谎的男人，背着老婆在外面干这种事，难道不是行动上的撒谎吗？可他还大言不惭、信誓旦旦地说自己不会骗人、不会撒谎！这是什么逻辑？但是我对他自始至终都不愿按常理去把他往坏处想。我总觉得，一个经历了那么多事情的男人，就算有一些瑕疵，也情有可原。人无完人，我自己亦是，无可厚非。

过了许久，我对他说："我跟你说件事，但先说好，你不许生气。当然，也

可以小小生气一下，但在这荒郊野外，你不许把我活埋了。"（说的时候，我故意颤巍巍地环视四周）

他摸摸我的头，笑着说我怎么这么可爱，接着问我是什么事。我说："跟你在一起了一段时间后，我请朋友——类似侦探那种——跟踪调查了你一段时间。知道你没有同时在和别人交往，每天的活动场所也就单位和家那么简单，我才消除了对你的某种疑虑，跟你有了后面的那些接触。"

"啊！？"他很吃惊，咽了咽口水，故作往后跳了一步之势，搞笑着说，"幸好我是清白的！话说你们这些聪明人啊（啧啧状）——大小姐，你可真让我开了眼界了！——你除了活泼、优雅、可爱、性感、体贴、霸道、傲娇……嗯，我想还有什么，对，还有气死人不偿命的各种面孔之外，还有哪些面孔等着我来发现和迷恋？——对了，下次还查吗？如果查，查之前，请先通知我一声，我表现得更好一点！——对了，人家是还跟拍我了吗？我居然毫无察觉，这人有点水平！把他推荐给我，下次我也查查你，我也聘用他。价格贵不？我肯定聘不起！但至少下次他再拍我的时候，我可以对着镜头耍耍帅嘛！"

他的话惹得我哈哈大笑。他瞅着我，嘟着嘴凶道："那我的照片呢？"

"照片啊？早就扔了，谁会留着这玩意儿！非法跟踪可是犯法的！怎么，你想看看自己上不上相啊？那我问问他，底片是否还留着，有的话，给你洗一份！要不要裱进相框，摆在你桌上当留念？！"

"你是不收拾不管教不行了。"他生着气来抓我。

我一板一眼地说："我可不是小女生了，这个时候不会嬉笑着跑开让你来抓，跟你打情骂俏。"

"那大女生，你是要哪种版本？"他无奈道。

"饿了，星空你看完没？看完吃烧烤去！"我用正常的语气说，又补了一句，"哎，不要说我不解风情，那我就换个状态重新来一遍。"我作出可怜巴巴的乞求状说道："饿了，真的饿了，我们吃夜宵去好吗？"

他一巴掌拍在自己脑门上，说："完了，我中了你的毒了。"

"那赶快，吃饱肚子我才有法力给你解药。"我跳着喊道，他笑得蹲在了地上。

那天后，他经常会给我发"我爱你，我爱你，我爱你，听见没？重要的事情说三遍"之类的信息。

过了几天，卢昇要去柔平县出差，那是一个离觇江城有五六个小时车程距离的县城，也是他爸以前生活的那个县城。它和觇江城之间的道路很窄，穿梭于崇山峻岭间，路旁时有湍急的江水，加之它以前是个生产煤炭的工业县，往来大货车居多，会车时很危险。虽然他是坐车，我还是叮嘱他注意安全。

卢昇走之前跟我说，现在每当要分开，哪怕有一天不在同一个城市，就会开始想念。到了中午，我也开始莫名想他，尤其想到那是一个承载着他不好的记忆、他不喜欢的县城，我就不由地担心起他、心疼起他。所以当他说特别想我后，我说我去找他可好。可他坚决反对，说我从来没有去过那里，对道路根本不熟，而且离着太远，道路年久失修，被碾压得坑坑洼洼，路况极为不好。加之正值雨季，他早上去的时候看见路上有石头掉落，实在太危险。他不放心，坚持不让，让我乖乖在家待着，他说他第二天就回来。我嘴上答应着，实际却向单位请了假。因为山体滑坡一路堵车，我足足开了七个多小时才到柔平县城，到那儿的时候已经快晚上八点了，我给卢昇打了电话问他在哪，他说跟同事在县城郊区吃饭，我说我在柔平县城某个十字路口，他惊到了，说我怎么这么不听话，但语气中除了责备，还有开心。他让我等他，他马上过来。

一见我，他就指着我说："你啊你。"

我做着鬼脸："但愿是惊喜，而不是惊吓。"

他把我抱起来："是惊喜是惊喜，太喜啦！"

在那个炎热的山城，我们第一次手牵手走在大街上，像情侣一样。在觇江，我们不可能这样，也许也因为，以前我们的关系和感情还没有到这个份上。他带我去吃了一家好吃的串串，给我讲早上来的路上看见有车开下了山崖。我说我来的路上也看见有车开进了江里。他教育了我，说我真是胆大，以后不准再这样，下不为例。他总是在给我夹菜、盛汤、加蘸水、喂我、给我擦沾在嘴边的作料；我觉得辣，他还专门倒了一碗热水，帮我把菜在水里涮了一遍才又夹给我。可爱的老板过来打趣说，又看见了爱情的模样，还给我们赠送了一份菜品。

此后，我没有再去过那个县城，可我依然清晰地记得那几条我们饭后走过的小巷、逛过的那几家小超市，还有我住的那家酒店的位置和陈设。当天晚上，我们没有住在一起。他和很多同事住在一家酒店，我住在另一家。可就是这样无关于性的感觉，让我倍感舒服。

第二天中午，卢昇没有和同事一起返程，而是和我一块开车回了酃江。临出发，他把车停在路边，到旁边一家他小时候常去的小卖店买了两瓶矿泉水和两块泡泡糖。

他上车摊开手问我："知道这个吧？"

"哇，大大泡泡糖！好多年没见过了！"我很惊喜，但也很生气，"肯定知道嘛，至于有这么大代沟吗？！"

我急不可待地剥开一个塞进嘴里，边嚼边说："我小时候可喜欢嚼这个了，我能吹特大的泡泡。"我准备展示给他看，他盯着说他也是。这时，我爸刚好打电话来，是按例的问候。我爸问我想好要什么车了没有，我匆匆说还没看、还没想，赶紧挂断了电话。在密闭的车厢里，电话的内容卢昇都听到了，挂了电话，他问我："买车？买什么车？你不是有车吗？"

我说："哎呀，是换车，我爸说我这辆车已经开了几年了，想给我换辆好的。可我觉得没有必要，我想靠自己，以后自己有能力再说！"

他说："你真幸福。"我知道这感慨背后的感受，就接着之前的话，立马朝他吹出个大泡泡，嘟着大泡泡、瞪大眼睛逗他开心。他一下戳破了我的泡泡，并亲了我一下，随后自己也嚼起泡泡糖，放起他手机里的音乐。我们出发了。

一会儿，《三十岁的女人》响起，我笑了笑，把副驾驶前面的遮光板翻下来，滑开镜子，照着镜子说道："好像是老了啊。"卢昇懂了这个梗，求饶着说："行了，姐姐……哦，不，妹妹，我错了，我不该放这首歌，我再也不听这首歌了，这歌跟你没有任何关系。"说着，他便滑到下一首。

我哈哈大笑，不依不饶："不过可能光芒和激情真的被岁月打磨了。"

他无奈："这些歌词都不是说你，都不适合你——你没有身材走形、没有孤单的鞋声，你还是有灿烂的容貌，你还是有当年的清纯——我会给你春一般的爱恋……"

"你说昨天串串店的那个老板和老板娘有没有看出来我比你大？"我打断他，说出这么一句。

他更无奈了，喊道："啊，这是你现在该关注的重点吗？你现在该关注的是你的私人驾驶员要被你急死了，他可是手握方向盘啊！"

"哈哈，安心开车，安心开车。"我拍拍他的肩，安抚道。

不一会儿，我又怅然若失地说："不过，事实就是，你真的错过了我最好的年华。对不起啊，卢先生，没有在最好的年华遇见你，亏待你了。"

他也认真地说："我觉得你现在就是最好的年华啊，以后也是。"

"好吧，听着倒怪好听的。但其实我是无所谓的，本来也就没有多灿烂的外表。"

"哦不，歌里倒有句话是对的——外表决定一切。对冷二妞，我还是始于颜值终于气质的。"

"那小伙，你这眼神……"我摇着手指打击他，"好吧，算你审美另类，反正我从来没觉得我是传统意义上的美女。"

他有点狡黠地说："冷二妞是不是美女，得我说了算，我才有发言权。"

我警告他："不要飙黄段子。"

他笑着说："反正冷二妞在我眼里就是完美的。"

我"呵呵"了一下，说："那是情人眼里出完人，世上哪有完人啊，我就更不是了。"

他说："那你说出个你的缺点来，你找得出来，我就去铲一坨路边的牛粪、驴粪，还是马粪来。"

我说："好！其实我缺点可多了，你没发现吗？比如，脾气大、强势。反正我妈都说她特别后悔，从小想把我培养得有主见，可最后发现，把我放纵得过于有主见了！——哈哈，反正你在前面就可以停下来去铲粪了，顺便也休息一下！"

当他真的停下车拿着纸弯下身准备去铲的时候，我制止了他。我笑了起来，他问我笑什么，我说我想起来唐伯虎要铲粪的时候，秋香看见他，叫他"9527"。

"那你也要这样叫我吗？"他笑称。

"哦不，'9527'在粤语里不是好词，周星驰是故意用这个来衬托下人卑微的。"我解释道。

"那有没有那种爱的编号呢？"他问。

"嗯——你的工牌号是多少来着？088407，这就是你爱的编号，你不是通过工作才认识我的吗？"

"行，尊贵的客人，088407号驾驶员为您服务，请您移驾上车。"说着，他便把副驾驶的车门打开，作门童迎接状。

继续出发，卢昇说周星驰的作品他最喜欢《大话西游》，我说那是很多人的最爱，可我最喜欢的不是那部电影，而是电影主题曲《一生所爱》。

他恭维："文学达人冷二妞有何高见？"

我说："也不是因为歌本身怎样，是因为卢冠廷和唐书琛的爱情吧。唐书琛是名门闺秀，是唐继尧的孙女，也是个大才女，但是因为她是在美国接受的教育，所以对中文就喜好用那种很浅白的词语，仔细看她的词，不复杂、不华丽，但感情却很深很真。这一点，卢冠廷最懂也最喜欢。——人，大概最幸运的，就是遇上两心相知的对方。——初识的时候，音乐怪才卢冠廷正因怀才不遇而郁郁寡欢，唐书琛理解他，点亮了他。然后，就有了包括《一生所爱》在内的那些情歌，有了成名的卢冠廷，有了才华更甚的唐书琛，有了这时恩爱幸福的夫妇。而且，唐书琛在《一生所爱》里写尽的是爱不能在一起的遗憾，而卢冠廷被问及时却说，唐书琛想表达的是爱的真理——一生所爱不是遗憾和后悔，而是一生牵手，青丝白发！——这首歌是这样来的，这对夫妇珠联璧合，一个作曲一个作词，多么难得！"卢昇把车靠边停下，找出这首歌循环播放起来。我们一路听到了家。

在快到靛江的时候，大概已经想了一路，我对他说："但我们只能遗憾。如果你真的爱我，我也真的爱你，就更该如此。因为我们相爱的时候，现实已经是这个局面了，我们不能在一起，也不可以在一起。"他没有回答我。就在这个时候，他的电话响起，我看见来电，是他媳妇的名字，我示意他接，然后没说话，把头转向窗外。电话里的声音听得很清楚，就是问他回来没有，他说快到了，通话就结束了。她的声音听着那么温柔，和她本人那种清秀的样貌和气质很相配。说实话，凭我对人的判断，我觉得她是那种很温婉的女人，给人感觉很舒服。我觉得我和她是完全不同类型的人，甚至在很多方面简直是完全相反。

我对他说："看吧，有人等，有人候，这个人就是你媳妇。说实话，我感觉她是那种很乖很简单的好女人，肯定也是个好儿媳、好老婆、好妈妈。她肯定也很爱你，不爱你就不会嫁给你、跟你一起度过那么多苦难。所以……珍惜吧！"

"我不是不珍惜，只是，我不爱她，我爱的是你。"

"你不爱她你也娶她了，这个事实是改变不了了。你爱我，你也只能把我放在心里了。"

这会儿刚好进了城，他把车停在路边，转过身看着我："她不懂我，我跟她在一起不快乐，你也看到了，我们通电话都只是正常地说事，从来不会超过几句话，我们在一起几乎无话可说，我们可以在家一天不说话，我和她在一起几年说的话，都没有跟你在一起几天说得多。"

"那我只能说，人和人性格不一样，也许她就是不爱说话呢。你不是说，你也不喜欢说话的吗？"我态度有点不好了。

"因为没有那个可以说心里话的人——一直都是，我妈走后，我爸出去了，家里就我一个人，谁跟我说话？然后，我跟她不只是性格不合，是心，是心的距离很远。"

我既于心不忍他又提及自小的孤独，也不想再聊关于他和她的事，便不耐烦道："你赶紧回去吧，她还等着你呢。"

"她没等我，她在娘家。"

我惊讶地问："她还没回来住吗？"

"是啊，已经一年多了呀。"

"你们就一直这样分开住的吗？"我表示不解。

"我爸病着，她不想回来，我也不想她回来。"

"可是你们有孩子，你总不可能一直跟孩子分开吧，这样多不好。"我简直无语。

"我不知道，以后再说吧。"

我感觉他心里也很烦闷，可是我也只对他说："行了，这是你们的家事，我不该指指点点，也不该妄加议论。"我强调自己真的很累了，让他赶紧把我送回家，我要休息。下车的时候，我把门关上就走了，没有回应他的"好好休息，晚安"。

八月，他爸过世了。那天晚上，他给我打来电话，说他爸不行了，真的不行了，快咽气了，所以他赶紧告诉我一声，然后准备通知他姑姑和其他家人。虽然能够想到会有这么一天，可我一听，还是觉得多少有点突然。这大概就是亲人离世的真实感受——不管做没做好心理准备，都会受到猛然一击。——虽然这并不是我的亲人。我让他去忙，一时差点忘记跟他说节哀，电话快挂断的时候才想起来，慌不择言地说了句"你别难过啊"。他说知道了，我感觉他还是镇定的。

我睡不着了，觉得他怎么那么可怜，命运怎么对他那么不仁慈，虽然世上比他命运悲惨的人可能还有很多，可就是觉得很揪心。我想，应该有很多亲戚去帮忙，后事他应该搞得定。可我担心他的心理，再次承受这样的事情，他的耐受力是否足够强？我庆幸这几天我们没有在一起，尤其是今天晚上，否则，如若最后的时刻他没能陪伴在他爸身边，那我们得有多大的罪过。这也就是每次他和我在一起时，尤其是晚上，我都着急催他回家的原因。

第二天白天，他给我发了个信息："丧事已安排妥当，勿操心。"我怕他不方便，只回道："好的，辛苦了。"到了夜里，他在守灵，他发信息来问："休息了没？"我说："还没有。"他说："想你了，想你在身边。"

看见这样的表达，想着他所处的环境和心境，心里顿时陷入一个疼痛的漩涡，我一边恣意流泪，一边给他发消息："可是我不方便去祭奠，不然我也想去给叔叔磕个头，聊表心意，送他一程，顺便也看看你。"他却回我："方便的。"我想了想，便回他："好的，那我明天早上去。"

管不了那么多的不合适，我的眼睛还因忍不住哭到半夜而红肿，我怕我到了那儿控制不住自己的情绪，所以一早就给季静打电话说明了情况，让她陪我去。不一会儿，季静来接了我，和我一起去。她路上不停跟我说，到了那里千万不要哭，不然人家看着多奇怪，说我那肿泡的眼睛，不知道的人还以为我是家属呢。到了那儿，我们在楼下平缓了一会儿才上去。进去之后，我哪里都没有看，是不敢，也是不自在，怕别人看到我的眼睛而发现什么端倪，也怕自己看到悲伤的情景更管不住自己的情绪，径直走到灵前磕了个头，季静在我后面，我起身的时候她还赶紧扶了我一下（多年的闺蜜，她一直很懂、很体贴我）。卢昇给我们回完礼后过来坐了一会儿，他看着我，眼神很深沉，我看他和所有白事孝子一样，胡子拉碴、憔悴沧桑。我不敢再和他对望，我说："你忙你的，我走了。"正要离开，他媳妇端来两杯水，递给我和季静，没有说话。季静赶忙两杯一起接过来，我没有看她，只说了句"谢谢"，然后我就和季静走了。

卢昇送我们到门口，他姑姑也从厨房那边过来说了声"谢谢"。季静牵着我，抓了一下我手心，我才想起把包里的信封拿出来（按常理，这是规矩，如果不去做客，那祭拜之时就要把礼金给了）。本该递给他的，可他在他姑姑身后，于是我就把信封放在了门口玄关的台面上。出了门，我就下楼了，没有回头，季静在我身后，回头看见他站在门外一直看着我们下楼。上了车，我对季静说："我做了这辈子最无耻、最挑战心理素质的一件事。"季静抱着我说："行了，行了，过去了，我觉得他也挺可怜的。"

出完殡的那天晚上，他给我打电话，说后事都办完了，让我放心。我说他这几天辛苦了，肯定很累，连着守了几天夜，肯定很困，今天早点睡，好好休息。他说现在他一个人在家，觉得好安静，感觉整个家空荡荡的，心里面更空。大概就是因为那句话：父母在，人生尚有来路；父母去，人生只剩归途。他觉得自己已经没根了。

我听着心里难受极了。

"有根的！我不知道你信不信天堂什么的，但我自幼随我奶奶信基督教，我相信世上是有天堂的，那是所有人的根，你爸妈现在就在那里，他们看着你、陪着你、护着你，只是换了一种形式与你相伴。"为了安慰他，我还对他说，"而且你也当爸爸了，你有你的儿子，你又是他的根，这就是生命的传承，这就是一代一代的意义。"

他说："嗯，我会陪他成长，我会做个好爸爸，不会像当年我爸对我那样，我不会让我儿子过我过的那种日子。"

我很欣然。是啊，一个男人从不成熟的阶段成长起来，终将能等来真正长大的那一天。我说："对，所以你要把他们接回来住，人生的时间宝贵，不要错过他成长的每一天、每一个时刻。"

他顿了顿，说："时间是宝贵，病确诊的那天，医生还跟我说身体素质不错，撑六七年应该没问题，可是到最后，也就两年多。他没有给我时间啊，他从来都没有给我时间。——你知道吗？我有时候甚至是恨他的，可我当了父亲之后，我在慢慢原谅他，我想慢慢缓和我们的关系，修复我们的感情。可我才刚开始，他就又走了，他从来都是这么的不负责任。"

我开导道："其实我相信天下没有这么狠心的父亲，我宁愿相信他当年是有什么难言的苦衷，或许他情非得已。自己的妻子离世了，他的凄惶和不适也许不亚于你。只是，他是大人，是成年人，他有他的应对方式，他心里也许有什么秘密和不得已，只是没有让你知道。人在巨大的变动下都会改变。哪怕他真的是不负责任地逃避了，天下没有不是的父母，他走了，也就把一切都带走了，包括他对你的歉疚。我相信，人老了，是憧憬天伦之乐的，他肯定也想和你重修于好，想看着你承欢膝下，看着孙子长大。可是病不由人，他也受病痛折磨，不然怎么每天发脾气使性子。他肯定也不想拖累你，父母都不忍心让儿女为他受累。所以他去天堂了，他解脱了，也解脱了你，他最后用了另外一种方式爱你、补偿你！"

"所以，我本来以为他走的那天，我是不会哭的。可是今天从殡仪馆回来，抱着他的骨灰，我坐在车上，一直没有下车，也不知坐了多久，我想哭却哭不出来，后来眼泪自己在流。我已经很多很多年没有哭过了，自从我妈去世后就没有了，我以为我都丧失这个功能了。"听完我心里很不是滋味。他又说："冷二妞，我想你，好想好想，那天你的到来给我带来了力量。"

我故意恐吓他："我也想你，所以你要好好的，不然我就不给你当力量了。"

他答应说："好，我听冷二妞的。"

出了头七的那天晚上，他拎了一份爆炒花甲来我家找我，说那是他觉得靓江城最好吃的花甲，想来和我一起吃。他一个个剥了喂我，我让他也吃。他说他把车开来了，油箱也加满了，打算把车还给我，难为我走路骑车那么久，实在不好意思。我说就几个月，没事。

那会儿我在看球赛，他本来是和我一起看着的，结果不一会就靠在沙发上睡着了。我赶紧拿了条毯子给他盖上。看着他熟睡着，额头却紧锁，之前就很深的抬头纹都好像更深了（我感觉他的抬头纹本身比我们这个年龄的人都深）。我想起我最爱的韩剧《秘密花园》，当从小备受苦难的河智苑皱着眉睡去时，玄彬在旁边看着说："怎么连睡着了都犯愁。"然后轻轻用手去按河智苑的眉间，想把它舒展开来……我没有这样做，我觉得电视是电视，现实是现实。

他一直在睡，可我不知道他还有没有事，会不会耽搁，于是把他叫醒，开车把他送回了家。

以后的日子，他会把歌发在朋友圈里，如《遥望》什么的，然后打电话让我听，说是给我的，许多话是他的心声；他会拍天空下阳光照耀的树叶、道路远处耸立于云间的雪山；他会发语音说梦见我了，叫我开心，说只要我开心他就开心……

第六章　我们的心事，叫对方名字

有一天他打电话给我的时候，我问他在哪儿，他说在买彩票。我问买彩票干什么，为什么干这种事，中奖的概率那么小。他说试试，现在开始还钱了，要把他爸治病时欠的钱一点一点地还掉，万一能中奖就好了。他还说，等一有钱就把跟我借的钱还给我。我说先把别人的还掉吧，我的就不用还了，也没多少，他还要养孩子，花钱的地方很多，别给自己太多压力，从今往后，开始轻松地生活。他说其实还有一个人，是他爸以前的合伙人，欠他爸十万块钱，借条什么的他都找到了，可是就是一直找不到这个人。我问他怎么会找不到，有没有报警，老赖法院应该会管的。他说法院是管，但是得先找到这个人。我问他是怎样的一个人，哪里人，他告诉了我，但是说这个人欠了很多钱，居无定所，常年在外漂泊，几乎不在靓江。他已经找了好几年了，刚一有什么踪影，马上又消失了，要想把这笔钱要回来，怕是很悬了。我让他别急，慢慢找，然后再想想其他办法。

九月，他生日那天，他在郊外处理工作上的事情。那天下了雨，出了一条很美、很大的彩虹，他拍了一张全景彩虹照发给我，对我说："冷二妞，风雨过后总有彩虹，你就是我的彩虹。"我打电话给他唱了首韩语版的《生日快乐歌》。31 岁的我，学着原版的卖萌音装可爱，自己都感到恶心，他也笑"疯"了。

我想他肯定要在家过生日，所以自然没问也没提，也没准备任何礼物。可到了晚上，他发微信问我在哪儿，我说和同事在酒吧。他说他来找我，我说不用，他说那他来帮我开车，送我回家。我说我知道要喝酒，就没开车来。

　　但是一会儿他还是来了。到了酒吧门口，他给我打了电话，于是我就走了。看见他后，我问他："不是应该在家过生日吗？"他说没过，他从来都不过生日。我挺意外的，我想问"她都不给你过生日的吗？"，但我感觉这样问很怪，像是不怀好意、挑拨关系，于是就问："你们都不过生日的吗？那她呢？"

　　"她也不过啊，以前好像过过一次，后来就没再过了。"他很自然地回答，好像既没什么不满，也没什么抱怨。我也没再说什么，我只是想：可能世上的人真的是有千万种，情侣和夫妻的相处方式也千万种，也许人家这种才是正常长久的，而我喜欢的那种，是有些矫情的，矫揉造作的。

　　他说要打车，我说离家很近，走回去就行。他问我难不难受，要背我，我说就喝了一点点，不用。我还打击他，虽然是晚上，但这也是在大庭广众之下，背着不怕人看见？他说不怕。然后，他牵着我，我们一路走回了我家。到了小区门口，我让他不用进去了，就在那里打车回去，他同意了。等车的时候，我又对他说了句"生日快乐"，后又补了声"天天快乐"。

　　他刮了下我的鼻子，说："你就是我的快乐！"

　　后来，临近中秋节了，我想，靘江人和梵城人一样，很重视中秋团聚这个传统习俗，欠他爸钱的那个人，是不是也会回家过节呢？于是我向我的一个朋友打听了那个人家的村子，她和那个人的家在同一个乡镇。她说两个村子距离很远，她也不是很熟悉，但大概位置她知道，而且两村口音一样。于是我觉得好办了。我请她和我一起前往，告诉了她那个人的名字，让她自称是隔壁村多年没有走动的亲戚晚辈，在村口小卖部询问那家人的具体地址。然后，叫她在村口等我，如果有什么情况，可以报警，可以有个呼应，实在不行也可以逃跑。那个人曾经坐过牢，如今常年在外躲债，肯定很机敏，谁也不知道他会做出什么。我这个朋友是个文文静静的女孩，胆子很小，有些怕了，也为我担心了起来。出于友情，我让她走，可她却执意留下陪我。我很感激她。

　　我敲了门，向来开门的大婶佯装询问："你好，麻烦问一下，附近是不是有一家搞水泥搅拌机的（这是之前我把村子绕了一遍发现并确认的）？一路走过来怎么也没看见。是人家介绍给我的。"这时，我看见院子里有三个男人正围坐着讲话，斜对着我的那个人，年纪似乎五十左右，胖胖的体型，和卢昇的描述很像。但我故意没去看，一眼后便用余光留意着。

大婶指着自己右手边的方向，回我："是的，有一家，要从这里走过去，拐个弯就到。"

我连忙回道："好呢，好呢，谢谢你。"

幸亏我刚好看见他们坐在院子里，不然我还得另想办法，比如在对面蹲守啊、请个快递小哥或外卖小哥之类的。为了把戏做足，不被发现、不引起他们的怀疑，我按她说的路线径直走到头，拐了弯。在确认了没有人跟踪、没有人在观察和偷听之后，我赶紧给卢昇打电话，让他来认人。他们人多，我还叮嘱他联系法院办这个案子的人。因为事先没有听我说过这次行动，所以他接到电话时很是意外，同时也很担心，让我赶紧离开。我说时间紧迫，等他到了再说。

我是外地口音，如果真的是那个人，我怕他会起疑离开，所以我一直躲在拐角盯着。又想卢昇并不知道他家这个老宅的地址，只知道外面公路对面早就卖了的新宅，所以我给我的朋友发了微信，让她在村口等着告知给卢昇。每一分钟都很心焦，差不多半个小时，卢昇到了，我让我的朋友赶紧离开，因为我也不知道待会儿会发生什么。

因为在房子的外面根本看不到里面，周围没有高点和树木之类的，卢昇根本没有办法看和确认是否是那个人；想等着法院的人到，可就怕人家一直不到，而他们出来，因为快到午饭的点了，可他家一点动静和炊烟都没有，肯定没有做饭，万一出来去吃呢，一出来大门口四方是路，我们怎么追。没办法，咬咬牙，我决定进去。

我们一起敲门进了那个人家。果然，开门的大婶一眼就认出了卢昇。卢昇朝那个欠钱的人走了过去，说："你终于回来啦！"

那个人也没跑，直接说："我没钱还给你爸，要命就拿去。"另两个人在里屋只是坐着。

卢昇说："我爸倒是命没有了。"

那个人惊讶地问："怎么了？去世啦就？"

卢昇冷冰冰地说："拜你所赐，没钱医病，走了。"

那个人赶紧撇清关系："他那个病怕是有钱也治不了。"

卢昇很是生气："要不是你，我也不至于到处去借钱！不管，赶紧还钱！"

那个人正要无赖地丢出一打自己的病历时，法院的人到了，我的心也才放下。在他俩对话之前，一进了门之后，我就一直在环顾观察，并想着应急之道，我盯上了院子旮旯的猪圈，侧面土墙低，背后是菜地，圈门口摆着镰刀等几样工具，我觉得必要时，我们只能从那里逃跑。

法院的人直接把他带走了，说只要查到他有资产，就会强制执行，将钱还给我们在内的债权人。我还向他们提供了之前打听到的消息——那个人家的大片菜地租赁给别人做蔬菜大棚，租金两年一付，这两年的快到期续付了。

法院的人带着那个人走后，我让卢昇也赶紧开着车带我走了，我怕人家来报复。

开车时，卢昇一直转头看我，我问他："怎么了？不会是惊魂未定吧？"他板着脸，很严肃地戳了一下我脑袋："你怎么胆子这么肥？！这样很危险的，你知不知道？！"

"危险，那我们每天走在大街上都有可能遇到各种危险呢，高空落物啊，下水井没盖啊……"

他结巴起来："你不要跟我扯，我口才没你好，说不过你。"

"反正，如果你一直不行动，干等着，那这十万块钱怕就只能打水漂了。况且，十万块不是小数目，你不是还等着用钱吗。"我力争力辩。

"那也不允许你这样，你以后不准再干这样危险的事了。"他既生气又温柔地说。

我也赶紧调侃道："哪会常有这种机会，我又不是警察。不过怪刺激的，比看破案小说精彩多了。"

他啧啧笑道："你已经很一流了，你是被文学耽搁了的侦探吗？"

我哈哈大笑："也许是，好像人生走错路线了，好像是有那个潜质的啊。不过我个子矮，上警校的话应该不达标吧。"

他也笑了，抓起我的手。

"冷二妞，你不是随时让我刮目相看，而是随时给我意想不到啊！我卢昇何德何能，能得如此个你啊！"表扬完他又深情地说，"谢谢冷二妞，豁出安全地为我做了这么件事，小生感动得不知该涕零还是该投地。"

我哈哈笑着回应道："好好开车就行，我们现在应该珍惜生命，感激我们没遇害，还活着。"他又大笑。

我们去吃了顿庆祝的饭，用白开水干了杯。吃饭的时候，他问我为什么不叫他一起去。我说，因为那个人认识他，万一我们还没看见人家就被人家看见了，那事情就败露了。而且如果，万一那个人不在，或不是那个人，那他可能会空欢喜一场。

他一直看着我，始终没有把眼神移开，直到我戏称他这样看也不会把我看瘦，所以请放弃这种帮助我减肥的办法，他才笑着继续给我夹菜。

几天后的一个夜里，他用棉被裹了三支长枪，抱着跑来我家。我不懂枪，不知道那是什么枪，他只说那是类似于真枪的仿真枪，射击威力跟真枪一样。我问他哪来的，他说是几年前通过一些途径买来收藏的。我问他私藏枪支是不是犯法，他说又不是真枪。我问他从哪儿搬来的，他说他家，我问为什么要搬来我家，他说那个人听他爸讲过，知道他有这些枪，怕那个人举报他。我让他去把这些枪交了、丢了或者毁了，他说好，等过几天。

他把枪放在了我不用的衣柜的深处，后来我也把这事忘了，就一直摆在那里。

又过了几天，他要去下乡，问我是否能帮忙照顾几天他养了多年的金毛狗"小乖"，说不想把它再放在孩子外婆家看人脸色。我没有问是老人不喜欢狗，还是为了小孩的健康所以反对养狗。我答应了下来，让他把小乖带来了我家，虽然其实我超级洁癖，是不喜欢宠物的。

小乖到我家后，果然很快把我家弄得一地脚印、空中飞毛，我当时整个人都要抓狂了。而且因为我对小乖来说没有威信，我才像是它的宠物，它上沙发、爬床、舔我的杯子、偷吃食物、乱咬东西，无所不为，每天都让我接受新底线。加上我没有养过狗，毫无经验，给小乖喂过会猝死的巧克力、会刮伤肠道的鸡骨头，扯过它的尾巴害它拉稀，没擦干它身上的水害它皮肤发炎溃烂，害它耳朵化脓出血……亏得小乖命大且给我面子，才没有死在我的手上。这段时间，我也涉猎了一些养狗的知识，加入了一个养狗俱乐部，和人家交流。

就这样，在和小乖的磨合中，我过分的洁癖和缺乏耐心的性情得到了改善，这些都是小乖带给我的有益改变，我俩的感情也一天比一天深厚。

后来，他给小乖找了一户人家，想要把它送走，我却不同意了，坚持要把小乖留下来。见我喜欢小乖，他也很高兴，说以后我们一起养。自此，小乖成了我身边最亲密的伙伴。

人生这一段时光，我最感激的是他把小乖带到了我的世界，让我体会到了人与动物之间至深的情感。

一天傍晚，他给我发了很多信息，问我在哪儿，在干吗，说想我、很想我、特别想我。可是我的手机落在了车上，到很晚才看见，回了他："刚刚吃完饭，正要回家。"他说晚饭后他带孩子去超市，看见我和一个男的从泰和广场的停车场走出去，然后莫名心里很痛、很慌，坐立不安。

我知道他说的是谁，那人是林臻，是我的前前男友。如若不是当年我不想一毕业就结婚，那我们应该已经结婚了，说不定孩子都很大了，毕竟毕业到现在已经八年了。我到家后跟他说，那是前前男友，他说他开了一辆豪车，我说因为他家庭条件比较好。

他问我："他是来找你的吗？"

我说："他到旁边的城市出差，顺便来看看我。"

"你们一直有联系吗？"他又问。

"没有啊，分手这么多年，一直没有联系过，互相都没有对方的联系方式了。"

"那怎么又联系上的呢？"

"同学聚会。有同学知道我和陈枫分手了，他和其他人要的我的联系方式。"

"那没分手的时候他怎么没联系你？"

“可能觉得不方便吧。”

“那他现在是什么意思？他要重新追你？他跟你说了什么？”

“什么都没说啊，就聊聊这些年各自的经历之类的。”

“他结婚了吗？”

“几年前结婚了，但没多久就离了。”

“为什么？”

“说是性格不合，趁没孩子就离了。”

“他不会是等着你呢吧？”

“怎么可能。”

“你们现在在哪儿？”

“我在家了，他回酒店了。”

对他这种盘问的态度，我心里有点不快，就说我要洗澡了。他似乎也感受到我不悦，就说好。

我洗完澡没一会儿，他就拨来了视频。他趴在床上，我一看那不是他家，也不是他房间，就问他在哪里。他戴着耳机，小声地说，在孩子外婆家。我说那不说了，他说想看看我（我心里其实很不爽，因为我觉得这就是想看看我是不是在家、是不是一个人在家，这就是查岗。我最讨厌两个人之间没有信任、干查岗呀这些事，我和陈枫一起那么多年，还是异地分开，可我们从来不缺乏信任、不查岗，当然说来惭愧，最后我出轨了。但是我就是不喜欢这种心态和做法。而且我觉得我和他虽然现在说不清是什么关系，但还不是见个人需要报备交代、可以查对方岗的关系），我说那看了就挂断吧。他说孩子和孩子妈在另一间屋睡，他自己在孩子舅舅的房间睡，我说我没问。他知道我生气了，就弱弱地和我道了晚安，挂断了电话。

十月的一天，他因工作和同事上了雪山。他发来他拍的雪山视频给我，然后又拨来了视频电话，在另一头喊道：“冷二妞，亲爱的，我爱你。我现在在酡江的最高处对你说，我爱你，很爱很爱，简直爱死了！雪山给我的誓言作证，我永远爱你！”看到的时候我笑了。有时候，上了岁数的人看到别人做出一些浪漫举动时，反而会笑，会觉得搞笑，虽然也会感动，但不会像年轻时候那样只是单纯地感动，感受会更丰盈，感动会更暗流涌动。我问他，他的同事看见听见没有，有没有笑他或鄙视他，他说不只是同事，很多游客也在围观，还有游客为他鼓掌呢。我说小心上微博哦，让他赶紧去输入"雪山"看看有没有自己，免得自己成名人了都不知道，哈哈。

自那天起，我不再被叫"冷二妞"了，杉姐、冷杉、冷二妞，所有旧昵称依次被存放进我们的回忆里，现在替换成了"亲爱的"——准确地说不是替换，而是轮换着使用。

过了几天，我和同事们去到省城参加职业资格证考试，去了三四天。

回酃江那天，他开车去机场接我，然后直接回了我家。记得他在接机口等我的时候，我看见他了，但故意躲着他，不出去，等那批乘客差不多都走完了我才出去。他一直在那儿东张西望地寻找我，样子很可爱。我出去的时候，他一眼看见我，脸上那种喜悦藏都藏不住，直接把我抱起来转圈，和电视剧、小说里面演绎的场景一样。他开心极了，不停地说着："你可终于回来了，我想死你了。"

到家一进门，我就闻见有饭菜的香气，但因为分开了几天，我很想小乖了，小乖也很想我，它一个劲地扑我，把我按倒在地，疯狂地舔我，所以我都没来得及问饭菜香的事。一会儿，我见他在厨房忙着，进去一看，他早已把饭煮好，是一锅火腿土豆焖饭，他正炒着鸡蛋，旁边的锅里还煮着粉皮汤。我挺惊喜："咦，不错嘛，大厨，第一次见你做饭。"他一边翻炒着鸡蛋一边说："我想为亲爱的你接风，可是出去吃好像没什么新意，还不如我自己做。但是好久没做了，不好吃你也别生气。而且，这是我仅会的三道饭菜，都展示出来了。"虽然心里挺暖，也很开心，但我还是开玩笑说："原来是黔驴技穷了呀！——辛苦了，有心了，谢谢。"

其实，我不是那种男人亲自下厨给做顿饭就会觉得很感动的女人，而且以前陈枫只要有时间几乎天天做饭。我只是觉得，卢昇没什么钱，很节俭，这样做很切实际，不摆谱，所以我对他这个举动更满意、更赞赏。我忘了菜的味道怎么样，人可能在味觉记忆的描述上最差。但我记得，平时我只吃一碗饭，那天我吃了两碗，喝了很多汤，也扫光了鸡蛋。

几天后，他很开心地给我打电话，说法院通知他，欠钱的那个人的资产已被整理执行，他能收到还款了。我很开心，那样就可以把很多之前借的钱还上了。他说："这都亏了亲爱的，我要好好奖励一下亲爱的。我应该给亲爱的分红，或是买一样好东西，亲爱的有什么想要的吗？我给亲爱的买！"

我说："我没什么需要的，不用买了，把钱花在该花的地方吧。"

他不同意，坚持要给我买个包，我赶紧制止，说："我有太多包了，都背不过来。如果实在想买，那就给我买个包上的坠饰吧，也可以当钥匙链的那种。"我在淘宝上搜了一个坠饰，把链接发给了他。他见才二十多块钱，发来："我懂亲爱的，亲爱的是为我节省，这份心意我永远记在心里。谢谢亲爱的，我爱你，此生至爱。"

十一月，一对外省的情侣，专门跑来雪山留下遗书"玩殉情"，于是政府组织了相关部门的人上山搜寻救援，他也在其中。去之前，他把这个消息告诉了我，我说雪山殉情的人到第三国能在一起，这只是传说，没想到居然真有人相信并践行。他问我信吗，我说自然不信，他说这不像文艺的我。我问他难道他信吗，他带着玩笑的口气说："我们去试试就知道了。"我有点吃惊，说："我不鄙视殉情，一定程度上，文学里的殉情文化我还觉得挺美的，现实里的殉情也许能印证爱情的轰轰烈烈。爱到极致，可能真的不能生在一起也就不愿活了。但我认为，两个人各自好好地活着，胜过一起不负责任地死去。爱和相守的方式是有很多种的。"

后来想起这事，我想，如果我们两个人都秉持并遵循着这样的理念，也许就不会是最后那样一个流血的结尾了！

十一月中旬，我和相处得比较好的几个朋友被成都的一个朋友邀去成都游玩。因为朋友是男性，而且我们一起去的人中也有男有女，为了避免上次林臻那样的情况再次出现，大家的出行计划刚一决定，我就跟卢昇讲了。

出发前一晚，他来我家里，很晚还没走。我问他怎么还不回去，他说他要留下过夜，我没反对。缠绵中，他把我身上咬得青一块紫一块的，尤其是脖子上，都把我咬疼了，我都无力反抗。我问他干吗，他说："这就是我留给你的印记，说明你是我的。"

好在当时是冬天，穿得多，裹得严，我还刻意围了条大围巾，没被大家看到。

回来那天，卢昇到机场接我，我便没和其他人一起回城。我们刚从机场出发，他媳妇就给他打来电话，说孩子摔了一跤，撞到了头，要去医院。他让她带孩子去医院看看，然后把情况告诉他。我都听到了，电话一挂，我就让他赶紧去医院，他却说应该没事。我有点不高兴，我觉得这是当爹的最起码的责任，孩子是头等大事，尤其是关乎健康甚至生命的，这点儿是非观和良心我还是有的。

我跟他说："我理解你是因为我刚回来，想我了，想跟我待在一起，也怕才刚接到我就因有事走了，我会不高兴。可我是这样的人吗？孩子跌了，我也很担心，你和我在一起我会安心吗？所以快去吧！"

听我这么说，他才同意，并遗憾和不舍地对我说："谢谢亲爱的总是这么体谅我，亲爱的怎么会这么贴心暖心呢，对不住亲爱的了！"

两三个小时后，他来到我家，说孩子没事，只是擦破点皮，我说那就好，问他吃饭了没，他说没吃。那时我已经吃过了，他便给自己泡了一桶方便面。

吃完饭，他开始疯狂地亲吻我，说要检查他给我留的印记。他不停地问我有没有想他，问我有没有人想追求我，问我还是不是他的……那天，他比以往任何一次都粗暴狂野，时而也很温柔，在这样矛盾的节奏交替中，我们都沦陷于情爱的起伏翻滚。对于他的那些问题，我也从一开始的反感变成了故意的调戏——"你猜""你说呢""有又怎样"……我们彼此霸占对方，生怕有所疏漏。

结束后，他对我说："不许别人碰你，你只能是我的，我要是知道谁碰了你，我能把他宰了。"

我说："那你呢？"

"我说过，有了你之后，我没再碰过别人，将来永远也不会碰。我只是你的，我一定为亲爱的守身如玉，绝对做到。"他看着我的眼睛，认真而坚定地对我说。

感恩节那天，他在下乡，却专门给我发来个信息说："宝宝（我也不知道怎么突然又换了称呼，但这个称呼一直用到了 2019 年），别忘了给家里打个电话。"一开始我还没反应过来他是什么意思，后来突然想起那天是感恩节，于是还挺意外和感动。虽然不用任何人提醒，我按惯例也会给爸妈打电话的，可是那会儿我还没想起来。他的提醒让我觉得很有心。于是我欣喜地回他："好的，谢谢宝宝（我也就这样称呼他，一直到最后几天），宝宝有心了。"

中午的时候，他发来一张悬崖边的俯景照、一张自拍照，以及一张把脚伸向崖边的照片，他说他对着悬崖喊了我的名字，我问他是想让大江大河、大山大川都知道吗，他说他想让全世界都知道他爱我。我觉得这是一个敏感而不切实际的想法，所以没继续聊下去。

然后，他打来电话说感恩节快乐，感恩有我。

我说："宝宝不是不流行过节的吗？不是对所有节日都无感的吗？"

他说："在改变啊，为了宝宝，愿意改变。"

我说："也感恩有你，但请拍照的时候注意安全，悬崖边上就不要往外伸脚了，不要让我把感恩变成缅怀。"

他哈哈笑着，说我实在是"可耐"得不得了（每次他不好好发音好好说话的时候，我也觉得他超级可爱的，虽然是个当爹了的男人，却也依然有大男孩感）。

第二天，我正在上班，突然流鼻涕、咳嗽起来。下班后，我立刻去了我家附近的诊所，量了体温，是发烧了。正在输液的时候，他问我下班回家没有，我说我感冒了，在输液。他说他好自责，我生病了他也不在身边。我说没事，我没有那么娇气而且他在下乡工作嘛。结果晚上他从乡下赶了回来。他到我家的时候已经是夜里了，我都睡了，从床上起来给他开了门。也就是那时候，他向我要了一把我家的钥匙。我把车的备用钥匙也给了他，他就把它们拴在了一起。

在等我吃了药又躺下后，他给我看了他赶回来时拍的黑漆漆的山路，我说我看着都害怕。他说他也害怕，司机都说手抖脚抖，可他就是担心我，想回来看我、照顾我。那天我没有反对他留下来，于是他又留下过了夜。

天一亮，我们各自上班去了，我下班后他问我好点了没有，还要不要去输液。我说我都好了，已经在逛超市买菜了。他让我方便的话帮他买一个剃须刀和一套洗漱用品，放在家里。我问为什么，他说以后我家就是他的家，我说不是，他说是。我没再和他打这种"来回"，给他买了剃须刀和洗漱用品。

他下班以后，来了我家，我问他怎么没回自己家，他跟我说这里就是他家，还说万一我再发烧，他好照顾我。我说："以为有钥匙就是自己家啊？"他居然嫉妒地问："那你前男友还留有我家的钥匙吗？他有没有还？"我瞅了他一眼，他就没再说话，只是嘀咕了一句："要不要把锁换了？不，应该把门都换了。"

十二月，他跟我说，按要求，他要被下派基层两年，但不知道被派去哪。他担心要是去很远的地方，比如那种乡镇里的站所，那他好久才能回来一次，那么久都见不到我，会死人的。我开玩笑地说："那我就辞职，去山里开个小卖部，专门卖泡泡糖。"我们都笑了。

过了几天，他给我打电话，开心地说已经定了，他被派到市里古城的站所。我开玩笑说卖不成泡泡糖了，他笑了笑，说："但是我们几乎可以每天晚上都一起吹泡泡糖了。"我问为什么，他说古城站所的工作制是排班制，一次值班24小时，第二天早上交班后，就可以回家休息了，第三天是副班，早上休息，下午去上班，到晚上就可以下班回家了。

我不懂："那然后呢？"

"这样我就可以几乎每天都和宝宝在一起了呀。"他说的时候很开心。

我依然没搞懂："何解？"

他撒娇道："宝宝你是不是不想跟我在一起？我是说，我值班那天需要24小时在所里，但第二天早上交班后就可以回来了。"

"回来干吗？我不上班吗？我要去上班的呀。"我打断他。

"是啊，宝宝去上宝宝的班，我在家睡觉，等宝宝下班回来，和宝宝一起吃午饭。下午宝宝去上班，我继续在家等宝宝，或者回去和我儿子升升玩。第三天我上副班，晚上下班后就能回来陪宝宝啦。接着第四天，我又去值班。就是这种周而复始的安排。"他解释。

"安排？陪？说实话，你别这样表达，我不喜欢这样的字眼，也不需要这样做。这样我算你什么？我们是什么关系？我是你情人？小三？还是你把我当成了什么？你说来我听听。"我很不悦。

"把你当什么？宝宝你说什么呀，我把宝宝当爱人呀，你是我的爱人呀！宝宝你怎么了？我就说你们这些聪明人就爱曲解别人的意思。"他急忙说。

"我不是曲解，我是过度理解，过度理解了你的那些心事、诚意，过度理解了你说的喜欢和爱，所以我一直这么当断不断、不清不楚地和你混到现在。我也不知道我到底是怎么了，但我不可能给你当小三，这个我要说清楚，你最好也搞明白。"

"我怎么可能把你当小三，宝宝你不能那样想我，我也不许宝宝用这样的字眼说自己，我宝宝不是。我要娶我宝宝，我宝宝是我媳妇，是我老婆！"他更急了。

"哈哈，别搞笑了，回家好好看看结婚证，看看上面的名字是谁，别在大街上随便拉个人就管人家叫老婆。"

"我说的是真的，我有这个想法已经一段时间了，只是没和宝宝说。我和她是因为孩子才勉强维持着婚姻关系，要是没有孩子，和她早离了。"

"大概所有在外面乱搞的已婚男人都是这个说辞吧。别，你可别说这种话，会让我鄙视你。我跟别人不一样，如果你把我想得跟别人一样，等你说出这个打算的时候，觉得心机达成、套路奏效，表面假惺惺反对，实则心里偷着乐，那你就错了，我恰恰不是这种人。你这样说我只会看不起你，我跟你能在一起将近一年半，就是因为你虽然是个在外面有了人的人，但起码不是个轻易就抛妻弃子的负心汉。当然，我也不能说我是好人，我也算不上什么良家妇女了，但如若你是那样的人，我就不会跟你在一起。"

"那我们怎么办嘛？你要我怎么样？"

"我不要你怎么样，说难听点，我们就算是"炮友"，只不过一不小心玩出了感情、约出了真心。但是，我们从一开始就不应该有什么意图和目的。我们的关系是会结束的，结束以后互相不要找麻烦。成年人，这种起码的准则你应该懂吧——玩得起，就要放得下。"

"我们不是'炮友'，我再说一遍，我不是玩，玩的话我就不会找你，我又不是……"

"不是什么？不是没跟别人约过啊？行，那你今天就好好给我理理，我以前是懒得问你，也不在乎！——怎么样，有过几个啊？什么时候？昨天吗？还是前天？"

"都没有——在你之前。"

"是在我之前没有吗？都是在跟我之后？"

"都是在跟你之前，谈恋爱前、谈恋爱后、结婚前、结婚后、她刚怀孕以后。"

"你活得挺精彩嘛。"

"就那么几个，我跟人家都只约一次，从不约第二次，联系方式也都不留，或者完事就删了，也不聊天谈心，我都不记得她们是谁了。"

"你是想说，你都没走心吗？呵呵——你是机器人吗？你是禽兽吗？你是没有这个事就活不了吗？你是只用下半身思考的吗？——你不嫌脏吗？你不怕惹病吗？"

"我是那么随便的人吗？我都有防护措施啊，跟她也是，宝宝，我只跟你直接来过。"

"闭嘴，别来恶心我。"

"你怎么骂我都行，宝宝，只要你能够解气，你打我都行。——但请你相信我，跟你之后，我就真的再也没有过别人，跟她也没有！我发誓，用我性命发誓，用我父母在天之灵发誓！"

我没再理他。

一连好几天，我都没再理他，微信不回、电话不接、敲门不开、开门反锁、来单位找我我就走开。

之后有一天晚上，我回到家时他已经在家等着我了，他没有开灯，所以我没有任何防备。他给我跪了下来，让我别生气了，让我原谅他。我说："我没有生气，而且那是你之前的事，我又不是你媳妇，你背叛的又不是我，我有什么资格谈原谅不原谅？但是我接受不了，我们就此结束吧。"

他举手做出发誓之势，说不管他以前多么浪荡，但那都是过去了，因为他没有遇见我。他现在真的对我一心一意。

我把这几天的思考质问了他："那她呢？这些事她知道吗？你也跟她交代了吗？包括我！"

他说没有，因为对我说过不跟我撒谎，所以说到做到。

我说："那她也没发现没怀疑吗？"

他说她才不会。

我大概懂了，我有点嗤之以鼻地对他说："所以你是把她当傻子吗？所以你就敢这么明目张胆、肆无忌惮地欺骗她！不，你还是下了些功夫的，所以你发的那些让我以为是对她有感情、顾恋于家的朋友圈，其实只是为了忽悠她、麻痹她而作的秀？！"

他点点头。

"那我呢？大情圣，你的策略又是什么？"

他说："我骗得了你吗？宝宝，我长十个脑子也骗不了你啊！"

"哦，所以你这是自我挑战？换个口味，尝尝玩弄聪明人更刺激、更过瘾的滋味？是不是成就感爆棚？！"

见我这么生气，这么失望，这么决绝，他哭了起来，哭着说我可以冤枉他、委屈他，但求我不要抛弃他，他不能没有我，他不要再受失去的痛苦。他害怕失去我，我是他的一切。他哭得很伤心。这个曾自称自己很久没有哭过、不会再哭的男人，成功哭软了我的心，虽然只是哭软了一部分。

接下来，我进入了一个冷静思考期。我想，难道那些我从他眼神里感受到的真心和感情，都是假的吗？或者不全是真的？还是，那些他所谓的过往不是我该拿来评判当下的他的依据？我既不想冤枉错怪，对他不公，也不想囫囵欺骗自己。我没想出个结果。

一段时间后，他的好朋友——他自称是他最好的哥们彭磊结婚了，他和朋友们要和新郎去另外一个城市接亲。那里离得很远，有一天的车程。他让我跟他去，我说不合适，他说他想让我跟他去。在他的软磨硬泡下，我答应了。

出发的前一晚，他各种和我说睡不着，终于要和我出游了，想想就激动，太激动了。第二天一早，他还和我说，做梦都梦到我们一起出去。我说他的这个"日有所思夜有所梦"太夸张了，他说真是前所未有，连自己都被惊到了。

出发时，他让我把他的手机打开，放他手机软件里的歌，我说："我又不知道你的开机密码。"他大声告诉我，并让我记住，说我以后可以随时打开他手机，查他各种信息，微信聊天记录、通话记录、QQ、微博、淘宝……我说我没这个癖好，他还递给我一张身份证复印件，然后把银行卡和手机银行App的密码也说了一遍。我问他要干吗，他把微信打开，点进各种设置的页面，给我看他把各种添加、搜索的渠道都关闭了，并把电话通讯录给我滑了一遍，一一告诉我那些联系人和他是什么关系，他说没有一个有可疑的称呼……我是既觉得反感又觉得好笑，说道："别在这儿此地无银三百两。"

见到他朋友彭磊的时候，我一打完招呼，他就对我说，听闻已久。我总不可能去问他"闻了些什么"，于是就只道了恭喜。

后来我问他："你的朋友都知道我吗？"他说知道，我责怪他："你不是大嘴巴的人啊，怎么到处说。"

他反问我："你没和你的朋友们说过我吗？"

"说过，说你是'炮友'。"我又继续埋汰他，"你以为知道的人还少啊，靓江城就这么大，我们到处走，随时都能遇上熟人，谁也不瞎。"，

他不满地说："以后不许说我是你'炮友'了，我可说的是你是我的真爱。"

"呸，别白瞎'真爱'这个词，这可是个脱离俗尘的仙词，高级词汇。"

"不说，那就做呗。"

"别贫。"

"以后我就是要跟宝宝高调地在一起。"

"为什么？"

"我们又不是偷偷摸摸的关系。"

"你的意思是，这还算光明正大的关系咯？能不能别这么滑稽。"

"你是我未来的媳妇，这哪里滑稽了？我已经下定了决心了，你等我把事情解决了，到时候你是从也得从，不从也得从。"

我不想接他这个话题，说："我看见迎亲的队伍里，他家长辈也在，你不怕人家议论，对你指指点点啊。"

"不怕，为了宝宝，为了和宝宝在一起，我什么也不怕。"

"那万一人家回去就告状呢？"

"那正好，免得自己说了。"

"你现在是老脸一绷，什么都无所谓了吗？"

"难道宝宝怕吗？宝宝有所谓的吗？"

"你不要总问我、试探我，我胆子有多肥你是见识过的，可这不一样。你有想过吗？是仔细认真地想！如果真要那样，那就是去冲破一条道德和伦常的界限，我们会被骂死，会面对很多东西，会失去很多东西，你有这个能力去接受和处理吗？朋友、家人、同事、熟人……各种社会关系和角色，很头大的。不是随便想一下的那么简单！"

"我知道宝宝考虑问题比我全面和深刻，可我不想想那么多，我只想和你在一起。早些年我就留下这个遗憾了，现在想补救，你要给我机会啊！——宝宝，你之前在看的那本小说叫什么？你不是还在封面写了笔记：爱是勇敢者的特权！"他把我无意中写的读后感搬出来，我居然无言以对了。

因为是办喜事，加上异地风俗兼跨州市游玩，还有他那几个朋友以及对方的亲朋好友都好闹腾，所以那一趟出行其实挺有意思的。他还总问我无不无聊，怕我不自在。我是很开心地去，更开心地回。他偶尔会给家人发个微信、打个电话，问问孩子的情况。

回来那天，到了他们小区门口，他抱着我久久没有下车，有半个小时。他说不想分开，还没分开就很难受、很想念，舍不得。直到我说我憋不住，想赶紧上厕所，他才下车。

　　圣诞节那天，一家烘焙店给我打电话，说我有一个圣诞蛋糕做好了，需要配送还是自取。我很茫然，我没有订蛋糕啊？人家说是我男朋友订给我的，我大概就想到了。然后我问他，他说："宝宝是不是觉得这种惊喜和浪漫也还是普通？——唉呀，我觉得好费脑子啊！"

　　我笑了笑，问他怎么想着送个圣诞蛋糕，他说因为我是基督徒。那个时候我很感动，有这么一个人，会为跟自己有关的东西费些心思。我说我这时候以沉默来表达我的感动，让他自己解读。他回我，那他也以沉默来表达他的祝福，让我自己查收。并在最后说了句："我说过的，很多事我不会去说，但我会去做。宝宝就看着吧！"

　　十二月底，我们聚会群里的一个哥哥高升，要回省城上班去了。他来酃江五年，都没有去过三四个小时车程外的著名景区女儿湖。于是我们中的几个人决定 12 月 31 日陪他去一次，大家一起去那儿跨年。

　　那天，我们中午出发，一共开了三辆车。可是到了中途，因为路面狭窄，那个哥哥开的那辆车在转弯时与对面车相撞，发生了车祸。人倒没事，可车伤得不轻，只能去修理。于是我们无奈打道回府，改为回城到水疗会所放松休养着跨年。

　　几天前下派到了基层的卢昇被抽调到区里的部门紧急支援年底工作。那天他加班。在得知我们返回城里后，他坚持让我晚上回家，不许我在水疗会所过夜。他结束工作后就回来了，和我一起跨年，这是我们一起跨的第一个年。

　　我很高兴，我们还一起拍了纪念照。他知道我喜欢记日记，喜欢记录生活和感想，说之前和彭磊他们去的那趟虽然带了单反，可当时只忙着给新人拍照，都没有好好给我拍几张，以后他的镜头就专属于我，相机和手机都对准我，要给我拍好多照片，记录我的点点滴滴，这样我日后记录的时候还能看图说话。我们俩一生的记录由他负责拍照，我负责写字。（说实话，感谢这些照片和文字，正是这些照片和文字，让这几年的点滴经历在梳理时，历历在目、记忆犹新。）

之后我下楼遛狗回来，发现他在看我手机（他上次把他各种密码告诉我以后，也询问了我的。我记不住他的，应该说，就没去记。可显然，他记住了我的）。

他问我："你们聚会里的人，知道你有男朋友吗？"

"不知道啊。"

"那你发个朋友圈，说你有男朋友了。"

"有这个必要吗？"

"有！我这是宣示主权。"

看他坚决，我也就发了，用了牵手的照片。他还既严肃又温柔地强调："宝宝，记住以后我们俩的身份——你是我女朋友，我是你男朋友。未来，你是我老婆，我是你老公。"

我逗他："你这是宣誓吗？"

他答："是，我是认真的。"

跨年时分到，外面礼花绽响，当时我觉得这一切像凑巧，让一个非正式的瞬间成了某种带有仪式感的时刻，刻在了我们的爱情史上。

随后，朋友圈里一石激起千层浪，炸锅了！一些朋友——尤其是外地的闺蜜们——都来问是什么情况。与我最好的那几个，我都交代了一遍；别的人，要么就没回复，要么就避重就轻地回答了一下。

他对大家的回应很关注，一一查看了每条发来的微信和朋友圈评论，然后开心地喊："我正式拥有冷二妞啦，噢耶！"

就这样跨入了 2017 年。

一月还没过几天，他一副很紧张的愁态对我说："要么春节前，要么春节后，她和孩子要搬回来住了。"

我一听，心里有点不舒服，但我很快回应："好啊，应该的呀。"又补了句，"那你们就好好住在一起呗"，语气有些怪里怪气的。

"我会再买张床，她和孩子住主卧，我去住电脑房！"他解释。

"你为什么要住电脑房？为什么不住以前你爸的房间？"

"我爸的房间地板之前被药水泡得胀了，还没修。"

"分房睡，那她能同意啊？！"

"不同意也得同意。——以后每天晚上我都和宝宝发晚安照、聊晚安视频。"

"你这是在自证清白吗？况且拍了照，聊完视频，还不是又可以跑过去睡。"

"宝宝夜里可以随时给我打电话拨视频来验证。"

"我又没疯！——不过我也摆明立场啊。如果你跟她那啥了，你良心过得去就行，算我活该被骗；可一旦我知道了，我就不会再跟你有半点关系。你应该知道，这是我的底线、我的禁忌。"

他说他知道，并发誓："我说了为我宝宝守身如玉，绝不毁誓，否则，不得好死。"

当他搬到电脑房以后，给我发了房间和床的照片，还让我陪他去选了窗帘，因为电脑房对着阳台，之前没有窗帘。自那以后，他每晚上床后都坚持要和我视频，或者聊天后发给我他的晚安自拍照，他也会向我索要我的晚安自拍照，然后我们互道"晚安"，一起入睡。他有时候半夜都会发来信息和照片，信息无非就是一些"想宝宝，想得睡不着""想宝宝，辗转反侧、难以入眠""想宝宝，梦宝宝梦醒了"之类的话；照片就是在床上可怜兮兮的自拍照，或抿嘴、或嘟嘴、或撇嘴……（有房间的有效信息：窗帘、床头、台灯、时间……），以及他和她的一些微信信息截图。比如，半夜孩子不舒服，她发微信叫他过去；半夜灯不亮，她发微信叫他过去；晚上饿了，她发微信约他吃夜宵……反正就是各种可以证明他们没有住在一个房间的内容。我一般看见信息都是在第二天早上。他越这样，我除了觉得他信守诺言、良苦用心，有时候就会很反感，我偶尔心情不好的时候会故意阴阳怪气道，"你累不累？要活得清白，还要费尽心思证明清白"。有时也会讽刺他，"你对我这是高手过招，遇强则强吗？"但他有个好处，也是我一直认可的优点，就是他脾气很好。他从不跟我计较，这几年里，也没有跟我发过火，甚至没有过大声说话。他说因为他爱我，所以他包容我，也知道我的不易，所以不管我有什么样的情绪，他都任我出气。他还给自己取了几个代号：窦娥昇、白菜昇……以表达自己的冤屈，说随时都可能被我冤枉得出现内伤。但就算伤入膏肓，也只能受着，只要我发泄了、高兴了就好。这方面，我一直觉得难得，还是很感念的。

　　春节前一天，我带着小乖回家过年。我走的那天，他上班，我走之前和他说了一声。可是我刚开到高速的转盘，就看他在前面等着我，我也惊呆了，问他来干吗，他说来看我。小乖很激动，一个劲儿地往窗外伸头，他摸摸小乖的头，对小乖说："真羡慕你，可以和我的宝回家过年。"

　　我让他也好好和孩子过年。他说舍不得我，想和我一起过年，明年就可以和我一起过年了（我有时候觉得上帝似乎听得到每个人说的话，因为许多话经常会应验。好的，就像是圆梦、成全；坏的，就像是惩戒、提点。那之后的第二年，也就是 2018 年，我们真的在一起过了春节）。他还叫我回家后要和他保持联系，不准玩消失，不准和前任接触，不准和男同学厮混，不然他会杀来梵城找我。我笑了。他说我从来没有主动联系过他，他也不奢望了。我说是，以后也不会，我向来如此，更何况是和他这样的情况，所以让他不用期待了。我把他气得够呛，他说那要我保证，能联系得上我，不准不回信息、不接电话，可我说看心情。他手捂胸口，说自己迟早得被我气死，我说他休想诈死，然后让我给他做人工呼吸以占便宜，因为我不会做。他又觉好笑又无奈。他敲了敲我的脑袋，让我回家不许在别人面前这么可爱，我说那看他表现，他说日月可鉴，他会很乖。

　　后来，他把他手机屏保换成了我，是我的一张写真，他用图片软件加工得更有艺术风。那天，他截了张屏保的图片发给我，我一看，开始还是感动的，因为我认识他以来，他的屏保都是些网络图片，我觉得一般有了孩子的父母都会把屏保设成孩子的照片，可他没有过。我觉得他太大胆了，这也太明显了。我问了部门里和我处得好的三个女的，这张屏保能不能看出来是我。她们都说，一眼就能看出来，除非不认识或是没见过我。我正想让他换掉，他紧接着发过来说："好看吧，我宝宝怎么看都惊艳。以后我就可以随时看宝宝。想宝宝的时候，我一打开手机就能看到宝宝。"之后我没再说什么。我也找了张手机相册里他的照片，把它也设置成了我的屏保。（我有一个自小的闺蜜以前对我说过，她觉得我在爱情里有一点不好，就是不主动、不先付出，总是要对方先做了什么，我才会相应地去做什么，她甚至觉得我在这方面有点自私，跟在友情里完全不一样。这我也和林臻、陈枫、卢昇都讲过，其实我不是故意这样，只是我也不知道，就是一种自然的习惯，我没有刻意去改变，也估计改变不了）

第七章　那种以为随时都可以结束的陪伴

二月份，他到了古城的站所，正值游客多的时候，工作很忙，很累、很辛苦，有时候值完班的第二天早上也交不了班，会接着上到晚上甚至第三天。他会不时发微信打电话说太想我了，让我去拯救他。一开始我是不想去的，觉得同事多，人多眼杂。可他说："没事，他们都见过我屏保，他们都知道你是我媳妇。"

我问他："他们怎么会见到你的屏保呢？又不是锁屏屏保，是开机屏保。"

"因为站所没事的时候我们会围在一起打游戏，而且许多工作软件也需要手机登录使用啊。"

后来，我偶尔有空的时候会做饭送去给他，有时候也会陪他去附近吃。有时我实在太忙，就会买面包什么的送去给他。他这个马大哈，经常把充电器什么的落在家里，他一呼叫我，我就赶紧给他送去。他冷了，需要大衣、毯子，我也会送去给他。有一天我下班晚，他还在食堂打了饭菜等我，之后我们一起在车上吃。有一次，他让我去接他下副班，结果他一直走不掉，我就在车上睡着了，等我醒来时，他已经在车上了。我身上盖着他的大衣，他穿着单衫坐在旁边。见我醒了，他给我看他拍下的我睡觉时的丑照，还有他在我旁边摆出各种鬼马动作的合影……久而久之，和他处得好的同事夸奖我们很恩爱，说他是"爱妻号"。他们告诉我，经常会有女游客撩拨他，他都不理；要他微信和电话号码，他也不给。人家一路跟着他，他会没好脾气地说"我有老婆"，并滑开手机指着屏保说，"这就是我老婆"。我打趣他们肯定是收了他的好处，给他作伪证。我让他们把真相告诉我，我请吃更大的餐，大家都笑了。

有一天，我刚好去到站所门口，他站在旁边，和两个女游客在说话，我刚一下车，他就一把把我拉过去，说道："这就是我女人。"人家笑着对我说："你可真有福气，真幸福。"

我开玩笑说："我是来得不是时候吗？我可以先走开的。"

那两个女游客说："我们路过这里，发现这个小哥哥好帅，就来搭讪。但他说他有女人的。这年头，真难得，他很不错。"

"多谢抬爱。"我谦虚道，又玩笑说，"他可能是知道我要来了，时间掐得好。"

我的话把他给气得够呛，把那两个游客逗得不行……

等她们走后，我玩笑着指责他："我都没有人家好看，你就不要把我拉过去了，你随便拉一个好看点的过去，冒充一下我就行了。唉，怎么这么实在。——下次再这样，就提前通知我一声，我化个妆再来。"他立马摆出一副被我气出心脏病的样子，然后跟我索吻。

那段时间，接他等他的时候，我偶尔会在站所斜对面的咖啡店点个饮品，听听老板放的歌，看着熙熙攘攘来往的游客，享受着蓝天、阳光、好空气，那是一段自带文艺气息的好时光。

他一会儿被抽调回来，一会儿被下派回去，反反复复了很长一段时间。但只要他被下派，但凡值完班和副班结束，他都会回来。他经常带夜宵回来，我最喜欢他从古城里我最喜欢那家店带回的饵块，虽然他要走好远的路，但他还是会给我买。他回来后，哪怕我已经睡着了，只要拿着它在我鼻尖挑逗几下，我就会一轱辘起来吃掉。

有一天，他在自己家，晚上的时候我和朋友在KTV，没看到他的微信，他打了好几个电话后我才听到。他问我在哪，我说在唱歌，他说怎么发了那么多微信、打了那么多电话，我不回也不接。我解释说太吵，手机在包里，没听见。他说他来找我，我说不要，他坚持要来，很快就到了KTV门口。他问我是哪间房，我不高兴，不想在朋友面前丢面子，就说有事先走了。见到他时，我发现他脸色不对，我以为他要生气，可是他没有。他很难过地说："宝宝，你知道吗，你只要不理我，我就会特别慌，心里特别难受，喘不上气。"我解释说我没有不理他，真的只是没听见，他说他相信，但是只要联系不上我，他就是那种状态。看他那个样子，我心里也不好受，于是对他说："那我们走吧，以后我在外面玩，会注意看手机。"

他没有带我回家，而是开车去了城郊的一座山上、一个寺庙的背后，那里是醍江的一个制高点，可以俯瞰全城。当晚，夜空明亮，城里也灯火璀璨。我说真好看，表扬他知道很多好地方。他说因为工作原因，自然知道很多我不知道的地方。我问他我家应该在哪个方向，他指了指说："应该在那儿。"

我感叹："从这样的角度看一座城市，我家只能找个大概方向。浩瀚之下，一个人和一个人的一生，都是多么渺小。"

他说："所以世界之大，我能遇上宝宝，是多么幸运。"

"是啊，我们早走一步、晚走一步，向左走一步、向右走一步，都不会遇上，命运多神奇。"

我感觉这个夜晚，像极了我们第一次约会看着容济海湖面聊天的那天，一切静而开阔。只是那时，我们还不算是熟人，走心、谈心却不会交心。而此时，我们已然是身心都结合交融的关系，更加舒适自在。

"宝宝，你是不是觉得我很自私？"他问。

我说："我知道你说的是什么，像今天这样是吧。但宝宝，我是真觉得，两个人即使在一起，也需要有各自的时间和空间。当然，我不是说各自私藏秘密、心怀鬼胎。彼此相爱的人，思想和行动上是要有交代、有回应的，这是尊重，这才叫两个个体融合为一体。不是靠控制，也不是靠管束。我希望你明白，也希望我们能达成一致。"

他说他知道了，会调整，他太在乎我了，怕我会被别人抢走。

"抢得走的就不是爱了，世上所有最后没能走到最后的恋人，不管是什么原因，归根结底都是不爱了，不够爱了。"我看看他，继续说，"宝宝，说实话，我32岁了，也经历了前面那段感情，其实我谈不动恋爱了，也不想再谈恋爱了，我甚至想自己一个人清清静静地过。我跟陈枫最后的那两年，我疲了。当然我不是说他不好，他很好，甚至可以说是完美，但后来我在我们之间感受不到那种爱情的氛围了。我俩之间像有着一种什么情感呢？……也不能说是亲情，像是一种温暖但也已成死灰的感情。原本这个时候我们可以选择走进婚姻，去拯救这段感情，让它从失去了激情的爱情过渡到平平淡淡的亲情，或许这样就会解决很多的问题，一切也就不会再有变故，否则，时间长了，这段奄奄一息的感情只会被断送、埋葬。但是每个人的心性和追求都不一样，我选择了另一条路。我宁愿失去这段感情，也不要维持那种失了内核，仅仅是按部就班的关系，那对我来说更痛苦。——后来我有了你，从一开始的不走心一步步直到现在，我又重新焕发爱情激情澎湃的样子了。但其实，我也很害怕，我怕这是另一个循环。怕一切又败给了时间、败给了蹉跎。真的，时间这个东西太温柔也太残忍了，它从来都不说话，却会给出一切答案。不知道时间里面蕴含着什么，不知道被它裹挟一圈，人和事会变成什么样。它能让原本爱得死去活来的人彼此不再相爱，让原本寻死觅活都要在一起的人想要分开。它恐怖吧，但我们能怪它吗，它是不是背黑锅了？其实元凶是人心，是人心变了，把罪责推脱、抵赖给了时间。"

他看看我，一把把我拥入怀里，搂着我说："宝宝，我的宝宝，宝宝，宝，我知道我宝宝心思细密、敏感多情，但请宝宝相信我，我说到做到。我今时今日怎么待宝宝，以后也是怎么待宝宝。我给你的爱永远都不会少，永远都不会变。"

我没有对他说，以前陈枫也是这样说的，大概普天下所有分开了的情侣一开始也都是这样说，这样会显得我太悲观，也太顽固不化、不解风情。我只对他说："也许男人和女人对时间久了的爱也有理解的偏差。男人坚持还是那样爱她，只不过不像一开始那样热情甜蜜；女人坚持对方没有原来那般爱她，都没有像以前一样了——这大概就是这个分歧的鸿沟，双方始终达不成一致，问题就来了。"

他说反正他要一直都和我这样腻歪，腻歪到他的头发都掉光，我胸都垂到肚脐眼。我鄙视他表述低俗，还说我年纪比他大，肯定衰老得也比他早。而且，女人本来就比男人衰老得快。他说那不更好，到时他再往嫩了打扮，我就可以跟一起跳广场舞的老太太说，"看，老娘我一把年纪了，不照样和小鲜肉老头在一起"。我被他逗乐了，我问他如果我去跳广场舞，那他呢？他说他可要当个酷老头，像陈彼得那样，穿牛仔、骑摩托、听着摇滚来广场上接我，他还要提醒我记着拿扇子和秧歌带子。我笑了，他也大笑。我翻出手机上存着的一对外国老头老太太的情侣装写真给他看，说："我向往的老年生活就是这样的。我最喜欢的爱情，就是少年夫妻老来伴，老来不忘谈恋爱，那才是爱情最美好的样子。"

他点着头，搓搓我的脸，又搓搓我的手，说："那冷老太太，不，是卢老太太，冷了不，卢老头带你回去了啊。"

自那天后，他给我发微信的称呼都统一为"我宝宝""宝宝""宝"，不管说什么，都要先把这三个称呼连着打完一遍。

有一天晚上，我在小区里遛小乖，他回来了，一把从后面抱住我，手就勒在我胸前。我抬眼看见他手上的结婚戒指没有戴着，但我没问也没说。当天晚上，我把一直戴着的陈枫送的项链也取下来了。我曾经答应他要戴一辈子的，我本打算，就算分手了，我也会一直戴着，戴一辈子。

后面几天，他在网上淘了很多情侣装、情侣鞋，把链接发来给我，可我觉得不合适穿，就以衣服都不好看、不喜欢、不满意，款式和尺码不合适为由，给搪塞过去了。

那之后上街，我们不再像之前那样还有所避讳，之前我们虽然走在一起，但从没有肢体接触，现在他会牵我的手、给我背包拎包，有时候还会恶作剧地藏起来，然后突然从后面把我抱起。下电梯的时候，他会故意堵在前面说要背我；有镜子的地方，我们会对着镜子做鬼脸，一起拍照……他喜欢带我去他小时候喜欢去的一家冰粉凉宵摊买冰粉凉宵吃。因为老奶奶只卖袋装的，不好拿，我们就会站在路边，两根吸管插在一个袋里一起喝，比赛谁吸得快，我总是赶不上他。后来我发现那里其实也卖杯装的，但他说杯装的没有袋装量多，不划算。我说他是故意的，他反问我："这样不好玩吗？"他也喜欢带我去买老冰棍吃，两个人一路走一路舔。他坚持只买一个，说要两个人吃一个，就算有时候我觉得不够吃，买了两个，他也坚持要一个一个地一起吃。我知道他的用意，所以也都配合。我看见他快乐得像个孩子，我也挺高兴的。他会问我，有没有找到初恋的感觉。我打击他说，我初恋可比他浪漫多了。他说他有初恋的感觉，感觉以前像是没谈过恋爱一样。

有一天我们在路上遇到一个他认识的人，人家自然很奇怪地打量了我，我明白是什么意思，于是朝他礼貌地笑了笑。上车后，卢昇一路牵着我的手，我没说话，他好几次想说却没有说出来。此时，我们之间有着最"无声胜有声"的体谅与心疼。

当天晚上，他给我发来信息，说他回家后跟他老婆说了不想和她继续过了，问她的意见，她说她只要孩子。我当时被惊到了，有感动，但没有欢喜。我犹豫了一下，让他不要冲动、不要急，孩子才刚一岁多，还太小，什么都还理解不了，现在离开太残忍了。小孩根本不知道发生了什么，以后要再想着去亲近他，去跟他解释，他都不会听。而且那么小的孩子，让她一个人怎么带。她哥哥当时也在闹离婚（这是他前几天讲给我的），要是两个孩子一起婚变，那她父母不得崩溃。我让他再等等，等以后孩子大一点再说。

现在每当我想起之前的这个决定，我依然不后悔。虽然很多知道的人都说，如果我那时候做了别的选择，我们也许早就在一起了，也就不会有后面那些破事了。但我始终觉得，那是一个最正确的抉择。从当时来说，算是我良心上的积德，也是我爱他，会愿意为他着想和付出的举动。因为如果我说我在包括那时的任何时候，我对那个女人心里都是有歉疚和同情的，是没有人会相信的，甚至有人会说做作和矫情，但那就是事实，因为都是女人吧。从后来说，那我觉得如果我当时的这个决定是错过了我们顺利在一起的最佳时机，然后慢慢惹来那么多问题和麻烦，断送了我们的爱情，那我更觉是上天慈悲的安排，挽救我于迷途不返，幸甚至哉。

记得当时部门里和我处得好的三个姐妹在微信群里讨论家事，我还把他和我的这段微信聊天截图发在群里，跟她们三个分享了我的这个紧急心事，问她们我做得是对还是错。

看到我的回复和决定后，他说他很心疼我，他不想我像白天那样被人用异样的眼光看待，他不想我因他而承受这些，他不想和我偷偷摸摸、见不得人，他想名正言顺地和我在一起。我说既然我们选择了彼此，一个眼光算什么？就算人家在后面指指点点、议论唾骂，那又能怎样？反正我无所谓，已经做好了心理准备。他说很感谢我的这些付出，他会加倍对我好，会用一生来补偿我。还说不会让我等太久，就只等孩子再大一些。

看着我们头像之间不断输入的这些字句，我哭了。我感慨于命运这不知道是好还是坏的安排，感动于我们之间这种为彼此着想的情义。不自私，先为对方后为自己，才是爱，就是爱。

三个姐妹第二天都来关心询问我，琳儿和艳艳让我自己想清楚，妍姐叫我为自己考虑，不能什么都只为他想。

闺蜜雷蕾约我吃晚饭时，看我一脸愁容，问我怎么回事。我告诉了她实情，她教育我："你是不是傻呀，他都自己做了决定，又不是你怂恿挑唆的，你为什么还要反对、阻止他呀？！"我说觉得现在还不是时机，孩子还小、她家里也有各种问题和麻烦……

雷蕾打断我："那关你屁事，那是她家的家事，你还对情敌仁慈起来了。"

我说："我觉得她是个好女人。再怎么说，也是我们对不起人家，不能太过分。"

雷蕾抢话道："他自己找的男人，就自己吞这个苦果。而且什么叫不是好时机？现在才是好时机，孩子越小越好。我跟你说，孩子大了才难办，会哭会闹，而且孩子越大跟他越有感情，他可能就会舍不得、离不开。在这种事情上，你不要搞什么无私和伟大，你应该为自己着想。他想离的时候，你让他离就对了，不然他以后万一又不想离了，反悔了，那你怎么办？！"

我知道雷蕾是为我好，大概闺蜜就是这样，哪怕你是错的一边，她也会站在你的立场为你打算，可是她的观点我不赞同，我说："他不是那样的人，我们的感情也不是那样的感情，如果是这样的，那也刚好说明我们没必要在一起。

等待和付出，会让我们的感情升华，也更能巩固我们的真心。"

雷蕾没再劝我，说她知道我拗，劝不动，但还是让我自己长点心。

三月，春暖花开。

三八节那天，我和季静带着她女儿和小乖去郊外踏青、摘草莓。卢昇发来信息说："我的女王陛下，小的恭请圣安，等候陛下用膳过节。"我让他平身，然后想了下，说："要不今天你回去陪她过。以后你也多在家待待，多陪陪孩子。"他问我是不是他做错什么事了，我急忙说："没有，不是，不要多想，我就是觉得这样公平些，我也心安些。而且以后我们多的是时间，我们有一辈子呢。但你和她们在一起的时间是有限的。"他无奈答应今天在家陪她。

季静问我这事，我说，这不是装大度，爱情是排他性的东西，哪个女人会大度。当然，这也不是古时候三妻四妾之间互相礼让玩套路，我就是觉得她挺不容易的，如果我是她，早就炸锅了。卢昇应该多陪伴她和孩子，尽量弥补，少留遗憾。季静既挖苦又充满同情地对我说："既是真爱，也是孽缘啊。"

自那之后，我说到做到，并时时提醒自己。我一直在减少与他共处的时间，规劝、催促他回家。我跟他谈心，告诉他虽然他没有享受过多少父爱，可能对父爱这种东西有些陌生，不知该如何下手去表达，加之一开始就没有做好当爸爸的准备，难免会有些抗拒和排斥，但他应该抛开一切顾虑，去学习和展现，父爱这个东西本身就是天生的，有了血脉就会无师自通，他对升升的疼爱是本能。他说我鼓励了他，激发了他的父爱。从那之后，他开始喜欢跟我聊升升。我们在孩子这个话题上，没有任何芥蒂与隔阂。

三月，我病了一次、伤了一次。

病是因为吃坏了东西，上吐下泻。为了不让他大晚上从家里又跑出来，我谎称病得不严重。但是他了解我，大半夜跑来带我去了医院。从医院回来后，他给我端水喂药，坚持不离开，可最后我还是让他回去了。

伤是做午饭削菜时不小心划伤了手。那时他在上班，赶紧请了假回来，给我包扎伤口。我最怕疼，娇气，就各种鬼哭狼嚎，他又哄又骗地才完成了任务。

相比他熟练掌握各种家庭救治方面的知识技能，我完全就像是这个领域的白痴，这也让我也体会到了自己一个人长大和被惯着长大的人能力上的区别，想来既钦佩，又辛酸。包扎好以后，他让我好好休息，并给我煮了红糖鸡蛋，说可以补血，还让我再也不要做饭了，他来做。我不同意，因为我的目标之一就是变成大厨，并且正在不切实际地朝这个目标努力，不能半途而废。他摇摇我那包着的手指，打击道："算了，我可没有当家庭医生的目标。"

四月，我和同事到省城参加职业资格证复核培训。中途，我先回家参加清明扫墓。清明那天，他也和亲戚去祖坟扫墓，爬山途中，还给我发了许多语音，让我明年跟他一起去给他父母扫墓，我答应了，说一定去。

在省城培训的那几天，无论是上课时间、中午休息，还是晚上与友邻单位聚会联谊，他的微信消息、电话和视频可以说是从未间断。我想，他大概已经把思念，用文字、语言、神态表情、肢体动作诠释得淋漓尽致了。那段时间大概也是我们爱情热度最高的时候，仔细回想，这种状态大概一直持续到了2019年的四月份吧，只不过在2018年底有一个岔点。

培训结束要回来的那天，我的飞机是下午的，他也知道各种航班信息，但他还是从早上就不停地说"怎么还不回来啊""什么时候回来啊""时间怎么这么慢啊""数着秒过啊""快回来吧""我等到发际线都往后移了""再不回来我要死翘翘了"……我笑称，他这就是只听过、没见过的传说中的"相思病"的症候。他说他这哪儿是相思病，应该是相思癌。

四月，家里的数字电视要到期了，我准备去续费，他说要帮我换成网络电视，每年能省很多钱。我很开心地答应了。他在安装的时候用到了我的电脑，在我存照片的硬盘里看见了我和陈枫的许多照片。那会儿我正在阳台上晒东西，并不知道。他弄好后我们一起出去吃饭。我一直觉得他不对劲，问他怎么了，他也不说，直到吃完饭，我要去上班了，他才忍不住地说："都分手了，为什么还要留着照片呢？怀念啊？是不是时不时还要打开看看？"

我懂了，但我不想和他争辩，就故意淘气地问："难道你就没有一张前女友们的照片？"

"没有"他板着脸肯定道。

我说："凡是过往，不都是过去的印迹、曾经的美好吗？为什么要去把它给抹除掉呢？！不人为地抹除，它也照样躺在历史里，因为它就是人生的一部分啊。"

他说那是我的想法，跟他想的不一样。他坚持要折返回家，让我把照片删了。我坚持不应，而且我上班要迟到了。他说："我看你是舍不得吧。那么亲密，生活还那么丰富，覆盖科教文体娱嘛。"他还问我怎么跟他就没这些活动，他是不是只是个替代品。

我那时候真的生气了，本想反驳说：你有这个时间和自由吗？我怎么可能不想像正常情侣谈恋爱一样一起去做这些事情。我本来就是一个爱好广泛、内心丰富、喜欢把生活也过得丰富的人。可是为了你，为了让你多顾家多陪孩子，我不都忍了吗？！我的良苦用心和委屈你领会不到也就算了，还来冤枉我！但我什么都没说，甩头就走了，把车也丢下给他了。

当天，我把他微信删了、电话拉黑了（我不是动不动做这种事的幼稚女孩子，只是当下真的万种委屈心中生），他只能用其他一些社交账号给我发各种认错、求原谅的信息（QQ、微博、百度网盘、淘宝）。因为这些应用我设置了不提醒状态，所以我并没有看到；就算看到，以当时的心情，我应该也会自动屏蔽吧。直到他在我家门外敲门无果，坐了一夜，我才原谅了他。看着冻了一夜的他喷嚏连连，我也反思了自己，是不是心太硬、性子太烈、脾气太大了。

后来，他买来很多文娱工具（积木、五子棋、弹跳球，包括我跟他提过的我小时候最喜欢的跳棋），在家里和我一起玩。他也想教我玩各种他玩的那些我都叫不上名字的游戏，比如"吃鸡"什么的，可我天生缺少这根筋，不喜好、不敏感，所以学不会。他还办了健身卡，和我一起去健身房，开玩笑地说他要练出有肌肉的好身材来诱惑我，免得被"肤浅"的我嫌弃。那段时间，他上下楼会抱着或背着我，用以检验健身后的成果；他也会约我去夜跑，但我晚上要给朋友新开的店帮忙，所以没怎么去过，他自己跑的时候就会给我发来视频（他一边跑，一边听着音乐唱给我听）。那样的日子持续了好几个月吧，我觉得那种生活状态挺阳光、挺健康、挺积极向上的，是我喜欢的生活，所以心情很好。当然，我们之间也不失爱情艺术气息的时候——有一天晚上，他跑着跑着竟然下雨了，而且雨越下越大，他撒娇向我求助，让我去接他，我到了那里问他，怎么不避雨，他喊道，怕躲起来我看不见他，我让他赶紧上车，然后故作深情又俏皮地说："我的眼里只有你，你躲在哪儿我都看得到。"他搂过我，我们深吻起来，在那个没有多少车和人经过的路口，雨噼里啪啦地打在车窗上，车内转弯灯哒哒作响，车灯和路灯辉映，玻璃上雾气迷蒙……他身上的雨水浸湿了我，我们贴得更近了。我觉得那样的经历算得上是唯美的。

五月发生了一件事——我妈过来酃江组织相亲。我和陈枫分手后，我妈理所当然地认为我又是单身了。自己32岁的女儿还单身，对于我妈这个对我催婚多年的退休老太太来说，是何等恐慌和难以接受的事。于是，在我妈的张罗下，一位亲戚把我介绍给了一户酃江的人家——他世交的儿子。我妈知道我自己肯定是不会去跟对方见面的，于是使出杀手锏——和我爸一起过来，两家人见面吃饭。

卢昇知道后很不开心，但是我清楚地跟他讲，这是没有办法的，不管是出于对人家的礼貌，还是对我妈的顺从，我肯定只能跟着我爸妈去跟人家见面吃饭，但是我不会跟人家发生什么，私下我会跟对方讲清楚事实，都是同龄人，大概都会相互理解与帮忙，说不定人家也跟我一样，有难违的父母之命。卢昇说他知道了，也感激我为了他这样做，难为我了，可是他心里还是很不舒服。

到了那天，我和我爸妈去了，自然也不方便和卢昇联系。他自己在办公室用电脑软件做了好多我的肖像漫画，还手工画了一幅我和他的肖像素描漫画。他把画发给我看，还把听了一整天、共计三百多遍的歌《刚好遇见你》的音乐纪录统计图发给了我。我知道他要表达的是些什么，可我既回不了信息，也不能跟他联系。

我爸妈看我和人家互留了联系方式（其实我们已私下达成共识，只做朋友），两家长辈也相谈甚欢，于是没过几天他们就回家了。我爸妈走后他来找我，一见面就把我抱住。那会儿，他的眼睛都泛红了，说这几天简直度日如年。

他把那天画的我和他的漫画合照装裱在一个相框里，递给我，我很惊喜，表扬他画得真好，自己在画画上就没有半点天赋。他说画的时候每一笔都在想着我，感觉我就在眼前。他还给我看了手机淘宝里的订单，已经把他那天在电脑软件上做的其中一张漫画做成了一对情侣手机壳，我着实被感动到了。

5月18日，他去省城出差，让我和他一起去，顺便一起度过"5·20"这个日子。我是交接好工作后的第二天，也就是19日才去的，而且飞机延误了，我在靓江机场一直从上午10点等到下午4点才出发。到省城机场时已经是下午5点，再到酒店已经6点多。我敲门，他开门，递给我一个用纸折的心，不算小。我以为就是颗心，他说打开看，里面才是内容。我大大咧咧地，差点给撕扯烂了。打开一看，是幅画，用水彩笔画的，五颜六色，卡通风格，很可爱。上面大大地写着两个字"情書"，中间是两只手握在一起形成的心形，旁边是数字"520"和英文单词"love"以及一对拥抱的情侣（拥抱的姿势就是我们经常调皮的那种：他张开双臂迎接我，我跑过去跳起来，翘着脚落在他怀里，搂住他脖子，他仰面靠在我肩上，他有时候会佯装我太胖了的吃力状，咬我耳朵让我减肥），情侣中的男生还是他标志性的背着书包的样子。画的右下角还落款：昇笔，2017.5.20。

5月20日这天，我们到处溜达，吃喝玩乐。后来我觉得鞋子不好走，在商场大厅找了个座位坐下来，准备换上新买的一双舒适的鞋子，他立马蹲下去让我扶着。可能是因为那天是那样一个日子，也可能是因为省城人多，在我看来这个十分普通的一个举动，却引得路过的人说"有爱""果然今天是520"（其中的好像也有情侣）……我都有些尴尬了。他问要是他现在跪地求婚，会不会有很多人给他打"call"，然后就势要做，我赶紧把他拉起来，制止道："我32，你28，我们俩加起来刚好60岁。别了，这种事适合年龄加起来不超过50的人做。"他问，那求婚的时候应该怎么做，我说不用求，他问我省城哪里有教堂，要带我去，我说以后该去的时候再去。

快到6月16日的时候，我跟他说："你还记得这个月的16日是什么日子吗？"他很聪明，想了想："难道是你第一次属于了我的日子？"边说还边挤眉弄眼的。我说是的，就是我们俩变成失足男女的日子。我埋怨他居然都不记得了，他说他记得月份，但具体日期不记得了。他邪魅笑道："那是不是要再来一次以示庆祝？"我白他一眼，说："吃个蛋糕庆祝吧。"他打击道："对于吃货而言，还是吃最重要啊。"还说我是找个时机吃蛋糕，以减轻自己内心增肥的罪恶感。

果然那天，半个蛋糕都被我吃了，他和小乖一起分享了另外一半。蛋糕上面的英文字，他吃了"two years"，我吃了"forever love"。

六月，他去参加了单位的分批集中封闭式业务培训，去了两个星期。培训地点在郊外的一座山上，是我送他去的，当时我的感觉只有一个——偏远。

除了每天报备他各种训练、休息的情况，他也很关心我。有一天，我因为工作的事，心情不太好，他发来搞笑的自拍照，说："报告小主，请看，我训练时也不忘卖萌。"又发来一张把两颗木糖醇挤在上下唇之间装兔子的恶搞照，说："你的开心果来啦，我的开心果要开心呀。"一会儿又发来吃饭要把碗舔干净的照片，说："报告主上，小的已经餐毕，请主上一定好好用餐，保重好我要使用的身体"……

中途，按他的要求，我去给他送过几次衣架、洗发水、方便面、纸巾等东西。其实他们那里面有出售这些简单日用品的便利店，但是人在热恋的时候就是这样，会去相互成全这种想念，虽然每次只能短短地见一面。有一天晚上，都快12点了，他们寝室也熄灯了，他给我发来一张滴滴打车的截图，显示起点是训练基地，终点是我家，全程剩余多少公里，需要耗时多久。重点是：附近没车。我懂了，哈哈大笑，说这是滴滴公司都不成全他"越狱"。他说就算打到了，估计也逃不出来。我问，不会被发现和处分吗，他说反正他只能来看我一眼，然后赶紧回去，如果被处分，他就反问人家，"你没有想要出去看的人吗？"，我哈哈大笑，说他是不是《逃学威龙》系列看多了，还以为能煽动起好多人支援他、响应他。

集训的最后是项目考核，考完以后，他特激动地打电话来说，我真的就是他的福星、幸运星。我问何解，他说他用我的幸运数字选了考题，结果正好就是他最擅长的项目，所以几乎得了满分，轻轻松松就过了。他说真是爱死我了，以后涉及数字的问题，就都用我的生日和属于我们俩的幸运数字（这个习惯他一直保持到我俩最后）。

七月，我生日那天，他问我要不要约上一些朋友和他一起给我过个生日，我怕他不自在，就说我只想和他两个人一起简简单单地过。他带我去了一家新开的小龙虾店吃小龙虾，故意让老板只给一对手套。我问他为什么，他说："今天宝宝是寿星，宝宝只管张口吃，我负责剥给宝宝吃，管够，剥到宝宝吃到不想吃为止。"他一只一只地剥了喂给我，喂的时候还说："给妹剥虾，妹就嫁他。"我笑问："你这都从哪听来的俚语？还是自己编的？"他说："只用回答，嫁还是不嫁？"我说吃完再说，他说那就不给吃了，我说那我自己剥，就喊："老板，手套给我一对！"他立马示好拉拢老板："老板，不能拿啊，我这正在敲定终身幸福的大事呢！"老板被逗笑了。他接着逼我说："快说，速速表态，嫁不嫁？"我玩笑说："关乎到吃，你说吃货在这种时候，会选择吃不到吗？"他哈哈大笑说奸计得逞。

晚上吃完蛋糕，没一会儿他就头疼起来。我问他是不是越来越严重，这样不行，一定得好好看看。他说已经好多了，很偶尔地才会疼。我坚持必须去看，去根治。他说他也有这个打算，让我跟他去。我说，看病这种事，我去不合适，还是让她陪他去吧，可是他坚持："宝宝，可是我想要你陪我。"我没有表示同不同意。

第二天，我打电话问了我一个发小闺蜜，她在首都的大医院当医生。我描述了他的情况：小时候没有这个毛病，他爸开始病重那年，不知是愁的还是急的，就开始经常头疼。在市里看了说没什么问题，可就是不明原因地一直疼，后来去旁边市里更好的医院看了，拍了个片，说脑袋里有个血管瘤，建议干预或观察，但他没管，头疼就越来越频繁。那会儿我不知道这个事情，他爸去世后这一年也有所缓解，不太常发作了，但一疼起来就特别疼。

我这个闺蜜说最好赶紧去省城的医院看一下，看看现在具体是一个什么样的病症。她跟我说，脑血管瘤这个东西，说严重是很严重的，有一些会导致脑溢血、中风、偏瘫，甚至死亡。我被吓到了，很担心紧张他。我问，那一般是怎么治，要手术吗，她说要看具体情况，但一般都要手术干预。因为是最知心交心的闺蜜，她还叮嘱我，手术是有风险的，让我不要和他一起去，出点什么问题担不起责任。她还带着玩笑地提醒我，让我赶紧和他分了，万一术后他废了，比如，失忆、残了、丧失部分功能、机能障碍，甚至脑死亡变成植物人了，就来不及了。

卢昇问我咨询的情况怎么样，我怕他有心理负担，就没把这些可怕的担心告诉他。不过之前不知道这些可能性的时候我在考虑是不是陪他去，现在知道了，我毅然决定陪他一起。我告诉他，闺蜜建议去省城大医院专门的科室去看，并介绍了一家省内在这方面最权威的医院。

我们各自向单位申请好了休假，不过都只有一个星期。我们准备开车出发。

去的那天，他坚持要绕道去梵城我家看看，我说赶时间不用，他说他想去看看，平时去省城经过的时候都只是远远看到而已，没有折进去过，说而且我也好久没回家了，应该想家了，于是我便同意了。我们到了梵城后，在城里随意绕了一下，专门从我家小区门口的道路经过。到了小区门口，他问我要不要回家看看，我说那怎么跟我父母交待，算了。看着我过家门而不入的遗憾和失落，他说其实他比我更想进去看看，看看我家、看看我父母，他说终有一天他会和我回来，拜见我父母。我没说话。

到了省城的第二天早上，我们早早地去到了医院。先去的门诊，门诊医生看了他以前在邻市医院拍的片子后，说要到住院部办理住院，然后做造影检查才能确诊。但这个检查是个微创手术，有风险，问是否要做。他征求我的意见，我说肯定要做，不然来了干吗。我们一口答应了。

可是到了住院部，我们发现根本没有床位，办不了入住，护士让我们自己排队等着。可一询问，排队的人很多，不知要排到哪天哪个时候。我既担心他的病情，也担心时间耽搁在排队上，我们的假期不够用可怎么办？于是，我赶紧联系了在省城的各种同学，请人家帮忙打听和联系，最后幸运地在下午一个病患出院后入住到了那个床位。我们抓紧去找了住院部的医生，安排了晚上的造影检查手术。

晚饭时，他开始担心紧张起来，他说他看了医生给的术前告知书，如果造影剂进入血管引起意外，是会死亡的，抢救都可能来不及。我说那只是微乎其微的超小超小的比例，医生肯定都会说最坏的情况，告知书肯定也会把所有可能、不可能的现象都告知，不会有什么的，轻轻松松放好心态，就当进去插个管子玩。他说，那万一检查后瘤子就是要做手术，是不是要把脑袋切开。我说都什么年代了，医学这么发达，哪还会动不动就需要这种大创手术，基本上都是微创了，很少一些情况才需要开颅。他问我怎么知道这么多，我说我都跟闺蜜了解清楚了。他发现我应该有很多东西没有跟他讲，坚持要求我都告诉他。我只跟他说："你记着，你要好好地出来，我会一直在外面等你，你会平安无事的。哪怕你有什么意外，残了、瘫了，我也会照顾你。你傻了，我就当你把老年痴呆提前了，我伺候你，我拿着日记本给你讲你是怎么把我骗到手的，你肯定会记得起来的。"他看着我，把眼里的一丝泪光闪了回去，然后调皮地说："那要是开颅的话，脑袋上一圈线印，多酷啊，多拉风！"我说："是啊，但是可能就留不了你现在这个板寸发型了。"他说让我给他想个新发型，我立马就把手机打开，把我偶像男神的发型照翻给他看，他显然不喜欢，但说我喜欢他就试试。

手术安排在晚上十点，但是按要求，我们提前一个小时就到手术室外去等候。手术室是两间连在一起的，我们看到在他之前做的人被推进去又推出来：有一个效果不太好，医生出来通知，中途就推出来了，两个家属还过去喊着昏迷的病人；有一个是超过了预计时间还没结束，一群家属在那里各种焦躁焦急，议论着各种不好的情况和打算。这把我们搞得心里有点儿慌，我怕影响他情绪，但又不能离开出去，就让他靠在我肩上睡一会儿，没想，他竟然还真的睡着了。

因为前面的病人的手术超了时，所以我们多等了半个小时，快十一点才做上手术。他进去之前还转身对我挥了挥手，我没有过这样的经历，但感觉像极了那些文学影视片段里的场景，虽然俗不可耐，可就是那么真实。我笑着说："别怕，很快的。"他进去后，整个大厅就只剩我和另外一个坐得很远的家属，右手边的安全通道楼梯黑漆漆的，左手边的电梯也不再叮叮响，只有安静的绿光灰暗阴森地照射过来，但我一点也没有觉得害怕，还想象着里面的他进行到了什么步骤：现在应该打了麻醉了，因为是从大腿动脉插管，所以是大腿局麻，他脑袋应该是清醒有意识的；现在应该在大腿处打孔了；现在应该放造影剂了……（我回想着闺蜜和医生给我讲过的手术过程）。但是医生不是说大约就一个小时吗？现在都过了一个小时了（大厅里也只有我了），怎么还没出来？！我启动理智模式，想着如果等下医生出来说他是第一种情况，我得干些什么；如果等下他推出来是第二种情况、第三种情况，我分别要做些什么……正当我想着的时候，手术室的门开了，我赶紧迎上去，他被推出来了。我看见只有一个医生把他推出来，医生看着还挺轻松的，就安心了一大截。我第一时间上前看他，我把脸凑近他的脸，在他耳边叫了声"宝宝"，他微弱地嗯了一声，我看着他的眼睛，把右手食指举起来比了个"1"，问他："这是不是'1'？"他点点头，我就把心放下了。我又查看了他的身体，他整个人被布带绑在担架床上。医生笑着看着我，应该是觉得我是一个还有些常识、心态镇定的家属，然后对我说："手术很好，挺顺利的，到病房好好休息就行了。明后天问主治医生结果，他的右腿大腿处绑了消肿和止疼的袋子，今天晚上不能动，所以要帮他固定好，两个小时以后，麻药失效他会很疼，实在忍不住就跟值班医生说，看看用不用给他打止疼针，行了，快推回病房吧。"

这下难倒我了，我赶紧求助："医生，陪护的就我一个，我一个人推不了（我当时即刻觉得，我一个人可能控制不了这张带轮子的床，要从这栋楼的十几层，跨过半个医院，推到住院部那栋楼的二十几层，中途要是撞到，侧翻，那还了得），有没有护工什么的可以请？"（这个时候后悔自责自己没有照顾过手术病人，没有经验，事前也没有考虑到这些情况，没有做好安排）医生也挺好，说有护工，他们一会儿就上来。

等了好一会儿（等的时候我一边跟卢昇说话，告诉他要是不舒服就用手指给我比"1"，或者眨几下眼睛，或者轻微地摇一下头，他身体怎么方便就怎么表达；一边想着，这么晚了，要是护工不来，那我要怎么办，我想只能打电话给林臻，请他带人来帮忙），护工来了，两个男护工推着床就走了，我紧跟在旁边。那天下着瓢泼大雨，到了一楼，护工从门口的房间里拿了块塑料布出来，盖在卢昇身上，用裹的方式把他整个人裹在里面，包括他的头，然后递给我一把伞，那把伞挺大的，我问那他们呢，两个护工说他们穿着雨衣、戴着雨帽就行了，病人有塑料布，是淋不到的，然后就出发了。一路上，我还是紧贴在床头，用伞去遮卢昇的脑袋和身体。雨很大，而且是斜着下的，很快我整个人几乎就湿透了，豆大的雨点打在卢昇身上的塑料布上，咋咋作响，他拼命把头从塑料布里探出来，有气无力地示意我伞给自己打，我说没事，我淋不到，喝令他把头缩回去，并用手去拉塑料布，把他盖严实。因为行进得急，床两侧的护工走路扫起的水都哗哗打在我脚上和腿上。

说起雨，特别奇怪。我妈说我出生那天就下了雨，我长大后也特别喜欢下雨，就觉得下雨的时候心境特别好。在那个我还爱好写作、喜欢投稿、会发表小文字的年代，一下雨我还就会特别有灵感。后来也一直喜欢，喜欢看、喜欢听、喜欢感受。再后来养了小乖，就不喜欢了，因为下雨的时候遛狗很麻烦，小乖也溜达得不尽兴。但就是很奇怪，我生命中很多特别有标志性或纪念性的时刻，几乎都会下雨。

到了病房，邻床的两个病友已经休息了，我想着动静轻点，可是轻不了，两个护工熟练地把卢昇搬上了床，他们俩还一起低声喊着"一二三"。病友倒也体谅，看了一眼，问我顺利不，我说完"顺利，谢谢关心"，他们就又接着睡了。我谢过两个护工，他们走后，护士来了，各种登记、查看，并叮嘱了一番，说有什么就按呼叫器或到护士站喊她们。

当房间终于安静下来，我赶紧问他觉得怎么样，他说话比之前大声了些，说挺好的，就是右腿动不了，其他没有什么不舒服。我给他盖好被子，不好意思地把灯关了（那两个病友已经被灯光刺眼了许久），让他快点休息。我赶紧从包里拿出湿巾，擦了擦满脸满身的雨，到卫生间火速换了身衣服。因为担心他，我不敢耽搁一下，没顾上洗漱连忙搬了一把椅子到他身旁坐下。白天忙着联系和办理入住和看病的事，也没能去买一张陪护床。他说我不能这样坐一夜，我说没事，让他睡，我看着他，等麻醉过了觉得疼了我会帮他喊护士的。我催他快睡，他叫我也睡，说我肯定累坏了，肯定很困，他疼了会叫醒我，我说好，就把头趴在他左腿旁边准备睡。

不一会儿，他说这样坚决不行，这样睡不好，而且睡一夜明天肯定全身疼，他僵硬地把身体往右边挪，叫我上床睡，睡在他旁边。我紧张地压着声音喊他不要动到右腿，自己没关系的，可他坚持，于是我妥协了。我先赶紧掀开被子查看了下他右腿的情况，看到固定包好好地绑在大腿上，我才放心地挤上了他左侧那点儿窄窄的空间。我小心翼翼，只敢侧身贴着床边，他拉我，让我再往里面点，够睡的。两个人小心翼翼地挪了半天，才稳稳躺好。

我都不记得我是怎么睡着的，估计是累了吧，反正第二天早上他告诉我，我几乎是秒睡，而且一下睡到了清晨护士来查房，半夜他疼得咬牙我都没醒。我问他为什么不叫我，后来怎么办了，自己叫护士了吗，他说他忍了，不然一动就要吵醒我了。我听后，心疼、自责，也怪感动的。我问他现在还疼吗，他说只有一点点，我说那就好，等护士给他输上液，我就去给他买早点，还问他"你放屁了吗？"他说："放了放了，早放了，放屁也没把你冲醒臭醒。"我哈哈笑了。

吃过早餐，我说我到医院下面的超市买张陪护折叠床，他说不用了，就住三天，睡他床上就行了，我说那样会影响他，他说不怕，反正白天有整天睡觉的时间，突然又说不行，不能睡，这样都没人陪我说话，我会无聊。我说不会，让他想睡就睡，我在手机上看书就行，吃饭的时候我会买来喊醒他。果然，没一会儿他就睡着了，估计是夜里真的没有睡好。等他醒来我才敢下楼到医院的超市买脸盆、脚盆、毛巾、牙刷、牙膏、香皂、尿壶、便盆。

那几天，省城气温很高，病房里更是热得闷得够呛，每一秒钟都在克制腻得脏得想洗澡的欲望。我还有洁癖，以前也几乎没有过在医院陪护住院病人的经历（我爸爸只住过一次院，我小学的时候他做阑尾炎手术；我妈妈除了生我，也只住过一次，那是我工作后，可是那次我在学车考驾照，他们不想我耽搁，就没告诉我；爷爷奶奶外公外婆都去世得早，那会儿都是大人在照料），所以我在医院是极为不舒服的，感觉哪哪都是细菌和病菌，坐立不适。一开始，连去摇床起降的那个把手我都恨不得垫张卫生纸。最痛苦的就是上卫生间了，那叫一个连连作呕的恶心。但是我都在强行调试自己。不过，他倒是属于那种比较能自理的病人，第二天就能自己下床上卫生间，自己刷牙洗脸了。我只是给他洗洗脚，看着他每日打针、吃药、量各种指标，给他买一日三餐的饭食。想想我这个连自己爹妈都没有这样照顾过的人，第一次陪护住院却是这样个爱人，心里很是愧对父母。我的闺蜜还来看望了他，说第一次看见这样一面的我。

住院期间，他请他姑姑去�江便民中心帮忙询问医保报销的事宜，可他姑姑好像没有问到什么有效信息，他还因此生了个气。

第四天，在问了主治医生诊疗情况，得知已无大碍，暂时不用手术后，我们出院了。

出院后，我的第一诉求就是——洗澡！直奔酒店洗了个澡，我才舒服过来。看他除了伤口处有些淤青红肿之外，状态还好，我们就去逛了下街，吃了个饭，看了场电影。逛街的时候，我给孩子买了几套衣服（这个习惯一直延续，每次我们出去我都积极给孩子买东西，后来还买过书包、保温杯等。我也每次都会提议给他姑姑买点什么，尤其是在给我妈选购东西的时候。因为我觉得他没有妈妈可让我孝顺，那帮助他长大的姑姑我更该感激与尽心意。可是他总说他姑姑不吃这一套。我想，在长辈面前，男孩子终究不像女孩子一样善于表情达意，也就随他，但每次也都依然坚持提这个建议），也问他要不要给孩子妈买点什么回去，不方便的话我可以回避。他坚决说不买，从来不买，我没说"那你每次出去都给我买回来的呀"，只是想，男人的心果然就像洋葱，一层一层，区别对待，因爱不同，怪不得世人都说"要找一个很爱自己的男人"。幸运自己遇上的男人，似乎也都很爱自己。

出院后的第二天，睡了个懒觉，起来看见他从行李包里拿出了单反，我问："来看病还带相机干吗？"他说："来之前我就想好了，只要我能活着，就给宝宝拍照去。"我问上哪儿拍，他说去我的大学校园如何，问我想不想去回忆青春，又警告只要不要回忆当时的男朋友就行。我说可是我以前的大学校园已经不存在了，学校搬去新校区了，新校区没待过，没感觉。我提议去旁边的另外一所大学拍，以前我也常去那个学校听课，算十分之一个母校。

这个学校因为是老大学，所以校园很美，很有民国时期大学校园的风采，复古、文艺、学术。虽然我没化妆，头发也蓬蓬的，可是每一张拍出来我都很喜欢。草坪上、树下、楼梯上、过道间、楼前……换了好几个地方，整体风格很优雅知性。他一边拍，一边翻给我看。看他拍得认真，我怕他术后身体累着，就佯称自己累了，不继续拍了。可他还跑去旁边请了个在看书的同学帮我们拍了几张合照。第一次和他拍合照，有点不那么默契，一时都想不到要摆点什么姿势，我就随意地坐着，让他搂着我，或是站起来他背着我……拍了四五张吧，拍完一看，他皱皱眉、抿抿嘴说："这个同学拍照技术真不行啊，可是只要是和我宝宝拍的，我就都喜欢！"我说我也是。

后面那天我们就返程了，返程的途中路过一个因温泉而著名的城市，他坚持要陪我去泡温泉放松，我说他不能泡，可他还是坚持，我们还是去了。到了城里，他以前的同事、现在在这个城市工作的一个朋友还请我们吃了顿饭，他们叙了场旧。

泡着温泉的时候他问我，要是这次看病手术他死了我会怎么办。我故意说我是不会为他守丧守寡的，我会再遇上个人，跟人家过。他说不行，我只能是他的。我说所以啊，可不能轻易死去，到什么时候，遇上什么困难、什么病啊灾啊的，都得好好活着。他说，那要是我抛弃他了呢，我说，难道没我他还不活啦，他说是的，说如果我不要他了，他就死给我看，哦不，是先把我杀了，然后再自尽。我以为是玩笑，就跟他说，世上哪有谁没了谁会活不了的，不要偏激，尤其在爱情里，相忘于江湖也是种形式，哪怕不爱了，分手后不撕破脸、不互相埋怨和伤害，不是应该是底线吗，各自好好地活好好地过，不才是对的吗。他没回应我。（世上也许就是有一些话、一些事，是神灵安排给人的预言、提醒，只是当时我没有特异功能能够预见——这番对话两年后一语成谶。如果我有，那就可以避免最后他对我的以死相逼了）

回家那天，路过梵城的时候，他又说："要不就折回去看看父王母后吧（这是我第一次听见他这样称呼我爸妈，那以后他都是这样称呼的）。"我玩笑了句："哎哟喂，小卢子，面还没见上，马屁就先行了啊。"

路上，孩子妈给他打了两次电话（他跟我提她的时候都这样称呼），分别问"要回了吗"，"到哪了"，他都是很凶很不耐烦地回答"我到了家你就知道我回来了"，"我在开车，总是问什么问"。还有一次是孩子外婆打来的，他还差点发错了脾气。虽然这样的语气和态度我都已经听习惯了，他每次在我面前接她电话都是这样，一开始我想他是不是故意在我面前这样，可到后来渐渐地，我发现这就是常态。我也曾和他说过，她在家带孩子也挺辛苦，起码该好好说话，不管爱不爱，这是尊重；我还说如果他以后是这样跟我说话，那一切立马over。我问他看病的情况有没有跟家里说，她们肯定也很担心，怎么这几天也没见电话联系（虽然我觉得我不在病房的时候也许也联系了），他说没有，没必要说，就叫她转几千块钱来都办不好。我没再说话。

回来后第二天，孩子发烧了，他在家照顾，给我打电话时听见我咳嗽了两声，他坚持要来看我照顾我，我说我只是呛到咳两声，一点事没有，让他好好照顾孩子，孩子最重要。他说我比孩子重要，我纠正孩子就是比大人重要，比所有大人都重要。但他依然还是来了。

八月，他给我买了个行车记录仪，装上以后在他手机的应用上给我演示怎么使用，我问："不是应该连在我手机上吗？"他笑说也可以，我逗他："你这到底是给我买了个行车记录仪，还是跟踪定位监视器？"他说被我识破了。

自此，我只要开车，去哪、何时出发、何时到达、谁坐了我的车、在车上聊了些什么，他都一清二楚，有时候还会故意来告知我，显摆嘚瑟。

他爸去世一周年忌日的前一天，他说带我去看他家的老房子，我知道他应该是想他爸妈，想念以前一家三口在那儿的时光了，心里挺心疼他。到了那儿，因为房子早已卖给了人家，我们只能在马路边看看。是一栋路边的两层小洋房，但应该已经有好几十年了，一楼的两间房间现在是铺面，人家开着店。他给我讲着他小时候住在二楼，一楼那时是客厅，后面是院子，他小时候很调皮，经常被大人揍，尤其他爷爷，对他严厉，也对他慈祥。听着满满的回忆感，我想，人都是对旧居很有感情的，他绝对更是对这老房子充满怀念，怀念在里面生活的时光和岁月，毕竟那时候，一家人是齐整的。所以，他当时卖这房子的时候，肯定是极为不舍的。我对他说，我们节约些，也努力些，等赚了攒了足够的钱，就把这房子再买回来，我去跟现在的房主求情，出更高的价格给人家。我还问他现在想不想进去看看，如果想，我现在就去找房主说，用我的三寸不烂之舌和诚心实意感动人家准许我们进去看。他摸摸我的头，说不用了，说里面的样子都在他脑子里，不用看。我听了这话更心疼不已，我拉着他的手说："以后我们一定把它买回来。"我不是随便说的，对于当时的我来说，真的是个决心。他依然说不用，说有我的地方就是家，有我的人生就是新生。

第八章　你给的这个承诺，我不敢怠慢

　　七夕前一天晚上，他带我去吃烧烤。在烧烤摊前，他对我说："宝宝，明天有时间吗？我要带你去个地方，给你个东西。"因为知道他不富裕，我一向都反对他给我买东西，不过他还是会买，出去吃饭我也会抢着付钱，但他也还是会付。

　　我说："不要又乱花钱，我不去，不要买了。"

　　他说："不是买的。"我就很开心地问："又手工给我做了个什么？（我最心仪于手工制作的礼物，我觉得既更有心意，也不浪费钱）"

　　他神神秘秘，还想隐瞒，却也想透露似地吞吐了下，说："是个戒指。"

　　我清晰记得，那分钟他眼睛里有光，那种光芒，我至今犹然还在眼前。

　　"你给我做了个戒指？"我惊道。虽然碍于收戒指这种带有特定含义物件的疑虑，可我还是高兴的，明白他的心思心意，也很感动。

　　"是啊，"他拉了拉他脖子上戴着的项链，"我用这个给你做。"

　　我惊到了，那可是他妈妈留给他的念想和遗物，他可宝贝了，戴着从来没拿下来过。

　　我立马紧张制止："不行，这个不行，这绝对不行肯定不行，这可是你妈妈留给你的，必须一直好好留着，甚至要一代代永久流传收藏！"

　　他说："可是只有这样才能表达我对你的心。"

　　"不，你有心就行了，你有这个心我已经很感动很满足了，我很感激，受宠至极，我都不知道怎么表达了。"我结结巴巴起来。

　　"可是我就是要做个戒指给宝宝，世上独一无二那种，我宝宝是独一无二的，我对宝宝的爱也是独一无二的，我去看了，店里那些都配不上我宝宝，也表达不了我的心！"他也很急切。

"那用普通的银子做就可以了，那样也能表达你的心，只要是你做的，就是你的心。"我赶紧劝道。

他拉过我的手，说："那我们明天就去，去鑫华村做（那是一个离靓江城有半个多小时路程的村子，因制作银器而闻名）。"

我欣然答应："好！"我把另一只手搭在他牵着我手的手上，他也把另外一只手又搭上来，我们笑面相对。（世上若有可以停驻的时刻，那这是我希望的其中之一。就算最后出现了那些狗血、欺耍、残暴……让我什么都不相信了，我也依然相信这天、这时、这刻他的真心和那眼神里的真情真意，并念着这份好）

第二天上午一下班，我们就出发了。虽然是酷热盛夏，却不觉夏日炎炎，只觉得阳光明媚、春风数十里。到了制银店，他把他的要求跟老板说了，老板开始指导他，说是指导，但因工艺手艺的限制，最后相当于是他看着老板做，我也在一边看着，他一直目不转睛地盯着，生怕老板做得有什么不完美的地方。

戒指的款式就是很简洁的那种抛光银圈，内侧刻了"昇 杉"两个字。一开始他是按照我无名指的尺寸做的，做出来后有点小，戴着紧。我跟他说结婚之前不能戴无名指，我不戴无名指，于是他又按照我中指的尺寸做了一个，我说那区分开吧，中指是属于恋爱的，所以他就在这个的内侧刻了"for my love forever"。他戴给我的时候，和对这种场景的所有描述一样——单膝下跪，虔诚无比。

回来后，我们去了一家叫小马厩的西餐厅吃了晚饭，那里可以唱歌，也可以点歌。他不是那种会当众登台去唱歌的人，可那天有许多情侣吃饭，有些情侣中的男士上去唱歌表达了爱意，他就也私下低声给我唱了遍《一生所爱》。

那天晚上，在情爱的缠绵里，我喊他"宝宝"时，他停下来，撩过我的散发，把手放在我的额头，眼睛定定地看着我的眼睛，说："叫老公。"我看他恳切，犹豫了下，叫了。那是我生平第一次对一个男人喊出了这样的称谓，以前对陈枫也没有过，我都只喊他"乖宝"。他很开心地答应了好几声，那种从肺腑发散到眼睑的愉悦，没法形容描绘。他一声声叫着我"老婆""媳妇"，"媳妇”“老婆”……也不知重复了多少遍才停下来。

自那天后，他称呼我时，在"我宝宝""宝宝""宝"外，又多了"老婆"和"媳妇"。

月底，我妈一个酃江的朋友把她的侄儿子介绍给了我，人家很热情，好心想撮合我们。为避免我妈发飙（上次他和我爸过来参与的那次相亲，他们走后自然不了了之了，人家父母还一天到晚地询问我爸妈。我妈很生气，生了我好久的气），也为了照顾这位阿姨的真切心意，所以我也去了，也跟他报备了。

可是他理解得不同，他觉得上次起码很多人在一起，这次就只有我和那个男的单独相处，于是跟我闹得不可开交。我和人家见面回来后，他翻微信、看通讯录，各种检查我手机，更令我生气的是，问我为什么要通过人家添加微信的认证，为什么要存人家的电话。我不想再解释说明这是礼貌礼仪，也没有用权宜之计告诉他"上次不也加了几天就删了"，我就是不说话。那几天，人家给我送来各种礼物，他就更是不依不饶，坚称我就是打心眼里根本没想和他在一起，心里面另有打算。把我气得、冤得、伤得只让他滚，连着好几天都没再理他。

过了几天，他把之前在省城大学里拍的那些照片都修好了，发来给我，并说如果我原谅他了，晚上就到古城站所找他，今天晚上他值班。

我看着照片，想到：是啊，那时在学校里，他给我拍照时那么认真、那么卖力，各种找光线、找角度，请人家来给我们拍合照时那么兴奋异常——想起那个雷雨交加的夜晚，他进手术室前我跟他说至死我都不会抛下他，他从手术室出来回病房的路上，我淋着雨给他打着伞，心里对他说着"我也可以守护你"——我想，是否真的如我的闺蜜骂我的，我是在历段爱情里被宠坏了，对男人的标准和要求太高了？太过于计较和揪着不放了？对一个他因吃醋在乎介意而闹的性子都不放过。

于是晚上，我去站所找了他，还给他带了自己榨的他喜欢的猕猴桃汁。他带我一直在古城里走，我问他去哪儿，他说到了就知道了。到了以后发现，是个教堂。这个教堂在古城里好像已经存在了上百年，我知道有这么个教堂，却从未来过，因为它早就弃用了，只是个建筑景点。他带我走了进去，里面的陈列摆设还是以前教堂使用时候的样子，我很喜欢，很有感觉，后悔自己没早来看看。

当时里面一个人都没有，他拉着我走到前面，然后开始说："上帝，我要娶这个女人为妻，一生一世……"

我赶紧笑笑打断他："你这也太不规范了吧！应该是，我，卢昇，愿遵照教会规定，接受你，冷杉，作为我……还什么娶不娶，还上帝，小心上帝笑话你，哪儿跑来这么个外教愣小子！"

"上帝不允许你们跟其他教派的人结婚吗？"他问。

"肯定允许呀，所有信仰归宗于爱，不知道吗？"我呛回他。

"那他就会原谅我初来乍到不专业！"我睨了他一眼，他举起三指继续说，"那我重新来，我，……"

"不用了，真到了那天我都不想有这个环节。"我说。

他问为什么。我答："中国汉字最神奇的寓意就在于——誓言，有时候真的是打折的话。所有誓言不用说出来，做就行了。真到老了、要死的时候，已然把无论贫穷富贵、无论疾病健康这些做到了，那个时候再说才有意义。不然听听有什么用，过耳瘾呀？！"

他看着我道："才女的思维是不是都这么惊奇？"

我白给他一眼："走啦，不值班啊？小心被投诉！"说着就往外走。他追上我，牵过我的手，我们跟青春期的小情侣谈恋爱一样，共同摇摆着牵挽的手，晃荡着走了。到了教堂门口，他还回头朝着教堂大喊了一声："上帝，她是我的灵魂伴侣！"我大笑，也接着回头喊了一句："他是我的Mr. Right!"

第九章　旖旎欢情，美好时光

九月。

因为他生日的前一天我爸妈要过来靛江做朋友家的乔迁客，而且也想着生日那天他可能想在家和孩子一起过，所以我提前了两天给他庆祝的生日。不过也就是给他做了个蛋糕。因为我要做的是翻糖蛋糕（我想要做一辆他喜欢的车给他，翻糖蛋糕才能做得出那种效果），烘焙工作室的老板说翻糖蛋糕不好返工，得先预练一遍，所以我就提前了一天晚上去练习。我的姐妹琳儿还去参观了我制作，并感叹："杉姐，你简直就是他的太阳。"

第二天正式制作，卢昇忍不住好奇心，一直央求来看。我先是不答应的，因为我想做好后给他惊喜，可是他软磨硬泡，我就还是同意了。看着我专心、认真又生疏、笨拙地做，他觉得是好笑又感动，用手机视频给我拍摄记录了下来。

吃蛋糕的时候，他舍不得碰到蛋糕上的车，说要保留下来放在电视柜上当摆设（后来也的确摆了，可是只摆了一个月就不得已扔了，因为招蚂蚁，实在没办法，扔的时候把他给心疼坏了），只想吃下面的蛋糕。他小心翼翼地吃着，而小乖却在旁边捣乱，差点掀翻了蛋糕。我给他插了蜡烛、唱了生日歌、许了愿，他说一个是明愿，一个是暗愿，明愿可以说出来，就是爱冷杉一辈子，永永远远和冷杉在一起。他不停地亲我，说谢谢我、爱我，说从来没有这样幸福过。小乖也不停地挤来我们中间蹭着、跳着，凑热闹，他打开手机拍了很多我们仨的自拍照，把这一时刻也记录了下来。

他生日的那天晚上，他说想我，要见我。可因为我爸妈在家，他不能来我家，我就出去见了他。我到他家小区门口接了他，然后我们又去了容济海。

这时候的容济海和两年前已经不一样了，虽然是晚上，散步游玩的人没有白天那么多，但是依然停着些车，有些车上有人，有些车上没人，路灯也有了。我们也按顺序把车了停下来。这一次我们没有在车上待着，下了车，他牵着我环湖走着，享受着秋夜徐徐轻风。

我没再像去年一样问他怎么不在家过生日，只是跟他说明天我爸妈就走了。他听了没有开心，只是想了想，问我怎么不跟我爸妈说我有男朋友。

我一惊，苦恼道：“怎么说？我爸妈问我是谁我怎么回答，说是你？！”

他也愁，一时没说话，然后道：“这不是长久之计——万一被发现怎么办？”

我问他：“你是说被孩子他妈发现，还是说被其他人发现？你的亲戚、你的同事、你的朋友们？！”

他说：“她发现我才无所谓，我是说被父王母后发现。我不想让宝宝为了我被责难。”

我说：“何止是责难，估计得被打死。”

他接着说：“而且那时他们肯定就会拆散我们了——所以我们得赶在他们发现之前行动。”

我问：“怎么行动？分了？”

他不满道：“宝宝你是不是就不打算和我在一起？总是说分！你是怕吗？”

“这不是怕不怕的问题，是一个复杂的问题。你有没有想过，真的迈出那一步，你会面临些什么？她我就不说了，她会跟你闹还是不跟你闹，对于她，我不想妄加评论和揣测；你会舍不得孩子，那可是心连心的亲骨肉，当然，我是愿意接纳孩子和我们在一起，也会对他好，可是你觉得可能吗？协商的话，她会给你吗？诉讼的话，我们是过错方，哪有这个资格？你家亲戚，会各种跳出来骂你劝你；她家亲戚，会指责你，甚至为难你；你朋友还好，因为关人家屁事，人家顶多讲讲风凉话，毕竟也有情分，不会怎么样。可是单位同事呢？不爱管别人闲事的人倒还好，喜欢盯着别人事情的人，话可就不会那么好听，脸色可就不会那么好看了。还有领导，也许免不了一顿批评教育，甚至影响工作。这些你都想过没有？而且这些只是冰山一角，离婚真的没有那么简单。你真的做好了应对的准备，有这个勇气去承担这些吗？"

他说看来我比他想得还全面，但他也已经下了决心了，不管会遇上什么，都要跟我一起走下去，并问我呢？

我说："我之前也想过，如张爱玲所言'我爱你，为了你的幸福，我愿意放弃一切，包括你。'但你都愿意为了我而不畏这些，可以付出和牺牲这么多，难道我还会选择在道德的面前当爱情的逃兵？不，我会跟你一样坚定，我愿意为了你，放弃一切，包括所谓世俗领域的自己，哪怕众叛亲离，哪怕被口诛笔伐，哪怕被人们说三道四的唾沫淹死，哪怕一无所有。只要我们在一无所有的时候都还拥有对方，就已经是应有尽有。"

那个时候我觉得我们俩好辛酸，但心却甜。他紧紧地抱着我。风变凉了，却觉夜带着馨暖。我感觉全世界只有我们俩，很孤立，却不孤独。

过了两天，他跟我说，孩子妈家要带着孩子回襄市（觊江和梵城之间的一个城市）。

我问："你不是说她家是河北的吗？怎么又在襄市？"

他说："她奶奶在襄市，回去看老人。"

"哦，那你们哪天去？"

"是她家去，我不去。"

"你不跟着去吗？"我问。他说，去干吗？他最不喜欢跟她家回去，他基本都不去。我没问为什么，哪家没有些鸡毛蒜皮的事。

他却忍不住抱怨："你知道吗，我最烦她家人了，一家子奇葩。她爸就知道打麻将和发脾气，把她哥也养废了，一把年纪了不务正业、游手好闲，在家坐吃等死，不是，是装死，媳妇都受不了他，跟他离了婚。离个婚也是闹了好久。她妈天天就知道在家哭，还跑来我家哭。我都跟她说了，让她妈不要一天来我家像哭丧一样，她哥我直接规定了不准来我家。她还好意思一天到晚跟我说她带娃有多辛苦。她妈也没义务帮我们带娃，整天被亲戚骂她妈只管她不管她哥，说连她外公家都嫌弃她总麻烦娘家。那我想问，孩子是谁想要的？是我吗？还不是她和她妈……"

不知道为什么，我每次一听他说她家的事我就很心烦，因为我根本不想听，可他每次带着那种厌恶说的时候，我是想去理解这个男人的心情的，但是我理解不了这种心态，我最多就说四个字"算了算了"，不会去跟他讲道理。我只有一次带着鄙夷地问他会不会有一天也这样说我爸妈（不想这又一语成谶），他回答，怎么可能。（最后回首往事的时候，我想，大概很多他说的不可能，都会变成可能，而他说过的可能，也都会变成不可能）

她家去襄市的那周，他常约上他的朋友和我们一起去玩，去酒吧、去KTV、去台球室。只是这次，他晚上还会回去半小时至一小时和孩子视频，但也应该就是作秀。后面的几次，就连这种作秀都没有了。我当时对这种举动还是反感的，我就又问他累不累，他说他这都是为了不撕破脸，争取孩子的抚养权。我不好再说什么了，还能说什么呢。

为了哄我开心，那个周末，他带我去了城外一个叫欢音峡的景区游玩。那里有天梯、空中滑索、玻璃栈道等惊险的游乐项目，也有湖光山色可游览拍照。玩得还挺开心，起码他用镜头捕捉到了很多我笑得很本能的瞬间。

月底，我的闺蜜兰岚休假，来靓江找我玩。她是我大学时的同学兼舍友，从大一到现在，都最要好，她也是这世上最了解我的女人之一。想着她几年前已经来过一次，城里的景点都已经玩过了，于是我决定带她去遥远的女儿湖看看，那里的风格更具自然之美，也更符合她的喜好。

本来我只打算我俩开着车去，可是卢昇说路途遥远他不放心，要跟我们去，我逗他："就三四个小时，哪儿就遥远了？想蹭着去玩就直说。"他说免费多了个司机、导游、保安、拎包小弟，有什么不好，还色眯眯地说："而且还可以提供其他服务。"我呸了他。

这次去，他也带了单反，还带了三脚架，一副去拍大片的架势，也果然给我和兰岚拍了很多不错的个人照和合照。尤其为了把我拍好，他在湖边趴着、爬着、卧着、躺着，各种拍摄姿势都用尽了。也拍了几张他和我的，比起上次拍合照，这次我们俩就更有默契了，有几张拍出来一看，很有那种情侣写真大片的感觉。他开玩笑说，以后我们俩连婚纱照都可以自己拍，还能省一大笔钱。

就如我姐妹淘的姐妹和一些朋友闺蜜说的，"我们俩在一起，不是腻，是酿"。兰岚也开玩笑说，来了一趟"狗粮"之旅，并也在我们没注意的时候，用她的手机拍下了很多我们俩很自然也很腻歪的瞬间——站着要搂着，坐着要靠着，走必牵着，吃喝必喂，一起看照片时他亲我额头，等上菜时他给我擦鼻涕……

晚上十点，他按计划拿了摄影装备要去观景台拍星空照。兰岚以"'吃'不动'狗粮'""不再去当灯泡""身体累了"为由，没和我们一起去。对于星空照，在跟他在一起之前，我是一无所知的，后来还是在他的讲解普及下，我慢慢才有了解，但也不懂那些专业的什么是哪个星座、何时出现、在哪个方位、怎样找光避光、各个摄影参数要调到怎样才能拍到等知识。我只是觉得星空照最神奇、最有魅力的地方就在于：要在天空看上去干净得连颗星星都没有的夜晚，才能拍出满空星辰的照片。

那晚，他一直在选位置和设置单反，我们分别跑了观景台和湖边两个地方，直到都快一点了才拍摄成功。开心的是，我们清晰地拍出了银河，他还拍到我特喜欢的一张照片——我坐在观景台仰面望着星空，星空里银河璀璨。他也很开心，说我真的就是他的幸运星，这是他第一次真正成功拍到银河，很有成就感和满足感，说想和我再看一会儿星空，但怕我冷。我其实是冷的，湖边的夜里，气温很低，但看他有兴致，我谎称不冷。他把我裹进他的大衣里，紧紧环抱着我，把他的下巴放在我的头顶，我们就那样看着星空。

虽然那天晚上星星很稀疏，但却觉得比繁星满天美多了。

兰岚走的那天对我说，她也不是支持或不支持我们俩，但她在我们之间看到了爱，深深的、浓浓的爱，这种爱情里两个人满眼都只有对方只有爱的样子。这句话我一直最记得，她也记得。两年后，她也对于我们俩说了一句也许我这生都忘不掉的话，而这句话是那句话的依托，那句话则成了这句话的反诘。

十月。

国庆假期遇上中秋节，也遇上按例值班，所以我没回家。对于月饼，卢昇自小只爱吃一种传统的大饼子，每年中秋都会去定做了吃。今年，他给我也做了一个，不过心意却不是饼子，而是把饼子拿给我时的一番话：老婆，请你再等等我，我从小没有家，我想和你有个家，你就是我的家，有你的地方才是家。

从第二天开始，他更勤于给家里打扫布置：买来了些花花草草（之前我家没有绿植，因为我不会管养植物）、给阳台装了鞋柜、买了台除螨仪给床垫除螨……他做家务的时候会放音乐，会用洗洁精的泡沫在掌里搓出心形……我倒不是追捧网上的那句"做家务的男人最帅"，但我觉得男人做家务的时候看着最顺眼，所以会用手机给他拍下来，在电脑相册里设了专门一个文件夹叫"昇宝宝做家务"。

我爱吃甜点，自小就爱，过几天就要吃一样。可是因为中秋节月饼吃多了，中秋节后好长一段时间，我都并没有吃甜点的欲望，直到快到月底的一个周末，在家窝着突然巨想吃甜点，可是外面下着所谓的深秋雨，也就懒得出门去买了。后来他与我联系的时候问我在干吗，我开玩笑说在画甜点止馋，没想到，一会儿他到了，拎着两块小蛋糕，说是送外卖的。我问他，今天不是有事在家忙吗，他说专门跑出来给我送趟外卖。我一看他鞋子、裤腿和袖子都淋湿了，就问他："你是走路去买的吗？怎么也不打个车？"他说因为我喜欢吃的那家店在我们俩路途的中间，感觉打两次车麻烦，雨也不算大，就走着了。想想仅仅是为了满足我一时口腹之欲，他便能这样做，我很是感动。他需要马上折回去，我让他开车走了，他走的时候，我站在阳台上一直看着他，直至他消失在我的视线里。

十一月的第一天是万圣节，头一天他值班，他让我去给他买好一个南瓜，他要给我做南瓜灯。我先跑了单位附近的小农贸市场，居然没有个像样的南瓜。我也不知道是南瓜都卖完了，还是本地南瓜都不长做南瓜灯的南瓜那个样子，就又去了城里最大的农贸市场，勉强挑了一个。那个南瓜好大，快有我两个头大，觉得还挺搞笑的，就买了它。

第二天我下班回来，他开始动工了。先放好音乐，又打开从网上存好的参照图和方法步骤，拿起水果刀。先在外皮把样貌勾勒出来，又把南瓜顶掀了，把里面掏空（我在旁边看着，感觉掏瓜瓤这个步骤才是最大的工程，刀、勺子、手都用上了，掏了好久，掏满了一垃圾桶），然后就抠眼睛、鼻子、嘴巴。南瓜太大，皮太厚了，这是个集力量与细致于一体的技术活。所以那天，我对这个男人的评价很高——一个大男人，能干有创意的精细活，耐心是比我这个女人好多了去了。

耗时一个半小时，终于完工了。他舒了口气："这可是我做的第一个南瓜灯啊，哎呀，太不容易了！"说着把南瓜灯拿起来端详。"还是像的吧？"

"像，像，很不错，很满意！"我开心地说。

他笑起来，很有成就感地把南瓜灯转了朝向我，放在他脸前面，发出惊悚的呜呜声，问我怕了吗，我说南瓜灯本来就是用来驱逐邪恶幽灵的，自然越恐怖越好，他说："那这样呢？"说着把南瓜灯放下，把两只手耷拉起来，比着鬼怪的表情，装成很恐怖的样子，还来把我抱起来，啃我耳朵，说着："我要吃掉你，求饶也没用！"我回敬："才不求饶呢。"

天黑以后，他把客厅的灯关了，在南瓜灯里放了根蜡烛，我喜欢极了。我也很多年没有做过南瓜灯了，我把南瓜灯抱起来，越看越喜欢，觉得它可爱极了，遗憾只能把它留在照片里，而不能不被腐蚀地一直存放。他说没事，每年都做一个新的给我（但其实，他也只是那年做了那一个罢了），反正以后他都会过这些以前感觉很傻、很无聊的节日。

第十章　爱得深，容易看见伤痕

十一月中旬，我一个异性发小从省城来酡江的下属单位公干，我这个发小从小就是超级学霸，上了名牌大学，学至博士，毕业工作后一路晋级，成就斐然，而且长得也算帅，人多才多艺，反正就是那种"别人家的孩子"。他联系了我，虽然已经晚上了，可多年未见的我们也必须见一面啊，我提议去古城走走坐坐。

去之前我也跟卢昇说了，因为他那天值班，不然他会说我为什么不带他，而且他值班的时候只要没有工作，就会一直给我发信息，所以发小联系我后，我就告诉他了。他问了我要把车停在哪个停车场，这样就能知道我要从哪个路口进。结果我和发小刚进古城走了不一会儿，就看他就已经在前方等着了。当然，他们有礼貌地打了招呼，发小还邀约他一起，我说他值班走不掉。

发小还没吃饭，于是我们找了一家还没打烊的饭店进去吃。我俩聊了好久之后，我忽然发现卢昇就站在店的玻璃窗外面，我"呀"了一声，发小转头也看见了，赶紧起身邀请他进来。他进来只和我们坐着聊了一会儿便走了。

饭后，我把发小送回酒店后，给他打了电话。我问他怎么站在店外不进来，他说他在观察我们，我们真是相谈甚欢。我问他怎么知道我们在那家店，是不是从打招呼后就一路跟着我们，他说有监控。我对他的这种举动很不高兴，挂了电话，没再理他。

我到家后，他又打电话来，说："还发了个朋友圈啊。还搂着拍照，他居然搂你！"（发小说太多年没见，请店员用他手机给我们拍了张留念，然后传给了我。我一看还挺有感触，我们的妈妈是同一个单位的，我们从小一起在一个家属院长大，后来也成了同班同学，再后来他爸妈调到州府去工作，他就转学，他家也搬到了州城，再后来大家都各自出去读书工作，失去联系很多年，再次联系上后也没见过面。今晚可真算阔别多年的重逢，讲起自小很多趣事，回忆满满、情谊满满，所以油然而感发了个朋友圈。照片是两个人坐在一起，他很自然地把手搭在我的肩上）

我说是啊，我妈看见都惊喜了，问，这是谁呀，这不是那谁吗？……他也把照片发给他妈妈问能看出来是谁吗，他妈妈也惊喜地回答，这不是小杉杉嘛，哎哟，样子没变，一眼就能看出来！

因为我不想又闹别扭起冲突（大概上了年纪的女人，有个最大的好处就是，不管她年轻时候多么傲娇或强硬，有了些经历后，她会善于反思自省，会收敛性子，有所改变），所以我故意没把之前的些许不爽放在心上，把这件愉悦的事分享了给他。他却只反讽我："所以很开心咯？"我没再说话。

他接着说："所以人家就可以上你朋友圈，而我为你做了那么多费尽心思的事，你却不发。"

"我没发吗？我发得还少吗？而且你是那种可以让我随时随地光明正大地发朋友圈的人吗？"我忍不住怼道，并继续讽刺他，"而且我跟你不一样，我发朋友圈是真情实感、真趣实乐的即刻表达，没有任何目的，不是像你所说，是用于忽悠某人的工具。我看你不是忽悠某人，而是忽悠大众，一边敢做，一边却戴着面具维持社会形象！"

听我说得狠，他知道我生气了，就又服软："宝宝，对你，我只是没有自信，我在你面前没有安全感，我特别害怕失去你，我特别害怕你离开我。"

我不解地问他："你是在每段恋情里都是这样吗？你对她也这样吗？"

"别说异性了，就连同性朋友她也几乎没有。她和我在一起的时候都 24 岁了，还没谈过恋爱。她和我一样是个可怜虫，她自己都说从小没有被爱过，除了她妈，没人爱她，她爸也不爱她。她的生活就是带孩子和弹琴……"

"行了行了，你别跟我扯这些，跟我没有半点关系。所以你的意思就是我们这种非可怜虫就得活在你们这种可怜虫的控制中？我就得和你们一样的标准，就得深居简出，不配享受友情和美好！"

他问我："都是友情吗？别以为我不知道你身边现在有哪几个追求者……"

"你查我？你查人家？"我反应到，便讥讽道，"那查了更好，你看见我回应人家什么了吗？"

"没有。但是我就是怕你……"

"怕我什么？哈哈哈，怕我背叛你？像当初我和你鬼混，背叛了陈枫一样？"我苦笑，并骂道，"你别以为我因为你背叛了别人，就觉得我也会同样地背叛你，你是把我当惯犯了吧？！你还出轨了呢，我有用同样的思维预判你吗？卢昇，你就是个控制狂，你居然还用这样的心思来想我，你混蛋！"

说完我把电话狠狠地挂了，再也没有接。他在值班，不能跑回来，而第二天我也在他交班回来之前就早早地上班去了。

从第二天起，他每天给我发他下跪的照片，包括他在房间里赤着双腿跪在地板上的。这些照片我到现在还有，之前早就想删了，可是他说让我留着，玩笑说以后告诉孩子，"妈妈才是一家之王，惹不起"。

两三天后我自然原谅他了，我想，毕竟男儿膝下有黄金，我至今都只跪过父母、祖辈和先灵，我怎能坚持己见，强势到让一个男人失了尊严？

到了月底感恩节那天，他早早给我发来微信："感谢宝宝一心一意的爱恋，给了我幸福诚恳的誓言；感谢你一如既往的关爱，给了我温馨幸福的空间；感谢你不离不弃的陪伴，给了我至死不渝的信念。感恩节到了，谢谢我最爱的宝宝，给我带来了无穷无尽的欢乐。爱你，无论海枯石烂、天荒地老。"我知道他不爱写东西，能挤出这些字应该是花了点儿时间，下了些功夫，很感动，本也想温情感动地回复他，可我没有，我故意轻松调皮地逗他："最爱的宝宝！那就是还有次爱的宝宝咯？！哈哈！"把他给气坏了。

进入十二月，好像就是十二月吧，他表妹——他姑姑的女儿要结婚，要先去在另外一个城市的男方家举行婚礼，他自然也得跟着去。当地也有个著名的湖泊景区，他到了以后问我有没有看见他发的朋友圈，我问什么，他说"抚仙抚思念"呀，我说忙着没看见。

他有点失落地说："那可是我发给宝宝的。"

我只能略带歉意地回道："那对不起，我还没注意到——而且你知道我的，就算注意到我也不会去联想。"

他就说："是啊，宝宝要是能有别人那么在意就好了。"

我其实大概感觉到点什么了，我问他："什么意思？"

他说："有人倒是很快就来评论问思念谁。"

我冷笑一声："哼，她吗？"

他居然说："是啊，多希望这么在意的人是我宝宝，可我宝宝根本没反应。"我说那你就回她呀，他说他没回。我不想理他，就以有工作为由没再回应。

晚上他发起视频聊天，我一看他整个脸都是红的，就问他喝多了吗，他说他满心的我和心事，不是喝多了，是喝哭了。我让他赶紧找人照顾他，快去休息，可是他一直叨叨絮絮跟我讲到入夜。具体讲了些什么，我不记得了，那天白天由于朋友圈的事，让我有些不快，我应该是没有心情记日记的。

十二月，每个单位都有很多事需要加班。有一天下午下班的时候，我被领导通知，因财务室的同志家中有事，我和其他几个同志被抽调去支援财务室当天的加班工作。那天加班到很晚，到了晚上我和卢昇例行晚安腻歪的时间时，我也还没有结束工作。卢昇一直等着我，我让他先睡，他坚持说要等我回到家一起睡，我不睡他也睡不着。结果我一直到夜里三点才回家，他一直等着我没有睡，直到我躺上床跟他互相发了晚安照、道了晚安，我们才一起入了睡。

圣诞节的时候，他网上买了份制作手工贺卡的材料要给我做立体卡片。但我记得最清楚的不是那张卡片，而是那天中午他被叫去加班，走的时候误把我的手机拿走了（因为我们俩用的是一样的情侣手机壳，又都是苹果的手机，虽然我的是 6 系，他的是 7 系，但几乎长得一样，不按锁屏屏保是分不清哪个是哪个的。在这之前连锁屏屏保都是一样的，就因为后来误拿过几次，才换成不一样的加以区分，但那几次我们都就在彼此身边），他走后好久我才发现，那怎么办，等他回来不知道他几时能回，而且万一他也要用呢，而且怎么联系？那个时候好恨自己是猪脑子，我既记不得他的手机号码，也记不得他的开机密码（那次他告知我，我听了就过了，哪儿会去记）。车也被他开走了，他的站所离我家又远，只能打车去找他换。可没有手机能用，滴滴也打不了，一路走着打出租，快把路程走过半了才打到，心里想，"这个人也是，怎么也没发现呢，发现了就打电话过来嘛"。

果然，他忙着处理工作并没有发现，直到我到了。和他处得好的同事还打趣"这就是恩爱的代价啊，我们和媳妇的手机就根本不会拿错"，他也回趣："完蛋了，回去要被媳妇收拾了，你们明天见不到我来上班不要奇怪，可能已经'挂'了。"

于是他的同事劝我："嫂子悠着点儿。"

我说："你们明天看他伤情就知道他都遭遇了些什么。"他的同事哈哈笑着。

有一个还说："应该趁机检查他手机，还给他送来干吗，换我媳妇，我回去问她手机是不是在她那儿，她都会因为还没检查完，说没见着呢。"我们都笑了。

卢昇酸道："你们是不喜欢被检查，我是巴不得她检查。"他们一哄而上说他贱，我笑着打了招呼就走了。

晚上回来他问我，为什么连他手机号都记不住，我说现在还需要背电话号码吗，不是都记在手机里就行了吗。他问我那像今天这样的情况，我用不了手机但要找他，怎么办。我还没接话，他就又酸道："哦对，你不需要找我，这么久了，你几乎从来没有主动给我发过一条微信、打过一个电话。不管我出差、下乡、生病，不管我干什么，你也都从来没有主动来问过我关心我，都是我要先告诉你，你才会又问又关心……"

我打断他："首先，我不想和你理论你是否方便，是否有自由供我任意联系；其次，我从来没有这个习惯，不只对你，我自谈恋爱以来，对哪个男朋友都是这样，我也想过这是不是不好的毛病，也被男朋友的朋友误解过这是拽，但其实不是，这就是我的习惯。我也不知道为什么，我也想过要不改改，但还没改掉。"

他可能也是不想再起矛盾冲突，所以也没有再说什么。

12月28日，我回梵城的亲戚家做客。晚上，他发微信叫我到院子里看月亮，说他也在站所院子里看着，说看着同一个月亮，我们就像在一起。虽然冬夜很冷，但我还是裹了条毯子到我家四楼阳台去看了，因为觉得一楼院子受房子影响，视野不好。我们互相发给了对方自己拍的月亮照，他还给我发来一张他在A4纸上写的一个根号算数公式让我计算，我说我数学不好，算不出来，他让我把纸一对折就能看出其中名堂，我折了后就明白了，好像就是一句什么爱你的话的谐音，只是具体不记得了。后来在网上看到，这个段子那几天很流行。

29日，他给我发来一篇长长的信，其实应该说是心里话。那是我见过的除了他半夜发来的整屏"想你想你想你……"之外，字数最多的一条微信，千把个字，像作文，但却真情实感，我的心被打动了。记得最深的几句就是"宝宝你对我来说太重要了，入心入肺……""看见宝宝回家开开心心我也很高兴，但也魂不守舍……""宝宝今天也和我说了觉得愧对父母想要分开的想法，这对于我来说就是一把尖刀插入了心脏……""我觉得爱已经不能形容我们之间的感情，我们已经深入了彼此的灵魂，想要把这灵魂分开，太难了，会要命的……"、"我从来没有如此爱过一个人，全身心投入，忘我的，不知疲惫的……""在我心里，我早已把你当成了我的媳妇，那晚让你叫我老公，我是心里实在憋不住了，好想听你叫上一声，哪怕只是一声，我也超级满足，那分钟，我觉得我是世上最幸福的男人，到现在都回味无穷……""为了你，我可以倾尽所有，无怨无悔……"，落款"这都是我的心里话，爱你，媳妇"。这封信我到现在都还存着，并且在最后事发后，季静、兰岚、孔萱都看过。

31日，我返程回到了酏江，那天他值班，让我去看他。那会儿他正在街上处理事情，为了不影响他，我站在他对面远远的地方看着他，他处理完后也远远地用唇语表达着"老婆，我爱你"，然后过来牵了我的手，我说他在值班，这样被人看见不好，他说那就勾勾手指。刚好那会儿，新年的钟声响起，天空礼花绽放，古城里的人们欢呼雀跃，他悄悄在我耳边说："拉钩上吊，一百年，不许变。"我问："什么不许变？"他说："我爱你，你爱我呀。"还跟我说我不在的这几天，他又跟她提了。我问他怎么提的，他说就是问她，要是不过了怎么办，她就说她只要孩子。我没有继续问接下来还有什么对话或行为，因为我觉得我最起码要坚守的基本准则是：离婚，应该是他自己办的事，而我不该询问，不能参与。

就这样跨入了 2018 年。

一月，他妹妹在靓江娘家这边的婚礼举行。就在那天，他发了个朋友圈恭喜他妹妹，照片是张家族大合影，我看见他牵着她的手。于是我在晚上他回来后问他："你这就是跟她说了要离婚后的状态啊？"他还问我什么意思。

我说："要离婚的人拍张照还都手牵手，这符合一般逻辑吗？"

他懂了，赶紧解释："不是我牵她，是她过来勾了我的手心。之前我都是看见她站在这边就跑去那边站，故意没跟她站在一起，是亲戚说'你家两口子怎么拍个照都隔那么远，赶紧站在一起'，我说不用，我姑姑就瞪了我一眼，我就才过来站在这边的，然后拍照的时候她就拉了我的手。走，不信我带你去问我妹妹！"

"所以你的重点是她拉的你？"我呛他。

"对啊"他答得肯定又无辜。

"所以你的意思是你是被动被牵的？是她，你都跟她说了不过了，她还没脸没皮地偏要牵你？"我继续呛道。

"我不知道她是怎么想的，她本来就是这种性子，不温不火的，我跟她在一起这么多年了，我从来没见她发过脾气。"

"那你这是什么意思？意思就是我脾气大咯？"

"不是，我不是这个意思。就是她就是这种，不管我说什么做什么，多过分，她都不会怎么样。大概也是不想跟我离婚吧，没了我她就一无所有了。"

我摇摇头道："说实话，我不相信有这样的女人，哪怕脾性再好。"

他也急了，透着无奈说："来，我给你看，看了你就信了。"

说着滑开他的手机，打开了她的微信聊天界面，刷着指。"你自己看，我一天有回她几个字吗？我跟她说话有好语气吗？像跟你说话时候那种腻歪样吗？

你看，不管我怎么说她怎么凶她，她有给我回过个不是吗？连她妈生病住院跟我说了，我都没理睬，她也什么都没说……"说着又打开她妈妈的微信聊天界面翻给我看，"你自己看，我也有理睬吗？我有叫一声妈吗？……"

我更气："所以你是还觉得你有理了？做得对了？——而且你这个对比是什么意思？你的意思就是说她性情好，我性情暴；她从来都文文弱弱逆来顺受，而我就随时得理不饶人，没理也强词夺理？！——还有，你凭什么拿我们来比较，人是可以用来比较的吗？我有拿你跟别人比较吗？"

他正要抢话："宝宝……"

我阻止说："不要叫我宝宝，我不是你宝宝。你的这些奇葩理论我不想跟你理论！"

我走进卧室，把门反锁了起来。他在门外各种说各种喊，我都没再开门。

过了几天，季静打电话说好久没聚了，明天有时间约个饭吗，我说行啊，她说她只是一个人，问我是否要带男朋友，我说闺蜜间的聚会，肯定不带。她说她之前有一天在街上遇见了卢昇，卢昇应该没有看见她，他抱着孩子走在前面，孩子妈在后面，等个红绿灯两个人都站得相隔甚远。她在车上看着就想，她和她家郑老师结婚六七年了都没这样。我只"哦"了一声。

又过了几天，他跟我说，他跟他姑姑说了我，姑姑说让他自己办清楚。我奇怪怎么这么顺当，不符合长辈对这种背理之事的一般态度。他跟我说因为他姑姑不喜欢孩子他妈。

我问："为什么不喜欢呢？她的那种性子不恰恰就是长辈应该最喜欢的类型吗？"

他说："反正从一开始就不喜欢，让我想清楚。说她是我自己找的，有什么都只能受着。连她不给孩子断奶我姑姑都骂她是在害孩子。我爸病了和死了她都坚持不在家，我姑姑直接当着亲戚骂她不懂事。所以后来我爸去世了我姑姑也不准我掺和她们家的事，都不准我在她家住，说要搬回自己家过才是自己的日子，包括她哥的那些烂事都不让我理。我姑父还给她哥找过工作，可人家没干几天，招呼也不打就不去了，我姑姑就更讨厌这家人。"

我听着，心想，没妈的孩子，为什么姑姑来充当这个妈的角色？但对于长辈，不可能发表非议，我只是问："那姑姑都知道我了，管她喜不喜欢、接不接纳，我是不是得尽晚辈的礼仪去拜见认错？"他说等他把和她的事情料理清楚再说，我就说好。他还说姑姑这不算什么，我爸妈那才头疼，他在想要怎么去说，会不会天崩地裂。我也很愁地说："让我想想办法吧。"

第二天，他给我订了个心形蛋糕，说吃肥了我，我问他，肥了以后呢，他说肥了就没人要了，就只能在他手里逃不出去了。鄙笑完他后，我自然也原谅他了，我还告诫自己：是不是我疑心太重了？！人和人不一样，我不能拿我的认知和观点，去判定别的女人遇到相同的事情会不会和我有一样的态度、反应和处理方法。

春节前，我妈又在朋友的帮助下安排我相亲，实在没有办法，我说我去。他反对，让告诉我爸妈我有男朋友了。

说了以后，我妈先是不信，觉得我是不想去相亲而骗她、搪塞她，后来经过商量，我们俩一起给我妈打了个电话，我妈才信。过后我妈一个劲儿地问我他的情况，我只说他爸妈都去世了，他就一个人，我妈还挺心疼，说怪可怜的，让我要谈就好好谈，不谈就别伤害人家。

第十一章　给你给我能给的快乐与温软

二月，春节了。我要值班不能回家，我爸妈本来要过来陪我过，可是卢昇说这个春节他要和我一起过，我自然就没有再让我爸妈折腾，我妈想着有个新男友陪我过，也就放心了。

大年二十九那天他值班，三十早上回来后开始补觉，我去上班了。等我五点半下班回到家，他已经把家里打扫干净，对联和福字也贴好了。他准备好了鞭炮，在公寓的单元门前炸了一封，然后我们就出发去已经订好的饭店吃年夜饭去了。可是我们正当开开心心、高高兴兴地吃着、聊着的时候，领导打电话来，要我赶紧回单位加班。我只能去了，就把他一个人丢在饭店独自吃着火锅。

当时我心里很不是滋味，很难过，觉得很对不起他，但依然只能忙于工作，记得那时候大概七点。一个小时后他问我好了没，我说还不知要多久，他说那他打包回家等我，并说我走得急，我的大衣在他那儿，他送来给我，我说不用，让他直接回家。这时我也才反应过来我走的时候把车开走了。大年三十的年夜饭点，他打车等了半个小时，最后还是走回家的，走了一个多小时。我一直到十点半才结束了工作回到家，一路我充满遗憾和愧疚，遗憾于我们一起过的第一个年居然是这样的，愧疚他白白陪了我，连顿饭都没吃好。回家的路上我爸妈还拨视频电话来问过年的情况，我一接起就开始号啕大哭，两位老人劝慰了半天才歇下。

一进家门，我以为他会有点生气或不开心，可他不但没有，还赶紧过来抱我，摸着我的头说："辛苦了辛苦了。"

他给我换了鞋子，扶我到客厅坐下，用他的暖手搓着我的冰手。我一把搂过他，抱着他，委屈地哭起来，喊着："对不起对不起，没有好好跟你一起过到年，把你一个人丢下！"他安慰我："没事没事，以后还有那么多年，年年都有春节的呀。"我越哭越大声，他哄着我，给我擦着眼泪鼻涕，然后说要吃饭，我说不想吃，他说不行，年夜饭必须吃，他还那么远给我拎回来，很重的，我更心疼，答应说好，他跑到厨房把饭菜热了端出来，喂给我吃。我们还给我爸妈拨回去了一个视频电话，他很礼貌地拜了年。我妈对他说："冷杉从小被惯坏了，就是这种，脾气大得很，不顺心还会哭，你多担待，辛苦你了……"看得出他和我爸妈说话还是很紧张，循规蹈矩且有礼貌。挂了电话后他跟我说："父王母后人真好，我们以后要好好孝敬他们。"这话当时把我感动到了，我觉得一个自己没有了父母的人，能想到这样对我爸妈，良心是真好。

饭后已经快十一点了，他说："快，宝宝，要到初一了，走，赶紧到市政广场放鞭炮礼花去！"我开心地积极响应："好好好，快走！"我俩激动兴奋地拎着抱着一堆他买好的烟花爆竹就去了。

感觉自己已经很多年没放过烟花爆竹了，顶多就回家的时候看着孩子们放。他放的时候各种耍宝，搞笑至极，透过火光火花看着他笑得很开心，真的就是那句"高兴得跟个孩子一样"，我也很开心。我放的时候，他给我拍了一些照片和视频，通过它们，我也看到了自己"像个孩子"的样子。

按风俗，应该是大年初一去给先人们扫墓，可是那天他要值班，我也要上班，他就和我说："宝宝明天（初二）陪我去上坟好吗？"我欣然答应。趁中午休息的时候，我去把扫墓要用的祭品供品采买了来。那是我第一次操持这些事情，在家自有我的长辈们操办，怕办得不妥帖周到，我还请教了单位比较有主妇风范的姐姐，确保不缺不漏。

初二那天早上，我换下喜庆年味的衣服，穿了身偏素净的。一路我还时不时观察他，看他有没有难过什么的，可他看上去很正常。我想，要么是时间长了，一些悲伤会淡化；要么因为是男人的悲伤不会外化，可这样会更让人心疼。一路我没太敢讲什么话，不像平时一样嘻嘻哈哈，他还问我："宝宝怎么都不说话？"我不能说我怕说错话，小心翼翼不敢乱说，我瞎说道："我在认路。"

到了墓前，我看有两座坟，他给我介绍那分别是他爷爷奶奶和他爸爸妈妈的合塚，然后开始拿出各种祭品摆放，我给他帮忙。他插香的时候，我摆纸钱；他倒酒摆烟的时候，我放水果和糕点……他磕头的时候叫我也过去磕，他还在他爷爷奶奶的墓前讲，"她叫冷杉，她以后是我老卢家的人，脾气大，但人特善良。"在他爸爸妈妈的墓前他说："这是我给你们领回来的未来的儿媳妇，把我交给她，你们就放心吧。"虽然有些许尴尬，但我心里还是感动的，我没说什么，但我心里念道：愿你们在天之灵安息，如若我们的事惊扰惹怒了你们，也恳请原谅，接纳我们，我们会好好过，我会替你们照顾好他，也请你们保佑他，让他不再受苦。

回城的路上，他拉着我的手问我："宝宝怎么还是不说话？"我说："我不知道他们会不会喜欢我，可是我跟他们说了，我要好好爱你，给你幸福。"他看看我，把手握得更紧了，说："谢谢宝宝。他们肯定会喜欢你呀，我宝宝最会拍长辈马屁，长辈怎么会不喜欢呢？！"我哈哈笑着说："那就好，明年再多孝敬点儿纸钱。"他也笑着打击我说："心机婊。"

初四那天，我们约了季静家一起去郊外的一个游乐庄园玩。他在和季静老公尽兴地打了几把游戏后，又和季静她女儿玩得特别融洽，五岁的小女孩走路只要他牵，还悄悄跟她妈和我说"喜欢这个叔叔"。

后来我跟他转达了孩子的喜欢，他说他也喜欢她，觉得女孩好贴心，还会问喝不喝水，然后对我说："以后我们要个女孩吧！"

我一惊，说："行啊，女孩好，我也喜欢女孩。女孩长得像爸爸，万一不好看你也不能赖我。"

他笑着回："那闺女就得个子像我，外貌像我，还有脾气像我，不然以后又得多个倒霉蛋男人。"

我哈哈笑着问："那什么像我？我倒是希望她什么都别像我，可是按正常的遗传科学，也不可能呀。"

他说："智商像你，才情像你，还有可爱像你。哇，完美！"

我打击道："那名字就叫卢完美吧。"他说那哪行，有这么有才华的娘，名字肯定得超凡脱俗，我说那得等我好好想想。

过了几天，我想了个名字告诉他，他立马到系统里查了下，告诉我，全国没有叫这个名字的人，我说："你怎么好奇的是这个？"他说因为叫我这个名字的人太多了，我故意玩笑说："我告诉我爸，你是说他没文化。"他居然真的有多着急似的，说："别别别，奶奶，太奶奶，祖奶奶，拜托在父王那儿给我留个好印象。"

又过了几天，他给我拨来个视频，我一接，居然是他儿子在对着镜头，我先是一惊，然后听见他在旁边说"叫阿姨"。小孩看看我，叫了声，声音嫩嫩的。他之前一直跟我说孩子说话太慢太晚，心里一直担心。我赶紧摆出那种大人在和小孩共处时的可爱样，对他挥挥手道："哈喽，升升！"小孩也朝我挥挥手，就跑开了。虽然我感觉突然，觉得他这事办得不好，但是想着他在带孩子，所以在他接过镜头后也没有问他这是在干什么，没有说他什么不是，只是说："那你专心带他吧，他跑开了，赶紧追上去看看。"他说了句想我，我们也就挂了。

晚上照例微信腻歪的时候，他问我有没有生气，我说没有。他为了确认我真的没有生气，还特意出去买烟，好借机拨视频电话仔细观察我。（他经常这样，因为他在房间视频的时候，一开始戴着耳机降低音量说话，后来我让他打字，我说话就行，再之后我觉得这种感觉也很怪，就不会接他的视频，只发文字和照片。后来他就喜欢趁出去买烟、买方便面或是散步、溜达时给我拨视频）

我明白他的用意，第二天吃饭的时候，我对他说："宝宝你是不是怕我不喜欢升升？怕我们相处不来？我觉得好像从最早说起孩子这个话题的时候，我就跟你说过了，我既然选择了和你在一起，那自然也就必须得接受他。他以后跟不跟我们住在一起，我都注定和他有关系。孩子是无辜的，而且也相当于是因为我才让他不能在一个健全的家庭里长大，我自然不仅会对他好，而且会更好，我得赎罪，我得弥补他。他喜不喜欢我、恨不恨我，那是他的事，但我说到的，就会做到，因为我是大人。"

"谢谢宝宝，我宝宝就是最好，什么都最好。"他像是放下了心，"那过几天我带他跟宝宝一起玩，好不好？"

我同意了。

三月，是我和升升第一次实际接触。那天中午，我们约了个地方，他带着孩子来找我，我去那附近给孩子买了两块孩子喜欢吃的蛋糕。我们本来计划带孩子去一个郊外农家乐的小型游乐场玩，但是去的路上孩子说想去超市，于是我们又折返去了超市。

孩子一开始对我还是陌生的，虽然会看看我，但是不怎么跟我说话，当然，他也还说不流利。后来越玩越尽兴，慢慢混熟络了，他不只会回应我跟他说的话，还会主动跟我说话，而且话越来越多，还让我给他买玩偶。小孩的世界很简单，他不会去多想什么。等结束了游玩，把他们送回小区门口的时候，他还站在路边老也不走，一个劲儿地跟我挥手，说了好几遍再见，但就是不挪步。

卢昇笑了，说："你是用了什么魔法？没见他对谁这样过。"

"我人见人爱。"我先是俏皮，后又认真地说，"缘分吧可能，可能也是和他有缘，但愿他一直都不会排斥我，虽然以后懂事后难说。"

他说："当然有缘，你以后可是他妈。"

我赶紧比"嘘"，让他赶紧抱孩子走。被抱的时候，孩子还扭着头朝我说："阿姨你下次再带我玩。"卢昇满意又欣慰地对我笑笑，说："瞧瞧，完全被你搞定了。"我就只是抿嘴笑笑，我心里想：这个孩子算是正式走入我的世界了。

晚上卢昇回来以后，我跟他说，以后不要在孩子面前说那种话，会扰乱孩子的认知，他这么小，还没有形成完整的认知系统，他有妈，你跟他说多了个"妈"，他会很奇怪、很茫然。就算他以后跟我们在一起了，这一辈子我都不会让他叫我妈，他自己有妈，她才是他妈，这种东西就不要去争抢霸占了，说难听点，老公都没有了，不能再失去儿子。卢昇问我那叫什么，我说就叫阿姨，我会待他跟自己的孩子一样，甚至比对自己的孩子还好，当然，如果我们有孩子。但是，我就是阿姨，我就只是阿姨。卢昇把我拥入怀里，说："难为宝宝了，这辈子，下辈子，都不知道要怎么报答我宝宝，补偿我宝宝。"我半开玩笑半认真地回他："那下辈子离我远点，不要让我再遇上你。"

后来，他带孩子的时候会经常带着孩子与我视频——孩子在家玩滑梯时会故意坐在滑梯上对着镜头给我做鬼脸；他给孩子蒸了鸡蛋吃，孩子也会故意不好好吃，对着镜头在那儿捣鼓鸡蛋羹。

后来，他第一次把孩子带来我家。孩子对狗是既喜欢又害怕，接触了几次后才敢在一起玩。在我家，上下楼梯他都故意让我牵孩子，有时候还会故意去路口的小超市买东西，让我和孩子单独相处。他也是用心良苦，久而久之，孩子自然和我越发亲密，甚至我们在一起的时候，孩子都只要我牵抱，而不要他，他都笑了。

三月，站所的部分工作人员被再次下分到工作亭。工作亭不像站所有宿舍，没有自己固定的床位，只是亭子隔壁一间小小的铁皮屋里放两张床供所有人轮流睡。卢昇虽然不像我有高度的洁癖，但也还是爱干净，所以他值班的夜里睡觉成了个大问题。一开始他试了两天在亭子里的座椅上睡，可根本没法睡，半夜就硌得全身疼，后来我们俩想了个办法——在车上睡。于是从那天开始，我的车变成了"宿舍"。他值班的时候，我下午下班后就把车开去给他，然后我打车回家，他晚上在车上睡，第二天早上他交班后再把车开回来，赶得上我就开车去上班，赶不上我就打车去上班。这样的日子一直过到2019年的一月份，虽然有时候也有些不方便，但也感觉是幸福的。

我第一次送完"宿舍"需要打车的时候，卢昇把我手机滴滴打车软件中的"紧急联系人"设置成了他。我每次在亭子旁边的路口打车的时候（因为路口以内设了车杆，车开不过来），他也必把我送到车上，并默默记下司机的样子和车牌号，有时候下雨他还会叮嘱司机"麻烦开慢点"。我只要上了车，除非他有工作要做，不然都会跟我一路发微信或打电话，直到我到家。

有一天，我打车的时候他有工作要处理，我自己打车走了，后来他给我发微信、打电话的时候我正在洗澡，一直没看到，这可把他急坏了。因为行程分享上显示早已经到小区门口，订单结束，所以他居然连忙把电话打到了小区门口保安室，问人家有没有注意到我进小区。洗完澡后，我看到那么多未接电话和信息，已经知道怎么回事，自责地想，我这种不主动给他发微信的毛病好像是应该改改，这种情况应该主动跟他说一声"到了，放心吧"之类的。然而这个毛病到最后也没有改掉。当时我赶紧给他回过电话，说："对不起宝宝，我到家后遛完小乖就洗澡了。"他说他已经知道我在家了，急死他了。我诚恳又撒娇地认了错，说以后会改，到了家就会跟他说，他说他才不信。

四月，我做了个牙龈手术，把一小块牙龈增生切除了。虽然是一个小手术，可我是第一次做手术，特别害怕。那天，除了他，季静也陪我去了。术后季静跟我说，卢昇一直在旁边盯着整个手术过程。

手术前，他在他手机上存了我妈妈的电话，说术后给我妈报平安。可是术后他又有点不敢打了，说跟我妈说话会心虚。但是我手术处被包着，嘴巴张不开，说不了话，他就还是打了。我妈说辛苦他照顾我，他说应该的。

那几天，他不值班的时候都温柔周到地照顾我，我说大概老了我们也得这样彼此照顾，因为父母都是希望子女好的，可越优秀的子女也许越不在身边，就算在身边也会尽量不给他们添负担。我还问他要是我恢复得不好，又再长，把牙齿挤掉了怎么办，我就没有一小排牙齿了。他说那就当我提前进入老太太模式，只是我吃的东西可能都要先被他嚼一遍，我说真恶心。他还更恶心地说："没有牙齿，干有些事是不是就不会刮到？——还有，舌吻没有牙齿的冷老太婆会是种什么感觉？"我摇摇头，狠狠白了他一眼。

等我复查完证明恢复良好没问题后，我如约和我的闺蜜孔萱去广州和三亚旅游了一趟。

在我去旅游之前，他特意买了一对写着"已有女友，比你漂亮"和"已有男友，比你帅气"的情侣手机壳，我说他真狂，而且狂得真不切实际，事实哪有那么帅和美，我不好意思用，我还是想继续用原来他画的漫画图的那一对，但他坚持要用，也就用了。

整个旅游过程中，卢昇不出半小时就电话、微信、视频，不间断联系，那种对我们安全的关心以及饱含想念思念的挂牵，让孔萱赞叹不已，我和卢昇最后的事情发生后她也还都提及感叹。

五月，母亲节那天，他自己主动提出要不要问候我妈妈，我说肯定要，那最好。他给我妈打了电话后，我妈很高兴，跟我表扬了他，说他懂事。我和他说："宝宝，你妈妈不在世了，我只能心里对她说一声母亲节快乐。下辈子，若有机会，我一定当面向她祝福，年年都给她过母亲节。"他感动地抱抱我。

过了两天，我姐妹淘里的艳儿过生日，请了大家一起吃饭、唱歌庆祝。饭桌上，另一个姐妹琳儿过来跟我们俩碰酒杯的时候说："希望你们早日修成正果。"他脱口而出："肯定的！"晚上回到家，我跟他说在事情处理好之前不要乱跟别人讲，他说反正快了。我不知道他到底有什么计划和打算，但在这件事上，我从来不问他。

又到一年"5·20"，前一天他值班，当天他休息。早上交班回来之前，他在亭子用各种工具给我摆了个"520"，拍了照片发来给我，我本以为他的"520计划"又泡汤了。后来他回来了，先去买了管道，把家里卫生间洗漱台有点破旧的下水管道修理更换好。然后开始了他设计的项目——做手工石膏"手握手"摆台。

东西是他之前在网上买好的，5月19日那天收到的，因为他值班，所以我去收了抱回了家，他还千叮万嘱我不许提前打开，弄得我可好奇了。买的时候他没跟我说，拆开了我才知道是个什么玩意。做的时候我觉得还挺新奇、挺好玩，除了把地弄脏了些有点挑战洁癖患者的神经，但他也很快打扫干净了。做出来以后我很惊喜，因为成品的样子好得超过了我的预想，我心满意足地表扬了他。他也拿着这个我们共同完成的成果嘚瑟地扭着跳了段舞（其实在制作过程中，我就只是负责被他握着手和他一起把手放进了他调好的石膏浆里），然后把成品放到了电视柜的一个摆设格里。

六月初，我们出去玩了一趟，去的省内一个热带地方，去了四天。他酒量不好，在我一个当地的大学男同学一家热情的接待下喝醉了，吐了一夜。

他依旧带了单反，每到一个景点都给我拍很多照。在其中一个景点拍照的时候，一个独自旅游的阿姨过来请他帮忙拍几张，我们欣然帮助。在给阿姨拍完后，阿姨坚持也要给我们拍几张合照以作答谢。阿姨不会使用单反，所以用手机给我们拍，照相技术也真的不好，把我们都拍在画面的最下方。但是阿姨性格很好，当我们一开始生硬地站拢给她拍时，她还说："不行不行，年轻人不能这样拍照，活跃起来，弄点姿势，像人家拍婚纱照那种。你们结婚了没啊？"于是我们摆了些姿势给阿姨拍，阿姨才满意地说："对对对，这就对了！"拍完照那个阿姨走的时候还来加我微信，并悄悄跟我说："你们怪恩爱的哟。"我问："嗯？"阿姨说："从那边看表演的地方我就看见你们了，他还给你擦椅子，喝水帮你拧开了都还要喂你。小伙儿不错，怪体贴的。我都想起和你叔叔年轻的时候了，看了你们好一会儿！"

后来我们俩走着的时候我问他："你说我们老了以后是不是也会想起年轻时候的我们？想起我们从容济海的那天晚上开始一路走来的经历？"他说那得看有没有得老年痴呆，如果得了，想想也想不起啊。我说："这样一看其实人生的有效时段也挺短的，真该珍惜有限的时间，爱所爱人，别管那么多，好像也是对的啊！"他点点头，亲亲我。

纪念日那天，他值班，所以没有任何庆祝活动，只订了个蛋糕在车上一起吃。蛋糕上插了个数字"3"的蜡烛。

他插的时候说："我觉得还是一根一根的那种好。"

我问："为什么，图插着好玩啊？"

他说："因为那样的话，等30年的时候，就能插满蛋糕面了。"

我说："如果你得了老年痴呆，那要数好几遍都数不清，在那一直数一直插。"

他笑着说："哈哈，是啊"。

第二天是父亲节，我特意跟他说："也是你的节日了，祝你节日快乐。"然后他说他是不是也应该问候下我爸，毕竟母亲节也问候我妈了。我逗他，这是一碗水端平的公平原则吗，然后把我爸的电话号码给了他，他就给我爸打了电话。

男人之间，三言两语很快捷，他就说了句"叔叔，今天是父亲节，祝您节日快乐"，我爸回了句"谢谢"，他说"那叔叔注意身体"，我爸说"好的，谢谢你"，他又说"那叔叔我挂了，再见"，我爸说"好，再见"，就没有了，感觉比跟我妈问候时轻松简单多了。跟我妈电话时，因为我妈会各种客气地说一番，所以感觉他好紧张。这也就决定了后来他跟我爸走得更亲更近，有什么也更喜欢跟我爸说。

七月，我生日那天，他也是值班（对，2018 年过完的时候我跟他说，2018 年几乎我们所有重要的日子，他都在值班）。中午的时候我接到花店的电话，说有个先生送了我束花，一会儿送来给我。我立马就想到是他，刚好他就打电话来了，我说谢谢他，他装作不知道，跟我演了好一会，以至于我都相信不是他送的了。我还打电话问花店的人有没有贺卡，落款是谁，人家说没有贺卡；我说那是来店里买的还是网络或电话订的，人家说客人没有留联系方式，我说怎么可能，除非他是到店买的，不然不管他是在网上还是电话下的订单，总有记录，如果是到店，那有印象他长什么样吗，人家直接说客人不让泄露他的信息，我说那我不要了，不用给我送了，人家说送还是要送的，送到之后我再决定要不要。

一会儿，送花小哥把一盒鲜花礼盒递给我，我打开一看，一张卡片上赫然写着"宝宝生日快乐，永远 18 岁——值班的小可怜送"。我把花和卡片拍了张照发给他，说："难道这世上，值班的"小可怜"那么多？好巧哦。"，他就哈哈哈地笑了。我说："还想来诈我，幸好我经诈。"他就扯道："这花还不错哦，挺好看。"我就略带讥讽地给他圆场："花不错，送花的新花样更不错。"他又哈哈哈地笑了起来。

第二天，他说要给我补过生日，带我去商场吃饭。在点完餐后，他说去上厕所。好一会儿后，我正心想怎么上个厕所还没回来，要不要打个电话问问的时候，他回来了，手背在身后，走到桌前，一边发出"叮铃铃铃"的声音，一边从身后拎出个草莓玩偶。

"原来你是去抓玩偶了呀？"

"是啊，但这不是玩偶，这是我的心。"说着他把草莓放在胸前，开始念叨，"噗通，噗通，噗通"，问我说，"你听到我的心跳了吗？"

这时上菜小哥刚好端菜到桌前，我还没笑，人家先忍不住笑了，搞得他也尴尬地笑了。他问我喜欢吗，我说喜欢，让他下次给我抓个哆啦A梦，他问我也喜欢叮当猫是吧，我说因为我喜欢任意门和时光机，如果有时光机的话，我希望回到好早以前，回到我们都单身自由的时候，然后打开任意门，我就在他面前。他说那就再早一点，越早越好，最好是在幼儿园，那样我们就是对方的第一任男女朋友，而且不会再有其他任。（这样的情话在这个年纪听来知道是不切实际、不可能的，可是越是这样，越会喜笑与感动于这种成人故意天真时的稚气可爱）

有一天，他给我打电话，说让我再等等他可不可以？

我茫然问："我们有约了去干个什么吗？"

他说："我要跟宝宝在一起，我要跟宝宝结婚，这是真的。不是我一直拖着不办，是因为孩子。越来越觉得不能把升升丢在那个家里，她哥又在闹自杀。"

"啊？为什么？"我问。

"想让他爸妈给他钱呗，可是他爸妈还不是身无分文——我要是他，我都不好意思活着——他爸妈要去管的时候我是真不想管，我都跟他们说了，就让他去死，他才舍不得死呢——把家里弄得乌烟瘴气——升升也经常被吓哭，她爸还随时把气撒在升升身上，地上乱丢玩具也会被大骂——我不敢想象把孩子丢在那个家里孩子会受什么样的影响，会长成什么样。"他焦急地说。

我不好去评论别人的家事，尤其是她家，还有，我也觉得关乎孩子的事就是最重要的事。我就和他说："我又没催你。"

他说："我知道宝宝从来没有催过我，也不是会催我的人。可我就是怕宝宝等急了，不等我了，不要我了。"

我说："我可以为了跟你在一起，被别人鄙视。可是我不会为了跟你在一起，做被我自己鄙视的事。"

后来，我原来常去的那家健身房的健身卡到期了，我在一个熟人的推荐下换了一家新开的健身房（这个人的妹妹在这家健身房工作，正在冲业绩）。因为之前已经懒惰荒废了好久，于是决定请个私教指导锻炼。

一开始，我按卢昇的要求，请了个女教练，可是几堂课后，女教练家里有事辞职回老家了，健身房当时没有其他女教练了，就给我安排了个男教练。这个教练很认真负责，会在饭点监督饮食情况，而我又经常忘了主动上报，所以教练就会经常给我发微信或打电话询问。于是卢昇就认定这个教练喜欢我，哪怕我跟他说，我不长着天仙之貌，而且我已经33了，都可以说人到中年了，哪还会有那么多人围着我、盯着我转，再过两年，丢到大街上都无人问津。可他依然坚持他的判断。此后但凡我去健身，他就要拨视频电话，搞得我极为尴尬也不便，我打算只把那三个月的私教课上完就不要教练了，以后自己锻炼。

一天晚上，在我锻炼刚要结束的时候，他突然进到健身房来到我面前。我抬头愣了一下，本能地叫了声"宝宝"，教练也赶紧和他打了个招呼，但是他并没有怎么理会人家，人家也就尴尬而礼貌地对我说了声"那你自己做下拉伸啊"，就走了。

我虽然对他这种并非是来接我看我，而是像查岗的举动心有不爽，但是人前，我不想难堪，也想和他好好的，不想又为类似的事情闹不快。所以我迅速把不良的情绪过滤掉，开心地对他说："这又是给我突然出现的惊喜和浪漫吗？"

他却说："我已经在外面站了好久了。"

"那怎么不进来呢？"我问。

"我在看你呀。"他语气有些阴阳怪气。

我反应道："你不会在外面看了我一节课吧？"

"差不多。"他说。

我心想，一节课可是一个小时啊——还有，我来之前他明明跟我说今晚去替同事值副班——这是骗我，从问我今晚几点锻炼的时候开始，就做好了来查我的打算。

"不来看看怎么知道我宝宝是怎么锻炼的。"他继续说道。

我依然没说话，只心想：这是看吗？是观察？是窥视？是……

我没有跟他表达，没有跟他吵，没有跟他闹，也没有给他脸色跟他冷战，我只是连拉伸也没做，换了衣服叫他一起走了。

那天起，我没有再去那个健身房。当然后来，那个健身房也因为老板卷款逃跑而倒闭了。他强制我把那个教练的微信、电话都删了。

八月初，他去省城出差，那天恰逢火把节。他给我发了个视频，我一看，是用去年火把节他拍的一张打火机的照片做的（就是去年我们去省城医院看病出院那天。那张照片他拍的时候我在旁边给他打的光）。他说又是一年火把节，想起去年火把节那个时候，我陪他走过了生死之关……

我听着，也回忆着，我心想："虽然不至于说是两个人一起共赴了生死那么夸张，真正的生死之爱，那是大爱，是真爱（真爱这个词现在快要被用滥了，人们动不动就用这个词胡乱评价一段爱情。甚至他，或友人，用这个词夸奖赞扬我们的爱情时，我也都会说'现在就下这个定义，为时过早。真爱得经得起时间和世事的磨砺考验，是否是，得以后才知道'）。但去年的那个时候，我真的是在生死面前都不会弃他于不顾不管，我就是有着在生死面前都愿与他执手相持的信念。难道我连爱情里的大义都能深明，却会在他一些小毛病、小偏执的小沟小渠里过不去了？他不也一直都在包容我的坏脾气吗？如果我们的爱真的是真爱，那我又怎能因他这种不是大是大非的问题，就否定他，不理他呢？！"

于是，我像是在对他邀约地说："宝宝，今天算是我们共同经历的一个坎的一周年纪念，那我们做点有纪念意义的事。"

他问我："宝宝有什么提议？"

我说："我们俩节日、生日、'第一次'纪念日，都互相送东西作礼物。'这段经历'的纪念日，我们送点特别的。"

他问我："送什么？"

我说："送美好，送改变，为了对方，为了爱情，我们改掉自己一些不好的方面。比如我，要收敛气性。比如宝宝，嗯……"

我停顿了一下，组织着怎么表达。

"宝宝说呀？要我干吗？——只要是宝宝要我做的，我都会去做。"他忙问。

我说："宝宝就多信任我，多相信我，不要总觉得我会离开宝宝，会和宝宝分手。我既然下了决心，许诺了宝宝，我就会一直一直永永远远和宝宝在一起，一心一意，绝无二心。"

他懂了，说好。我很开心，说："谢谢宝宝同意我这个爱情里的小倡议，我们互相监督，也互相鼓励，一起加油，把自己变成更美好的自己，这就是我们送给对方和送给爱情最好的礼物，也是对一起经过的苦难最好的纪念。"

他也开心答应说："对，好，都听宝宝的。"

那天我很开心，我觉得爱情和婚姻里，两个人就应该这样，这才是爱情有益的方面。

八月，他爸去世两周年。忌日前一天，他让我陪他去写他家里要贴的字和对联，我陪他去了，还把书写师傅裁下来的一截纸拿走了。他问我拿了干吗，我说拿了作个念想，等明年上坟的时候烧了，吉祥。他问我听谁说的，我说记不得在哪本书上看到过的，反正是份孝心敬意，宁信其有不信其无，他说我这个相信科学的人也迷信了，我说所以爱才是世界上最大的科学，也是最大的迷信。

忌日那天，他值班，他责疚于这一年孩子生日、我生日、他爸忌日他都值班，孩子生日只跑回去吃了个饭，我生日第二天补过，他爸忌日也是只能晚饭回去搞祭拜仪式，他说来年一定好好补偿我们。我安慰他来日方长。

过了几天，他们单位组织体能测试，傍晚在一个学校进行，他让我陪他去。还没开始，测试就因为大暴雨而取消了，改在第二天早上进行。回家的途中，雨越来越大，路面都被淹了，他表演着如何把车当船开，然后还看看天空，说："这是谁在渡劫？——这种天气敢发誓的要么问心无愧，要么真是胆大不怕死

——我来发个誓，我爱冷杉，永远不变……"

话还没说完，一声巨雷作响，一道闪电啪嚓。

我笑了，说："自己看看吧，哈哈哈"。

他说："这是巧合，再来一次！"

我说："可别了，别对自己那么狠。"

我们都笑了。

我是那种特别相信举头三尺有神明的人，特别信奉凡事有因，凡因必果。所以经历了最后的事情以后，我也想起了这件事，想起了这个道理。

中元节的头一天他值班，中元节当天早上回来后又去帮我办了个事情，中午回来后就一直在补觉。我忙着自己的事情忘了提醒他，到下午四点左右我才想起来，赶紧叫醒他。等我们去到售卖祭祀用品的商店购买必需的纸袋时（好像是叫这个名字。有些地方叫烧包袱，大概就是那种贴在牌位上的东西，我对这些就是从来都不懂不知晓），都已经卖完了。我们跑了好几家，他说他再去想办法。那时候我内疚得都哭了，我又去找了好几家，甚至跑去市场里寻找，可都关门的关门、收摊的收摊，店家也都早早回去祭祖了。不过他后来好像是找到了（我不知道他有没有怕我自责，骗了我），我特意去放了个河灯以表心意和歉意。

九月，孔萱知道了我爸妈要来过中秋节，说到时候请我爸妈吃饭。闺蜜聊天谈心间，她对我说，她觉得卢昇对我挺好的，挺爱我的，可是她觉得最不好的一点就是他让我等得太久了，这点她最不满意。我跟她说："为了孩子，什么都值得了。"说这话的时候估计脑袋和心里都想着事吧，我忘了她后来跟我说了些什么。但同一天晚上，雷蕾约我看电影，她也跟我说："你倒是大度了，高风亮节了，就怕他和她是俗人。最后，不俗的人恰恰败给了俗理，被俗人辜负。"（故事的最后雷蕾也提起她当时的这段话，所以这又一句谶语）

中秋节前，我跟卢昇说了我爸妈要过来过节，他一听有点紧张。

"是时候拜见二老了。"可他又犯愁地说，"父王母后要是知道了我的实际情况，铁定是不会答应的。"

我说："所以，先瞒着吧。"

他更愁："能瞒多久啊。"

其实我也愁，但我也只能无奈回答："能瞒多久瞒多久吧，在你那边解决了之前。"

他跟我道了歉，说："对不起，都是因为我，才让宝宝经受这些，我都会补偿给宝宝的，父王母后也是，我都会补偿的。"

我爸妈来的那天，是他们第一次见面接触。他倒是极殷勤：端茶倒水、削水果、添饭盛菜、帮我妈提东西、给我爸开车门……说话都是躬腰状。后来我跟他说："你才是拍长辈马屁的精中精，我从一开始的紧张，到后来瞠目结舌，你才是讨好长辈的心机婊。"他哈哈哈大笑了起来。

晚上，我们一家三口在家的时候，我妈又夸他懂礼貌。我爸也夸奖说："不容易，没有父母的孩子，自己成长成这样，不错的。"我心想：第一印象不错，那接下来就算雷霆震怒，应该也还会有转圜的可能吧。

我转告给他后，他也可开心了。当然，在我还没来及转告的时候，他就已经急不可耐地问了好几遍，"怎么样？好紧张！父王母后对我什么印象什么评价？喜欢我吗？"我算是乐观地对他说："我只能说，一切皆有可能。"

第二天，他当司机和导游，带我爸妈去玩了一趟，也给我爸妈拍了些照片，我妈还提议四个人共同拍张合照。休息的时候我妈问他说："小卢，你爸妈过世了，那家里还有些什么亲戚？你和冷杉在相处，我们过来了是不是该走动走动，请他们吃个饭什么的，不然是不是显得不懂礼数？"我心头一惊，他倒反应快："就还有我姑姑家，可是她家去外地女婿家过节去了——其他亲戚，因为我爸的一些原因，相处不好，不怎么有来往。"我爸就赶紧打断我妈，对卢昇说："没事，那下次，下次我们过来再拜访你姑姑家，或者邀请他们到梵城去。"

晚上回家后，我爸还"教育"我妈。

"人家孩子那么个情况，说着听着都难受，你还问什么问，人家自己说着肯定心里不是滋味。"

我妈说:"我又没说什么,说他父母去世的时候我都是小心翼翼的,那亲戚啊什么的总该问问嘛,我们又不是本地人,又不了解。"

我爸说:"那万一人家就是走得不亲近,他就孤家寡人一个呢?所以不要问了,他要说的话他自己会说,他不说就不要盯着问,别提人家的伤心事。"

我妈提议:"那要不我不直接问他,就通过酃江的亲戚朋友打听一下?"

我爸立马喝止道:"这种更不要,多大个城市,传到他耳朵里他怎么想,是看不起人家无父无母吗?"(到最后,我爸特别后悔和自责他当时这个主张。)

第三天,中秋节,他值班,我爸说我们自己在家做了饭送去给他,他说不用麻烦,所里会给亭子里送饭,于是我和我爸妈就在家自己吃了,没有管他。傍晚,他给我发微信,让我带我爸妈去古城参加天文观测活动,他觉得那个有意思,老人说不定会喜欢。于是我们就去了,我还借机给他送了"宿舍"。回来我爸夸奖我说,不管是情侣还是夫妻,同甘共苦都才是相处之道,东西要一起分享共用,麻烦要一起面对承担。

第四天,我爸妈启程回家了,他也赶在他们走之前交班回来送行。我爸只轻描淡写地说了句:"我们走了,你们俩好好的,有什么困难就说,家里会帮助你们的,有时间的话回家来。"我妈本来还想啰嗦几句,但是看见我爸的眼色,就也没说什么。

他们走后,卢昇拍拍胸,呼了口气说:"啊,算是过关了吧。"我说:"关还多着呢,大关还在后面呢。"

后来吃饭的时候,他跟我说:"宝宝,我觉得父王母后还挺恩爱的,那天去玩,陡的地方父王都牵着母后,拍照也都搂着她。"

我说:"是啊,他们俩一直这样,出去散步都这样。"

他说:"真难得,我们要向父王母后学习。"

我说:"是的,我爸妈给我提供了模范夫妻的范本。我爸年轻追我妈的时候,我外婆说我妈不会做饭,我爸说不要我妈做饭,然后真的,自我记事起,我没见我妈做过一顿饭。我妈也除了自己的工作之外一直支持我爸的事业,那些年国企改制下海经商,我爸才赚到了一点点钱。我妈六年前跌跤,医生说可能会瘫痪,我妈就特别害怕,我爸说怕什么,有他伺候照顾呢!然后真的不离身地照顾了好几个月。我妈除了落下了腰疼的毛病，一点事没有。自那以后，我爸更是连一件衣服、一双袜子都没让我妈洗过。"

他眼睛都亮了，感叹道："我有榜样了，父王就是我的榜样！"

我打击他说："你可达不到我爸的境界。我要求可不高，十分之一我就满足了。"他不屑地看了我一眼。

"而且我从来没见我爸对我妈发过脾气，那天我爸表情有点严肃都还是因为你的事。"我接着说。

"啊？什么事？我怎么啦？"他忙问。

我说："因为我妈想打听你各种事嘛，我爸就不让她问，怕提到你的伤心事。"

他感动又玩笑道："看来以后这个家里，我和父王是联盟，共同抗击你和母后这对强势CP。"

"其实这好像也是你和我爸的缘分，我爸很小的时候我爷爷也就去世了，他对我爷爷更是连点印象都没有，直到后来又有了我后面那个爷爷，对我爸特好，两个人父子情深。爷爷弥留之际特别舍不得我爸，爷爷走的时候，我爸哭惨了。"卢昇也听得难过，我继续说，"所以可能这也就是我爸特别偏护你的原因吧。"

他感动地说："多谢父王厚爱了，怪不得跟父王有一见如故的感觉。"

我说："可能没有我，你和我爸也会成为忘年之交，彼此惺惺相惜。"

他说他也有这种感觉，并说要锻炼酒量，以后在家陪我爸唠嗑小酌。

第十二章　做了你的懂小姐，选择了义无反顾

十月。

国庆期间，要么他值班，要么我值班，6号那天两个人才都休息，于是，我们就去了郊外游玩。

一路听着歌，卢昇突然跟我说："宝宝，我想跟你说句话。"

我说："什么？情话？正事的话？"

他说："也是情话，也是正事。"

我说："那说出来我判断一下"

"世间万千懂小姐，唯有一个冷杉杉。"

"不错哦，学渣，起码字数对仗了。"

他哈哈笑道："因为不是随口而出的，还是下了功夫的。"我也哈哈笑了。那会儿车里正放着《再度重相逢》，正结束的时候他就点了重放，我问他："喜欢这歌啊？"

他说："听我唱。"等歌词到了"有你跟我就已经足够，你就在我的世界升起了彩虹"这句时，他便扯开嗓门跟着唱了起来，我看看他，笑了，然后跟着他一起唱，"简单爱你心所爱，世界也变得大了起来……"

这遍之后他又点了重放，我说："还没够啊？"

他说："这遍你不许唱，听我只唱几句。"

我说好，然后一直等，可他都不唱，我问："怎么还不唱？"他说："快了快了，马上到了。"然后跟着唱道："我们是如此不同，肯定前世就已经深爱过，讲好了这一辈子，再度重相逢。"

唱完他说："是吧？我觉得我们俩肯定就是这样的。"

我只笑，没说话。

他就问："宝宝不认同吗？"

我说："这样吧，你不是总说我不爱发秀恩爱的朋友圈吗？今天这条奖你了。"

于是，我配上中午吃饭时他给拍的照片（已经忘了他是从什么时候开始，喜欢在吃饭的时候拍坐在对面的我，大概是真把我当吃货吧。不到写这篇记录之前翻相册，都没发现居然有那么多他在我吃饭的时候拍的我的照片），写上文字"每天活在情话里之今天"，发了。他开心地欢呼鼓掌，我让他把紧方向盘，他说我就是他人生的方向，把紧我就把住了人生，我说他就会花言巧语，巧言令色。

过了几天，我们俩都补休。他带我去了一个射击场射击，又去了附近的一个老景区，那里有一个新建的项目——高空玻璃栈道。我是特别怕高的，上次去欢音峡的时候已经胆战心惊地挑战过自己的极限了，这次这个看着更恐怖。我退缩，不敢上去，他就抱着我上去，到栈道中段的时候，他把我抱到边上，让我看下面，我哪敢看啊！

他问："怕不？"

我说："废话！"

他说："有朝一日，你要是抛弃我，我就把你从这扔下去。"

当时只当是一句玩笑的吓唬，没想有可能成真。

下了栈道所在的山，下面就是河流景观，他按例给我拍完很多照片后，我俩买了水在亭子里休息。后来来了一对小情侣，打情骂俏地说着"是一见钟情的好吧"之类的话。

他们走后，卢昇问我："你对我真不是一见钟情？"我说不是。

他说："哼，那凭什么我是！"

我说："这也得公平啊？！"

他又问我："那你对谁是一见钟情的？对前任？对前前任？"

我说："前任吧。"

他又哼了一大声，甩头就走了，但是那种劲儿很可爱。

我追上去故意调皮地问他："那你呢？对谁都是啊？"

他说不是。

我说："那我同样的话问你。前任？前前任？哦不，你的应该是现任。"

他说："我的现任就是冷杉杉啊，以后任，最后任，都是她。"

我隔了一会儿又问他："那她呢？你对她也是吗？你们俩是怎么在一起的？"

他脸拉了下来，说："在朋友的饭局上认识的，然后就加了微信，但也没有联系。后来有一天我生病在打针，就发了个朋友圈问'有没有谁来照顾我呀'，过了一会，她就给我发来微信说她来照顾我，然后一段时间以后就在一起了。再后来的事，我爸生病了，要买房子了，你就知道了嘛。"

他说完我就感觉自己问错问题，因为其实也不好奇，但是他说完我就尴尬地不知道接什么了，就只能问了句"晚饭我们去吃啥"。

十月还发生了一件诡异的事。

有一天，雷蕾约了我们几个朋友去她家吃饭，她婆婆从乡下给她送了蔬菜来，我们都赶紧跟老人家打招呼，老人家跟我们稍微聊了几句也就走了。第二天，雷蕾给我打电话，用很犹豫地口气跟我说："杉，有个事我不知道要不要跟你说。"我很奇怪，这跟她平时爽朗痛快的性格做派很不一样。

"什么事啊？我们之间有什么就说什么呗，还搞这么神秘纠结的！"

我问她，并开玩笑道，"你不会是要找我借钱吧？只要我有的数目，我都一定借给你。"

雷蕾说："哎呀，那我就直说了，不说我怕以后发生点什么，我心里不安。可说了你要觉得不合适，别不高兴就行。要是别人，我才不会说呢，可是是你，我们俩最好。"

我越发好奇，继续玩笑着说："你到底要借多少钱啊？"她说："你知道的，我婆婆以前会给人算命，会看面相。她昨天看到你家卢昇，后来她跟我说，卢昇的面相太硬了，他的命格是很克周边人的那种。"

我一听有点惊讶，也有点不开心，我还没说什么，雷蕾就解释道："我也立马就跟我婆婆说了，别搞这一套了，可我婆婆说她只是跟我说，让我别告诉你，万一你生气。但我想了一夜呀，联想到你跟我说过的，他爸妈都是先后病逝掉的，而且都是绝症，所以我就心慌慌。因为我婆婆说，周边的人包括他的父母、妻子、儿女，甚至其他走得很亲近的人。"

我知道雷蕾肯定是好意，因为她从来不是那种好管闲事、搬弄是非的人，也不是无知之徒，人家学至研究生。但这种话，听着就是很不舒服。

我说："雷蕾，帮我谢谢你婆婆，我也知道她看风水、命相这些很准，但是……"

雷蕾接道："对，我们都是讲究科学的人，不迷信。所以我也就一说，你别怪罪啊。"

"对，我们都不是会信这些的人，但还是谢谢你和你婆婆的心意啊。而且他命已经很苦了，我不想因为一些莫名的东西再去给他平添困苦。"

我不知道是我这句话表达得有问题，还是雷蕾她对我的这句话有误解，自那天后，她都没有主动再联系我，我过生日约她吃饭，她说要下乡，没有来，我不知道她是真的下乡，还是只是个搪塞的借口，直到最后她知道我和卢昇分手后，才又来找我、关心我。这也让我感慨，闺蜜之情，是真的牢固深厚，就算中间断过，当一方眼见另一方有难，就又会续上。

十一月，我搞了个副业，开了间服装小店，请了个朋友帮我经营打理。十月底到十一月初是筹备阶段，为了节省成本开支，从装修到布置，都几乎是我们亲力亲为。因为我只有下班以后才有时间，而他不值班的时候都有时间，所以那个小店，除了进货什么的，基本上都是他帮忙弄起来的。

说起这段时光，我觉得也是这段过往中，很幸福、很感动的一段——他为了帮我弄小店，值完班几乎就都直接往店铺里跑，补不了觉，通宵以后也是如此。从早期的画装修图、督促装修工程，到后来的安灯，组装货柜、货架、茶几、沙发，挂墙壁装饰品，再到后来的理货、摆货、打扫卫生，全是他弄的。后来他问我干了什么，我说我负责指挥、看他干，以及用照片、视频给他记录干了些啥。他问我最该记录的记录了没，我说啥，他说就是那个特殊吊牌，我知道他指的是什么，就说："记录了记录了，那天你一贴在胸前，我就给你拍了照了不是。"（这里补充一下：那段时间特别爱说"啥"这个字，是因为有一天他值班，我们一起在亭子里吃饭的时候，有个东北的游客来问路，看见他喂我喝汤前还先吹了吹，问完路后就逗我们说："那啥，你俩那啥，挺恩爱的那啥。"我们俩过后就爱故意玩笑地时不时说，"那啥，给我那啥"）

他说的那个特殊吊牌，是他帮我打印吊牌的时候恶搞做的，上面写着"合格证：卢昇爱冷杉，产品名称：无微不至，款号：10000 年，规格：海枯石烂，面料成分：100% 纯爱＋啪啪啪，产品分类：老公＋老婆，洗涤方式：不可干涩、拉直口含，电子码：201314520"。当时我正在卫生间洗漱，他拿着进来给我看，我看了哈哈大笑，他问："还满意不？我的标签。"说着就贴在了自己衣服胸前的位置上。

小店筹备妥当准备开业的那天晚上，卢昇在晚安腻歪中特意问我这段时间肯定累坏了吧。我觉得虽然他也跟着受累了，可还是会先心疼我，我很感动，忙说："宝宝才是帮我做这做那，累惨了。"

他发过来："你可是我的宝，我做这些都是应该的，为宝宝做什么我都愿意。"

我由衷致歉说："最近是忙得有些忽略宝宝了，顾不上宝宝了，也没关心宝宝，谢宝宝体谅了。"

就在这样一些言语来回中，我感觉做那个副业就算累，也幸福，因为既是我在试行我的另一个理想（我一直有一个小爱好——服装设计），也是我在为我们的未来努力创造和积攒更多财富，毕竟我记着，我想和他一起买回他家的老房子，而不靠我家里的钱。开启这个副业不仅让我感受到了他的全力支持，也让我觉得我们俩就像当年我父母一样，两个人一无所有、白手起家，在踏实勤恳地奠基我们的未来。那种充实不仅是生活节奏上的，更是那种能带给人希望和奔头的。

十一月底，我们俩休年假出去玩了一周，去的成都和西安。在成都的时候，他偏要去给我买那双他在网上看中的小椰子运动鞋，于是我们到处去找去看。在经过一家婚纱店门口的时候，他看见我瞥了一眼橱窗，就拉着我要进去看，我说："还早，还不看。"他说："先看看，最晚明年，我宝宝穿婚纱肯定美爆了！"我说："这世界上就没有穿婚纱不好看的女的。"他突然一副难过的表情，我问他怎么了，他拉着我的手说："我宝宝是新娘，可我宝宝不要嫌弃我，下辈子我一定只当我宝宝的新郎。"我感动地踮起脚亲了他一下，说："不傻了啊，我的可爱宝啊。"

后来又经过一家钻戒店，他坚持要去买一对对戒一起戴，我说以后再买，现在也戴不了，何必浪费钱。他说可以戴的，我说不好，可他还是拉着我进去试了，但最终还是被我阻止了。看店员有点不高兴，我把我戴着的同品牌的项链拿下来请人家清洗护理，人家一查是VIP，才又和颜悦色起来的。

西安，我印象最深的就是晚上在城门拍照，他为了给我拍出计划好的那些技术流照片，用他的手机各种打光，还把我抱上高高的台阶，站在下面各种拍。旁边的人都看着我们，各种赞扬。一个老奶奶还对我说："姑娘你真幸福！"有一对也在拍照的小情侣，女孩对男孩说："你看看人家！"后来去吃羊肉泡馍时，他边给我掰馍边说："宝宝，有个会摄影的男朋友是不是很幸福？"我说："有个会摄像但是不给你摄的女朋友，是不是很不爽？"然后我哈哈大笑，他把馍朝我一扔说："哼，不掰了，自己掰！"我笑得更厉害了。

第十三章　是怎样的信念，支撑了答应过的"不轻易放手"

十二月，旅游回来后的第三天，我的那个聚会团体聚餐。吃饭的时候，一个姐姐带来了她的一个亲戚，说起孩子以前学琴累，现在学画更累。另外一个姐姐说自己孩子也想去学琴，问她家孩子之前学琴的老师怎么样，好的话就推荐一下。这个姐姐说还行，在一家什么琴行，老师叫什么。

我一听名字，不就是孩子他妈吗！我没说话，默默吃着饭。

那个姐姐问老师人怎么样，不喜欢那种花里胡哨的老师，感觉会把孩子带歪。这个姐姐就说还行，接触不多，感觉是很居家那种人，喜欢给老公和儿子做做吃的、织织毛衣什么的，那个姐姐听完说那应该是挺恩爱的，她就才不做给她老公呢。

我听了吧，说不上吃醋，虽然爱情是排他性的感情，但我们实际情况就这样；也说不上嫉妒什么的，我从小对谁都没有这种情绪，还曾被闺蜜们调侃说是因为我从小太自信太骄傲。但我却有点怀疑，怀疑他们的真实情况究竟是什么样的。

可也许也正因为我骨子里有这种傲气，我才不会去问，我觉得问了很低级、很失自尊。所以晚上我没有理他。

我思考了一夜，我觉得我不想活成一个有怀疑之心的人，那样很伤自己的尊严，于是我做了个决定——分手。不是说说玩、闹闹试探对方的那种，我年轻不懂事的时候都看不上玩那种把戏，到了现在这年纪，有了这些认知，就更不可能了；也不是之前和他理性分析我们不应在一起的原因的那种，这次真的是因感性而来的理性。

第二天我就跟他说："我们不要在一起了，我想分手。"他焦急而莫名地问为什么，我说，"原因你自己心知肚明"，就把电话挂了。他赶紧打过来说他不明白，他不知道原因，我那会儿是有点生气，带着情绪，我说："你是把我当傻子吗？！"

他急于辩解道："宝宝你说什么呀？怎么可能！到底是怎么了？发生了什么事了……"我没听他说完就挂了。他又打过来，我没接，他不停地打，还发微信来说："求求了，接一下啊我的宝。"我接起来但不说话，他急切道："宝宝，我不知道怎么了，发生了什么，但是你就算要我死你也得让我死明白吧——你在哪儿？是在单位吗？我过来找你……"他还没说完我就又挂了。

一会儿他来了，请我同事给他开的门禁。看他进来我办公室我也没理他，他在我座位上一直坐到我下班，然后跟着我走了。

到停车场上车后，他就问我："到底是怎么了宝宝，你总得让我知道吧！？"

"你是不是在家其实过得挺好，两个人挺恩爱的？"我怀疑地问。

他一下噎住了，摊着手，喘着气："你为什么这么说？"

"不是给你打毛衣了吗？你怎么不穿呢？你干吗总穿我去年、前年圣诞节给你买的啊！"我呛道。

他无奈地说："宝宝，你哪只眼睛看见我在家过得好了？你是给我装摄像头了吗？你又哪只眼睛看见她给我打毛衣了？"

"需要我自己看吗？而且我干吗要看，我是闲得慌，吃多了吗？"我凶道。

他说："那你怎么这么说？"

"听别人说的！"我不耐烦了。

"谁？"他也不依不饶。

"朋友。"

"男的女的？他又是怎么知道的？"

我一听更生气了："知道？那你是承认咯？！"他更无奈更急切地说："宝宝，你不要跟我咬文嚼字，你知道我不会表达。啊，我真是百口莫辩！我的意思是他为什么这么说？跟你说吗？"

"是啊，人家肯定是听你家那位说的呀，不然怎么知道的。"我回敬他。

"把这个人叫出来，我问他，这是造谣！"他气急败坏道。

"人家为什么要造谣？凭什么造这个谣？人家又不知道在座的我和你是这种关系，而且又不是说给我的，是介绍的时候说给别人的。难道还同名同姓？——算了，我不想和你扯这些，以后不要再跟我啰嗦。"我说着都觉得累了。

他立马掏出手机，滑开通讯录，说："我现在就给她打电话，我就问问她跟谁说的，为什么要这样说！"

我赶紧抢过他手机凶道："你是疯了吗？！"

"你是怕一问她就知道是你了吗？"他居然反问我。

"你觉得我会怕吗？从我走上这条路，从我答应了你以后，会发生些什么、遇到些什么，你觉得我都没有想到过吗？害怕这害怕那我还会选择答应你，跟你在一起吗？"我简直气"炸"了。

"所以你现在不是在跟我说分手了吗？"他也生气了。

"我真是想锤你，我要分手不是因为我怕什么，你不要来跟我绕，她要来找我吵、找我闹、朝我泼硫酸我都不怕，我要分手是因为我怀疑你！"我是又气又偏。

"那我打了你就相信了吧——还有，之前是你说的让我要保持对你的信任，现在你怎么不信任我了呢？"他还倒有理起来了。

"我值得被信任是因为我没干任何事，你不是经常查我这查我那吗？我是不是清清白白经得住你任何查呀！就因为你，我连那几个男性朋友都走得不那么近了。而你呢？我不查你一是因为我信任你，信任我们的感情；二是我没有这种烂毛病、烂习惯。那你又对得起这种信任吗？你可别把我对你的信任当作放纵和欺骗的资本！"

这个时候我手机响，我把手机掏出来，他看见我把情侣手机壳已经拿掉了，就说了句"你等我回去问她"，我说："那是你家家事——但是你居然为了外面的我，去质问家里的她，你可真是……我是应该高兴呢还是感叹呢？！"我带着讽刺。他说着就走了。

晚上他来到家里，因为我还没有反锁门，所以他自己一开就进来了。

他说："我回去问过她了，我问她'你有没有跟别人说我们俩怎么样怎么样，有没有跟谁说家里的事'，她说她没有，她说'我们俩都这样了，还有什么可说的'！"

听了虽然感觉是真的，减少了些猜疑，但是因为我已经决定不要在一起了，我告诉自己要坚定，不能再像前几次一样又心软了。

我对他说："这件事我不管其中存在多大的偏差或者误会，但是，你不觉得这也是个引子？我居然会在爱情里去怀疑对方？我以前从没有过，我不想变成那种多疑的女人，我不喜欢那样的，你是知道我的骄傲和自尊，知道我的风格的。如果这件事是真的，那好，我原谅你，我们分开还可以做朋友；如果这件事是假的，那是那个人表达的问题吗？我搞不清，我想不明白。——还有，你就这样回去问她，她没觉得奇怪吗？她没问你为什么这样问她吗？"

他说没有。

我不知道说什么，无奈地摇摇头。

他生气地狠狠把拳头砸在桌子上，问我怎么就不相信他。

我说："因为说实话，我真的很奇怪。之前我问你觉得她知道了吗，你说你不知道，因为她是那种很不聪明、心思很简单的人。可再不聪明、再简单的女人，也不至于连点儿女人的直觉都没有。好，就算这种直觉没有，那如你所说，你都做得那么明显了，连区别和变化都看不出来吗？就算看不出来，你不值班的时候也经常夜不归宿，不问问你去哪了吗？还有我们经常出去玩、出去旅游，当然我不知道你是怎么说的，说出差或者什么，可你许多照片和机票车票订单也都好久不删，这是上次你让我确认租车订单的时候我发现的。你又说她没有淘宝账号，孩子的东西都是她在你这个号上淘，那她也看不见吗？就算看不见，我们出去都一星期左右，她怎么从来不给你打电话或拨视频，打或拨的时候也要如你给我看到那样，先问你方不方便，你也几乎不打回去，你打的时候不是还故意偏要在我旁边吗？还有，说长不长说短不短，三年半了，这么久都感觉不到一点点异常吗？我一个外地人，在这儿不认识几个人，可你们两家都算是本地人，就没有人看到和传闲话吗？……嗯，反正我的疑问还很多，但不——

问了，越想越奇怪。我好几次想问你了，但觉得不好问、不合适问，今天问了也就问了。"

他说："她家是社会底层，又能认识多少人，能有多少人关注她家？然后……"

我打断他："你先别解释，反正我的结论就是，要么她真的简单得超级简单，要么就是你们两口子的相处和生活模式特别不同，要么就只有一种解释！"

他问我是什么。

我说："就是你在家做得天衣无缝，跟你与我说的完全不一样，甚至包括你跟我说的分房住。不然不在一起住了两年，她不觉得奇怪，不问你吗？"他抓狂到差点儿一掌把茶几上的玻璃给砸烂。

"我哪天晚上没有给你发晚安照和晚安视频？两年了我就只过去睡了一晚，就是她爸不在家她妈来睡我房间的那晚，我在她那边铺了地铺睡的，不是还拍照给你了吗？！"

"那你也可以铺完再撤了呀，晚安照和晚安视频也可以发了再过去呀！"那个时候我对他没有信任。

他焦灼道："宝宝，你们这些聪明人能不能不……"

他一时组织不上来语言。

"你是不是想说自作聪明？但请体谅，我只是怕我傻了很多年——我是很聪明，可我也许聪明不过你。"我并无好气地说。

"宝宝，你在我眼里是完美的，但就是有时候很主观，这点能不能改改啊——她是叫我搬过去住，她家人、我家人也都来说过，可是我都坚持拒绝了，因为我不会对不起你——你的这些疑问我也有，我经常试探她，我都巴不得她自己说她知道了，不过了，离婚——可是她都不说，所以她肯定是知道了，装作不知道——那天你不知道我在接电话，从卫生间出来喊了声老公，她应该也是听到了，她那会儿没了声音，停顿了一下，我想着回去她要跟我摊牌了，我都做好准备了，结果也什么都没有发生，她什么也没问，什么也没说，跟没这事一样。"

虽然我自己也想过这种可能性的存在，可是当这个推测被他这样说出和分析出来的时候，我也不知道怎么接，我是应该问"为什么？忍着，因为爱你？为了孩子？等着希望有一天你回心转意回归家庭？"，还是应该问"那然后呢？她不提，你要怎么做？"。不可能，我都不可能问，这可是我虽然做着无耻事，但也不会丢掉的骄傲和尊严。

我没说话。

他问我还要分手吗？

我说分。

他生气而坚决地说："那我现在就回去跟她摊牌，孩子我也不要了，不管了！"

听到这话我觉得他为我付出了很多，可是那会儿应该是我智商比较在线（最后回想我也这么觉得），我坚持了分手的想法。

他坚持不走，我就让他在另外一间卧室睡的。

第二天他值班，我下班后考虑了好久还是决定还是把"宿舍"送去给他，不然他怎么睡觉。送去后我没和他说话，他也刚好在忙着，我把车停在亭子门口就走了，亭子里他的同事还在窗口问："嫂子不待一下？"我说不了，就走了。

卢昇追了出来，我们就那样并排走着，谁都没有说话，直到到路口等到了我打好的车，上去后，他才说："到家跟我说一声。"

我说："之前你不是说天冷了，车上也不好睡，睡着冷，那我明天给你拿点垫子、毯子、被子，你垫在亭子的椅子上睡吧。"言下之意就是我不会再给他送车了。

他说不用，有大衣够了。我没再说什么，让司机走了。

车子开起来后，我转头透过玻璃看到，他一直站在路口看着我坐的车子离去，始终没有离开，我的眼泪瞬间掉了下来，不是因为心软了，而是在悼念一段深情的结束。

到家后我想了想，还是没给他发到了的微信。一会儿他发来问了，我就只回了个"到了"。我们也就谁也没再发什么了。

晚上，想想这三年半的经历，还是难过的，但也觉得只能分手。哭了一台后睡了，天快亮的时候梦见他，醒过来。（其实我很少梦见他，因为我睡眠好，很少做梦。他却经常梦见我，一旦梦见还都会跟我讲梦境，各种正常的或天马行空的版本都有。印象最深也很感动的一次是，我起夜的时候他在呼呼打呼，等我上完卫生间回来他在喊我"冷杉，宝宝"，我以为把他吵醒了，凑近一看，是呼着呼噜噜的气在叫，我还摇摇他，根本没反应，就知道他是在做梦，第二天早上我醒来的时候他早就醒了，我问他怎么就醒了，他说他晚上梦见我跟别人结婚了，在梦里哭着哭着就哭醒了，扎心的疼，睡不着，坐了半夜）

醒后想想就忍不住又哭了起来，刚好他回来了，他看我既哭又不理他，便在我手机上找了季静的电话号码，发信息给她，让她来照顾我。他看见我把我们合照的手机屏保也换成了小乖，就把他的手机壳也取了，屏保有没有换我不知道。

从那天起，我没有再去给他送车，我们都没有联系。最后想来，我们要真的那时候分了就好了，那就不会有最后那半年的狗血和血淋淋的结局了。

过了几天，我有事回家。因为他是我各种手机应用方式的紧急联系人，所以我买了车票以后他就知道了。他给我发信息坚持要送我去车站，我说不用了，但他还是来送了，并说等我回来也来接我，我也说了不用了。

两天后他跟我说，我不在的时候，感觉城也空了，人也空了，心也空了，他不能没有我，说我第二天回来他要来接我，我说不用接，我到了打滴滴很方便，他说不是来车站接我，是来梵城接我，我说何必呢，折返那么远，我自己坐车就行了，可他坚持，说他到了我不坐，他再自己开回去。我跟他说他不能来我家了，因为我回家跟我爸妈说了我们分手了，他问我为什么要这样说，为什么这么急，我说刚好回家就说了。他问我那父王母后怎么说，我说没怎么说，只是我妈不高兴，说我又折腾，骂了几句，也就过了。他问我说的为什么分手，我说就说不合适，所以我妈才骂我瞎挑剔。

他有点不高兴，半天都没说话，我也没说。

第二天他拿着我车的备用钥匙去我家开了车，从酃江出发时给我打了电话，我只能在车站等他，因为我爸已经给我买了票。他到了以后快到晚饭的点了，他说他想去吃海底捞火锅，我们吃了以后又才回酃江。在途中他加油付钱的时候，我瞟眼看见他的手机屏保也换了，换成张网络图片。我就想，他应该也想通，也同意了，从此就分开吧。所以到了酃江后，我没再让他接着开车送我回家，我把他送到他们小区门口后我才又自己开车回去。

几天后，跨年了。

就这样跨入了 2019 年，这个我一生中不知该怎么说、不知该如何表达的一年，也是我和他之间的最后一年。

一月，他结束基层下派，回到了市局。

一月没过几天，我妈就来了，说来和我住几天，我大概猜测到了什么。果然，两天后，有一家人约我们吃饭，我妈说他家祖籍也是梵城的，只是祖辈后来来酃江发展了。我心知肚明我妈的意图，没反对也没抗击，因为我妈以为我又是因为自己意气用事而放弃了和卢昇的感情，正在气头上，我没那胆量去挑战我妈的忍耐极限，也不忍心她被我气坏身体。人年纪越大，就越能体会天下父母的不易。

我妈带着我去了。去了以后发现，果然人家也是父母带着儿子，就是相亲式吃饭。我想着见招拆招，对对方长辈的礼貌规矩肯定都是要遵守的，人家问啥答啥、聊啥说啥。

对于那个男生（他妈妈介绍了年纪，是跟卢昇同岁的，也是比我小四岁），我想着要么他也看不上我，应付一下，过了就过了；要么说不定会跟我妈第一次组织的那场相亲一样，我们觉得对方人不错，可以做朋友，就当多了个朋友；就算是像第二次我妈的朋友介绍的那个那样，人家对我有些许意思，表示想进一步接触考虑，会来联系、送东西，但双方大人见面过后，跟对方说明自己心思，这份关系也就过了。

可是命运的很多东西就像是安排好的，这个叫秦堃的男孩，还挺喜欢我的，性格也挺好。

私下他问我："你是来应付的吗？"

我说："你也是吧（这个时候我如释重负，心花怒放，感觉事情已经解决，又躲过一劫，可以握手言好了）？"

可他说："之前是，现在不是了。"

我一惊，便打击他说："这才第一次见面，而且我不属于长得很会被一见钟情的那种。"

他说："我不是第一次见你了，但看来你是真的没有记住我啊。"

我很意外："是吗？什么时候啊？在哪儿？"

他说有一次和谁谁谁一起吃饭……我似乎想起来了点儿，但当时真心没有注意到。

他说："他们把你微信名片推给我了，我加了你三次你都没有通过我，他们说你有男朋友的。"

我心想："呵呵，是啊，因为我会被查，所以我敢加谁呀。"当然，也不想加。

大人见我们俩还能聊上，都挺开心，尤其我妈，简直是喜悦之情溢于言表，当天饭后就一起怂恿我们去看电影。电影我自然是没去看，我们到他表姐开的酒吧聊了会儿。

他问我："是真有男朋友吗？是分了吗？"

我不想说分了，因为感觉一分手就去相亲，不管是不是父母安排的都很怪。

我就笑了笑，然后说："你们这个年纪的女孩都嫁完了吗？干吗要来找个姐姐！你来相亲之前知道我比你大吗？"

"知道啊，但他们没说名字，说了我就收拾打扮一下了。"他答。

我哈哈笑了，逗他说："你是彬彬有礼的谦谦公子吗？相亲礼仪还维持得不错哦！好不伤我面子啊！"

他也逗趣说："一年多不见了，你还是那么可爱啊。"

就这样，我们各种吹吹聊聊后就回家了。

到家后我妈可能也是积累出了经验，不再走着急询问的路线，只和我说："我会多在一段时间，晚上小秦他妈妈说了，他爸爸忙，整天就她和他奶奶在家，也挺无聊的，让我就着给她作伴，明天开始她陪我玩。你们年轻人上你们的班就行了，明天早上她来接我，说这几天饭也在她家吃，你下班后直接去小秦家就可以了。"

"老谋深算的大人们！"我心里的话差点儿吐出来。

第二天要下班的时候，小秦果然给我打电话了，叫我也不要开车了，他来我单位接我，我坚持让他告诉我是哪个小区，或者把定位发给我，我自己开车去，他也同意了。

刚要开车，卢昇打电话来了，问下班没，说晚上交完副班后要来家里找我，我说不能来，我妈在，他就埋怨了句"所以干吗那么快跟家里说，都还没定的事"。

我说："分手需要考虑很久吗？你不是也同意了吗？"

他说："我哪就同意了？"

我说："你不是也把手机屏保换了吗？"

他说："我不是看你换了，心里不爽嘛。"

我没说话。

他反应过来，说："母后不会是又过来给你安排相亲吧？"我说是。他问我什么人，见过没，我说今天第二天，他不同意我去，我挂了电话把手机设成静音，走了。当天晚上，他给我发了很多信息，说了很多以前的事，也拼命问我相亲的人叫什么名字，我讽刺他道："你不是厉害吗？你自己查！"

夜里，我把他说的话过滤了一遍，也把这些年的历程回想了一遍，说实话，是放不下的，但又觉得是该结束了。

第二天我说要加班，没去小秦家吃饭。我约了卢昇见面，对他说："要不真的就这样吧，我跟别人结婚……"我话都还没说完，他就问我是跟相亲的这个男的吗，我说不是，他说那我为什么这样说。

我说："也许本该就这样，这才是正途，我也不想对不起我爸我妈，你也可以回归家庭过正常的日子。我们还可以做朋友——这句话有点怪，因为我也觉得相爱过的人很难做朋友，但我们可以试试，起码不是路人嘛。"

他就很难过的样子，不说话，眼泪一滴一滴地掉下来。然后问我说："你不理我的日子，我连孩子他妈的外公去世这种正事都没心情去，你觉得没有了你，我能过正常的日子吗？"

后面一天他买了草莓，说上个月圣诞节的时候我在梵城家里，所以要给我补过圣诞节，要给我做我以前给他看过的用草莓做的雪人。想着他就是会记得我喜欢的一切，会对我说过提过的东西都很留心留意，心也软了。我跟经常买甜品的蛋糕店要了一份奶油提供给他（我说买，老板娘人特好，问我这么点要拿来干什么，我说我家那个要做草莓雪人，奶油要拿来给雪人点眼睛鼻子嘴。于是老板娘白给了我，还帮我做了那种可以挤的管子，并表扬说："你家那个是真浪漫。"）。

我妈那边要怎么说呢？我各种纠结、动脑子。但我想，不能欺骗秦堃，又怕说了实情他告诉我妈，那我就惨了。于是我对他说他太小了，我不喜欢，我们不可能，秦堃说他表现他的，让我再想想看。那几天，下班后他会来单位门口接我，会到小区门口等我，会给我送花，也会给我买我喜欢吃的甜点。

卢昇因此特别生气，有一次他在出差前把秦堃买给我的蛋糕和饼干甩手就扔了，我很生气地说："浪费食品相当于浪费粮食！"他在到了省城酒店后给我发了一段他跪在床上说"宝宝我错了，我真的错了"的视频。

那段时间，卢昇看我看得特别紧，电话微信不断，去哪儿都要问，会查我的行踪，会看我们小区门口的监控，自然，也会查秦堃的信息。他会来单位下面等我下班，故意牵着我的手走路，我跟他说这是单位，他说不怕，但果然，也还是遇到了几次同事。

我周六上班，就算赶上他休息，他也不休，跑去单位修图，说是单位离我近。他把我们去成都和西安玩的时候拍的照片都修了一遍，说是看着照片就相当于看着我。他挑了一张从背后拉着我手的照片重新设置成了手机屏保，还有一张他从侧面偷拍我在玩手机的设置成了他的电脑桌面，他还拍照截图发过来给我看，我说那可是办公室的办公电脑，他说没事，只有他用。当然，过了几天，他又重新换回成了办公主题桌面。他重新在网上买了情侣手机壳，买之前发来挑的一堆让我选，我一看，幼稚却倒也暖萌——"土匪"和"压寨夫人"，"始于初见"和"止于终老"。我说随便哪对都可以，他就都买了，说换着用。

有一天晚饭，我妈邀请秦堃来我家煮火锅吃，卢昇从八点钟就一直给我发微信，说他想象着那个画面就很难过，心很痛，有人和我在一起，像过日子一样，他要窒息了，一秒钟都受不了。他还问我人家有没有穿他的拖鞋，有没有坐他的座位，有没有用他的杯子……我说他的拖鞋和杯子都在分手后被我扔了，包括他的家居服、内裤、袜子、情侣T恤、帽子等，他委屈又难过地说我果然够狠绝。

那个周末，秦堃家邀请我和我妈跟他们去半个小时车程的秦堃妈妈老家。卢昇头一天晚上和我电话视频到半夜，几乎都是他在说，说他各种戳心和抓狂，我不敢说话，因为我怕我妈在隔壁卧室听见。第二天早上，他早早起来跟朋友去接亲，我八点半起床的时候看见六点多他就已经给我发了一堆"没睡着""不想让你去"等等之类的微信。

有一天，他姑姑家办他妹妹孩子的满月酒，我那天去服装店里帮忙，但几乎没做成什么事，因为白天他一直在给我打视频电话，晚饭后从七点多就一直在给我发微信，我以为他已经回家了，结果他发来图片说还在饭店，等着送喝醉的人。我让他先忙他的，他说不，他说他今天故意在他姑姑面前各种不给孩子他妈好脸色，我问为什么，他说因为他一直想着如果是我和他去做客会是什么样子。

几天后，亭子里的人欢送他回市局，组织去KTV。他一直给我发微信，不好好和人家唱歌，人家问他是不是我管得严。他问我能不能去接他，我去了，到了KTV楼下给他打电话，可是他们亭子里的人下来了，偏要叫我上去玩一下，盛情难却，于是就去了。KTV里他也一直粘着腻着我，有个家属还问我们结婚几年了，我说还没结婚，她说那在一起几年了，我说再过几个月就四年了，她说太难得了，这么久了他还这么爱我，对我这么好。虽然我客气地回答了谢谢，但我心里却觉得很荣幸：虽然比例很小，但如果这世界真有我相信的不会变的爱情，也许我们就是。

后来所里几个和他处得好的又聚了一次，他喝多了，但我没去接他。他一路回家拍了很多走得歪歪扭扭的视频，视频里还说着"宝宝你看，我没事"。在KTV唱歌的时候他还请同事帮他录了段他唱歌的视频发来给我，他把《关于郑州的记忆》改成了《关于梵城的记忆》，唱着的时候有人拿话筒想去合唱，他指着镜头对人家说："等一下，我在给我媳妇唱歌呢。"视频里，他眼睛红红的，像喝醉了，也像要哭，唱得特认真的样子。后来他跟我说，他唱得把自己都感动了，还发微信告诉我，有人说他肯定很爱我，还为我改歌词，他就对人家说那是肯定的，特爱，超级爱，最爱，无敌爱。

月底，孩子生日前一天，他让我陪他去饭店订餐，我问他蛋糕买了没，他说还没，不知道买个什么样的，我就在经常买蛋糕的一个店给他选了几个款式让他决定，他说让我选，我说那干脆我买吧，他说他会告诉升升是我买的，我叮嘱他千万别。

那个蛋糕让我不满意的是，色素太多，小孩吃了舌头都蓝了。后来又在一起玩的时候，他故意坏坏地跟孩子说："那个让你舌头变蓝的蛋糕是这个阿姨买的。"我只能瞪他一眼，并跟孩子说："对不起，这是变色魔术，可爱的小孩有时候会有的法力，是因为升升可爱才会这样。但是再有这样的情况就不能吃了，不然玩拼图的能力就会变差。"卢昇说我以后肯定是个好妈妈，那种跟孩子斗智斗勇型的妈妈，我说未必，可能是暴跳如雷的妈妈，他说那他就抱起娃逃跑。

孩子生日那天晚上，他跟我说，他家吃饭的时候，他故意跟他表弟晓俊说"千万别早结婚，你会后悔死"，所有人都听出来不对劲，孩子外婆和他姑姑都不高兴地看着他，说孩子都这么大了，有什么可后悔的。孩子妈还对他说，后悔了就趁早。但是回到家他再跟她说的时候，她又不说话了。

第十四章　喜乐忧愁，等待守候

春节前，卢昇到省城出差一个星期。每天除了各种腻歪，还会有各种远距离浪漫的花样。比如，突然让我给他发张手的照片，他就做一张和他手的重影合成图发过来给我。（现在看见这张图心里还是有点难过，因为这张照片里，他的手腕还是好好的，而等到年底，就不是了）

二月初，我要回家过年的前一天，他从省城回来了。我妈在这之前的一天就跟秦堃一家先回我家去了，作为这段时间人家尽地主之谊的回礼，邀请他家在去省城的途中去我家坐坐。正好他家也有去拜访我爸的打算。

回来后，卢昇感叹道："终于又有家可回了，之前母后在的这段时间，那种有家不能归的感觉，真的难受极了。"

第二天早上，他早早起来把对联贴好（那副对联是他请他们单位会书法的老同事写的，是我自己作的）。他跟我说他要抓紧办离婚的事了，我说大过年的，急什么，他说秦堃一家都去我家了，像要提亲似的，他感觉他要失去我了，所以他回去就说。我赶紧说："大过年的，说什么说，煞风景。而且，孩子也快上幼儿园了，等他上幼儿园以后再说吧，开学不是需要父母一起搞入学仪式等各种活动吗？"他说可是他已经等不及了。我说这么久都等了，不在乎这么点儿时间，而且秦堃家怎么可能是去提亲，我都跟秦堃讲清楚了。他紧紧地抱着我，说谢谢我总为他着想，谢谢我为他所付出的这一切。我说也是因为孩子，我们注定对不起孩子，可不想亏欠得太多。

我出发之前，他在我车上拖延了几乎一个小时的时间才放我走，小乖在车上都待不住了。他还在我的手臂和大腿上咬了好几圈深深的牙印，我疼得尖叫他也不管，咬完才给我呼呼吹。

我回家后，他一直追问秦堃家在我家都干了些什么、说了些什么。我说长辈们还是希望我们再发展看看，他奶奶和爸妈都喜欢我，可秦堃没有把我出卖掉，他只说他也觉得我们不合适。他骂秦堃心思深，我有点生气，说人家帮了我，他不应该这样误解人家。他说让我别忘了他还等着我回去陪他去上坟，他爷爷、奶奶、爸爸、妈妈也喜欢我，都让他梦到过了。我想起要上坟，还答应了提前一天回去。

除夕那天，他去所里办公事。年夜饭的时候给我发来和亭子里的人生火炉煮火锅的照片，我问他："活还没干完吗？怎么跑去亭子蹭饭了？"他说去年是我们俩一起过的，今年我不在他也不想过年了。他问秦堃家怎么样了，我说走了，亏得秦堃人好，接下来他爸妈那边他会帮我说好的，只要不影响两家大人的交情就行。卢昇可开心了，和我商量告诉我爸妈我们和好了。

经过一番考虑后，我俩达成了共识，跟我爸妈说我们之前只是闹别扭。我妈听了之后又把我说了一顿，说我们闹着玩，然后就不怎么理我了，也没怎么理他。

等我回到靓江后，我们俩去上坟。这次他对着墓碑说："还记得她吧？去年也来看过你们！你们经过一年的考察，满意吧？肯定满意爆了！"

我说他真是替我大言不惭啊。

晚上，他又带我去放了烟花爆竹，彭磊还说想来找我们一起放，可他想享受二人世界，就跟彭磊说我们已经快放完了，于是被我鄙视了。

春节过后，我们俩利用补休的四天时间去香格里拉玩了一趟。巴拉格宗景区正逢大雪过后，积雪很深，一踩能埋到我膝盖，树上也都挂满着雪，整个世界白皑皑的，美极了。

我开心得岂止是像个孩子，沉浸在玩雪的快乐中简直不能自拔。他用单反给我又拍出了很多美丽的照片，最暖心的就是，我每次拿完雪，他就要过来拍掉我手上的雪，给我捂手，他还把我的手放进他大衣里胸口的位置给我暖，自己比着龇牙咧嘴的冻样；我往前跑着，玩着，我鞋带散了他立马叫住我，跑过来蹲下给我系好。

大概那样白色的世界就自带浪漫，也就更能激发人浪漫的心情。他在雪地上写了"卢昇爱冷杉"；在行驶于雪地的车上拉着我的手，对我念着"我愿化身石桥，经受五百年风吹，五百年日晒，五百年雨打，只为与桥上经过的你相遇"，念最后一句的时候，他还差点忘了词，温柔深情瞬间破功，显得搞笑；在出了雪地的长廊上，他指着对面的高山说："看见那座山没有？我们俩应该是一见钟情，再见定情，不见，殉情。"这些片段或多或少被我用手机视频记录了下来，他也用手机软件把他拍的我做成了一个文艺风视频，他想让我把那个视频发在朋友圈，可我没发，我发的是雪地里的照片。

回来几天后，我们部门忙着做一项专题会议工作，每天很晚才下班。有一天下班快九点了，同事们约了聚餐，我的同事兼姐妹妍姐坐了我的车。我们刚一上车，准备启动，坐在副驾驶的她就看见我方向盘内、仪表盘前摆着个盒子，指着问我是什么。我一看是个礼物的盒子。

"啊，我都没看到，我一开车肯定就掉了。"

我拿起来打开，里面是条手链，我想肯定是卢昇，因为除了我自己，只有他有我车的钥匙。当时很惊喜、很开心也很感动，心想，这又不是什么节日纪念日，不就是我连续辛苦上班了几天嘛，这也可以收礼物的？！送礼物的名头也太多了吧！

我笑着，妍姐也很聪明，说："你家卢昇给你安排的惊喜啊？"

我很开心却也有些习以为常地回道："哈哈，是啊，还故意悄悄咪咪的，什么时候放的我都不知道。"

妍姐表扬说："不错，真好。"

我把盒子盖起了放在后座上。

"先去吃饭，后面再看。"我发动了车子开始驾驶，"每次都放在会被大大咧咧的我忽视的地方，有时候我根本注意和发现不到，还得他忍不住了来提醒我。"

妍姐笑着说："还真是怪浪漫的。"

到了吃饭的地方，我才把手链拿出来好好看了看，还挺好看，也不知道他什么时候去买的。我的同事、姐妹艳儿也说好看，说他眼光还不错，心意更不错。我戴上拍了张照片发去给他，"挺好看，谢谢宝宝。"他秒回道："哈哈，这次终于发现了啊，我本来想放得更隐秘、更惊喜点儿的，但是怕你看不到。"我以为他早已回家了，就说不说了，他却说他还在单位，也才刚干完活，干脆等着我了。

我吃完饭便去他单位门口接了他，他一上车就说："难得啊，几年了，屈指可数的一次，主动给我发了微信啊，不设置惊喜都没有这个待遇啊。"

我玩笑说："这就是物质决定意识啊。"

我俩哈哈大笑。

笑完一会儿，我看他好像有什么心事，问他怎么了，他说娃要上幼儿园了，感觉有点担心，也有点舍不得。我看着这个因当娃踏出离开自己身边去成长的第一步而焦虑的年轻父亲，觉得又可爱又可怜，忍不住笑了。

他问我笑什么。我学他平时夸我可爱时捧着我脸的样子，也捧着他的脸，对他说："我觉得你今天这个时刻是我跟你在一起以来见过最可爱的。这大概是因为当父爱赋予在一个男人身上时，这个男人能散发出的比平时更柔软的魅力吧，我觉得你这个时候挺萌挺帅的。"

他听完抱住我，我继续笑着说："哎呀，你应该这么想，第一次觉得娃长大了，应该替他高兴，他开始展开自己的世界了，你不能当自私的父母，一直把他留在身边，他以后还得出去读书，出去追寻自己的梦想。每一次舍不得都自己忍忍吧，这大概就是做父母天生的悲哀，但是孩子好就是最大的幸福啊。"

看他只紧紧地抱着我，嗯嗯地点头，我就又打趣他说："而且你看，你现在29岁，娃3岁，如果他结婚早的话，你50岁退休就可以帮他带娃，又享受一轮天伦之乐，多好。"

他却不开心了，一下立起身，说："不行，我得教育他，不能早结婚，30 岁之前都不准他结婚！"

我说："真自私，为了自己不那么早当爷爷，竟然这样规定孩子。"

"不是，是我要告诉他，晚点儿会遇上真爱，等遇上确定了是真爱，再结。"我哈哈笑着，他又说，"而且那个时候怎么帮他带娃嘛，闺女应该正在上学，不得管作业，还得防着我的好白菜被猪来拱。"

我看看他，笑笑说："那就别要了闺女啦，反正你有儿子了，我也不存在得为你家传宗接代的传统任务，而且我都快 34 了，还能不能怀上也不知道，怀上了身体还适不适合生也不知道，随缘吧。我思想是很想得开的。如果没有，我们退休以后，要是有足够的经济实力，就可以在服侍好我爸妈和管好儿子的情况下，到处去旅行啦。一对老头儿老太太，到处走走看看，看看那会的年轻人都是怎么谈恋爱的，多好。只是你得是走得动的老头儿，不然到时我实现不了年轻时游走世界的梦想的话，我会把你丢下不会管你的。"

"哼，那下个月开始我又要恢复去健身房了。不然，有个姓冷的老太太要出去被其他老头诱拐了。"

笑完，我说："那就早点回去陪孩子吧，以后他白天在幼儿园，就只有晚上和周末才能在家了。"

他说："不，回我们家，今晚肉包不在身边，我肯定睡不着！"

我突然反应道："肉包？什么时候又给我取了个新外号？"

"今天啊，形象吧？肉肉的，肉多多，圆乎乎，又想吃又可爱。"

"哼，各去各的健身房，看我再瘦下来给你看！"

我一甩头就开始开车，他坐在副驾驶不停地捏我脸，捏我手臂，捏我大腿，还说："真是名副其实的肉包啊！"

躺上床后，他翻来覆去半天睡不着，连游戏也不打，我说真难得，我睡了一会儿又被灯光影响醒，看他还靠在床上坐着，我又笑了他，他关了灯，一把紧紧抱过我，睡了。

娃开学了，班级里好像有个微信群，老师会在里面发小朋友的照片，他每天都会把升升的发给我看，我感觉，孩子长得真的太快，一段时间不见就会是另一个模样。我跟他说："在孩子的成长和老人的衰老这两个事上，感觉光阴真的残忍，我们珍惜时光，多多陪陪他们吧。"

娃入学后一段时间，他跟我感叹选择幼儿园这件事听了我的就是对。之前要挑幼儿园的时候他让我跟他去看去选，我说这个真不合适，应该和她去，应该听她的意见。可他说："她能有什么意见？连去办商业贷款转公积金贷款，都是宝宝帮我打听好的，可她，连去之前交待好给她的问题答案她都记不住，临去又拼命问，差点搞砸，我都无奈了。你说她还能办成点什么事！"我没回答他这个话题，我当时也只是把因工作而接触到的几个好的幼儿园推荐给了他，让他和她商量抉择。

三月，不记得是三月还是二月了，娃咳嗽生病，市里医院说可能是哮喘，他赶紧跟我说，我说那赶紧带着去省城检查，并叮嘱他在网上先预约挂号。

他订了票后发来给我看，说酒店房间他会订两间，我知道他的意思，但我不至于在孩子看病这种大事上也关注计较这种小事。我跟他说："带着孩子，还是一个房间吧，方便照顾。"可他又把酒店房型发来给我，说订了双床标间。

他不这样还好，他这样，我也不知道就碰了哪根神经，说："你这样让我怎么回答？我是不是怎么回答都不合适？"说完就把电话挂了。

其实也不是生气，就是觉得他的这个做法让我有点儿不舒服。我知道他是知道我比较敏感，这是他们三个第一次一起出去，在住宿这个问题上，他不跟我说或做点什么，我肯定会去想，但是如果他不说，我又不会张口去问。其实他也难做，估计也是纠结犹豫过。就像我怎么回答都不合适一样，他说不说也都是错。

他觉得我挂电话应该是生气了，马上就跑来单位找我，发微信给我的同事琳儿给他开门。我不想在办公室和他啰嗦，就让他下去停车场，在车上说。

到了车上，他马上问我是不是不高兴了，我只说："快回去收拾东西做准备，抓紧时间早点儿检查，别耽搁到孩子的身体。"

他认真地说："肉包肯定生气了，那不去了。"说着就把手机掏出来，打开App，要退号、退票、退酒店。

我一把抢过他手机生气道："能不能靠谱一点，你觉得哪个是大事，是娃看病还是我高不高兴？你觉得我有这么不懂事不识大体吗？我是34还是24、14？别说他是你儿子我爱屋及乌，他生病我也担心紧张。就算是个路人小孩，我作为个大人，也拎不清轻重吗？！你怎么住这不是重点，重点是把娃治好回来。如果你敢退号退票不去，你是不是想让我被人骂死？"

本来是说完就要下车砸门而去，但是知道他也不易，所以又缓和了下情绪和语气继续对他说："这几天不要联系，专心带娃看病，如果有什么事再告诉我。"他抱抱我说知道了。

那两天，他还是会给我打电话发微信，孩子一有什么检查结果也会第一时间告诉我，叫我放心。好在孩子其实并不是哮喘，我也很开心很欣慰，跟他说既然出去了，就带着孩子在外面玩几天吧。

三天后，他回来了，给我讲了省城儿童医院的一些事儿，还有娃在外面玩的一些趣事。

"三八"妇女节那天，我们单位组织了活动，活动结束后，本来想和闺蜜们一起聚餐，可是卢昇说他要带我去吃饭给我过节，所以，我们就去了。

吃饭时，我问他："你凡是这些跟女人、跟爱情有关的节日，情人节、三八节、"5·20"、七夕、圣诞节，你都不在家，她就没问过你，或者约你过吗？"

他说没有。"明摆着自己心知肚明呗，她也说我是百般嫌弃她，说我对她越来越淡什么的。"他还翻她发给他微信给我看。

"那你都不回复她，她也没说没问什么吗？"我看了后更奇怪地问。

他倒反问我："你觉得她会不知道是你吗？等我明天跟她说离婚后，她说不定就要来找你麻烦了。"

"找就找呗，又不是没想过会有这一天——但是，为什么是明天说呢？你什么时候决定的？为什么没跟我说？"

"不是说好娃上幼儿园以后吗？那这不是上了一段时间了吗。"

感觉这时我回答"好"像是怂恿，说"不好"又像是不支持，所以我没说话。

第三天，他跟我说，他要搬来家里住，因为他和她说离婚了，可是她不同意，他说那就分居，她同意了，说分居一年后再看再决定，他说等星期一就去办个分居手续。我问他："可你搬来家里住，你知道非法同居是犯法的吗？"他说他不管了。我想了想说："既然你们达成共识了，那就分居不分家嘛，很多明星为了孩子不也这样，而且你们本来也就是分房睡的。"他说："那要不就劝她回娘家去住。"我说："住得了吗？还有，孩子也跟着搬过去，你不是更不方便照顾孩子？"他问我那怎么办，我说："这种事我可不会为你出谋划策，你自己看着办。"他说那他明天把手续办好，然后两边住。

那两天，我的发小、梵城家里的隔壁邻居茜茜和她妈妈带着女儿来龀江玩，我和卢昇还去接待她们，请她们吃了顿饭。

饭后，茜茜她妈问他："你什么时候跟冷杉回来？来我家我给你做饭吃。"

他回答："快了，就最近。"

把她们送回酒店后，我跟他说："你别乱说，哪有最近。"他说看看五一假期。

晚上茜茜发微信给我，说他看着卢昇对我真好，真难得。我说："好一时是好，但哪算难得，好一世才算真好，真难得。"茜茜还教育我，叫我要求别那么高。

我自己想了想，还在和卢昇的闲聊中问他，觉得在情侣或夫妻的关系中，对对方有什么样的要求算高。

他回答："反正我对宝宝没有要求。那宝宝呢？对我有什么要求？"

我说："爱！我的要求只是爱，而这大概也就是最高最苛刻的要求吧。不管陪伴啊什么的，这些都是要建立在因爱而产生的基础上，而不是没有这个基础而单独存在的。我跟你在一起是因为你爱我，所以你陪不陪我，这个是次级重要的。可如果你不爱我了，就算是天天陪着我，我也觉得是虚的、空的、假的，是没有必要的，那种我不需要。——所以不管我们是走进婚姻前，还是走进婚姻后，我都希望这个基础是不失去的。没有了爱，我就不会要这个关系了。这算不算要求太高？"

他哈哈说不高不高，我让他先别嘻哈，做到了再说。

过了几天，他跟我说："宝宝，我感觉升升胆子太小了，有小朋友跟他起冲突，手都被抓破了，他还是唯唯诺诺的。回家问他他也是连个屁都不敢放。害怕的东西太多，就像之前带他去水疗城，很多小朋友在池子里玩，他却根本不敢下水，只会一直在旁边哭，我都丢脸死了。怎么办啊？"

我说："那小朋友之间的冲突你有没有去搞清楚原因和状况？至于不下池子，可能是他怕水而已。要不等周末带他去儿童游泳馆试试看，我知道一家，要不让他去学游泳吧，还可以强身健体。"

他说好，欣然同意了。

周末，我们带着升升去了一家儿童游泳馆，去之前还特意问了他，他说好。我做了登记，工作人员热情地带着我们进去参观。可是一进到里面，看见游泳池，他开始不干了，闹着要出去。我抱起他，哄着他说："你看里面的小哥哥小弟弟，他们游得多好，你进去跟他们玩好不好？"可他立马鼻子一酸哭了起来，拼命挣脱着想要出去。没办法，我们就走了。

为了让娃高兴起来，我们带他在旁边坐小火车。

我和卢昇说："别急，慢慢来，下个星期再带他去看看跆拳道，看他喜不喜欢。"

卢昇很不开心地数落道："胆子小真的就是跟她家学的，她哥就是，酒驾肇事了就跑了，车也不管，报废了，还得她爹去帮他擦屁股。爱哭跟她妈一模一样，她妈一遇上事，除了哭，什么都不会，心那么大，去幼儿园接娃，娃手被抓了也看不见，接回来发了烧也发现不了，就会惯，惯出一身坏毛病，在家里上厕所，有卫生间不去，偏要在客厅垫张报纸在报纸上拉，我是说不动他。她爹只有打麻将是正事，是唯一的大事，什么事都挡不住他赶着去打麻将，我凶了几次。所以，真的担心升升以后在她家会被带歪成什么样，肯定就是培养成另一个她哥，懦弱、无能、逃避、耍赖。"

我让他小声点儿，别让孩子听到。我说："那能怎么样，也没别人帮忙带啊，所以让你周末都自己带娃。"

他说："可是周末有时也要加班啊——之前我姑还偶尔能帮忙带带，可自从她家有了自己的娃，也就不帮我带了。虽然拿我当儿子，但肯定不会像对亲儿子一样对我。"

看他心情实在不好，我说："升升也玩了好一会儿了，我们问问他渴不渴、饿不饿，带他去吃东西吧。"

娃说他要喝可乐、吃汉堡，可能因为我没有做娘的经验，我只是凭常识有点反对道："可乐小孩喝了不好，我们换一样喝好不好，喝果汁可不可以？"小孩有点不高兴，说不要，这时候不知道是应该继续坚持还是就妥协，心里也明白了要当个后妈的不容易，而这种日子，才仅仅是个开头，任重道远啊！你没法像对待亲生的孩子一样，不用顾虑那么多，不需要做什么都小心翼翼地过遍脑子。但自己选的路，自己选的爱情，也只能自己调整、学习和进步。好在这小孩可爱，所以虽然有点累，但也挺好玩儿。

后来我还跟卢昇说："感觉有一个折磨我们就够了，第二个，你所谓的闺女，怕是免了吧，不然我这暴脾气，你闺女可能随时被我暴力教育。"卢昇说，他现在就是在家里教升升变得暴力些，买了个大玩偶不倒翁，教他如果有小朋友欺负他，要怎么反抗。我一听就反对了，这个肯定不行，那么温柔的孩子，可别教野蛮了，男孩子要注意把握度。他说我的这套不合实际，我不想乱发表意见，就说："我知道下个月有个科技展，带娃去参观科技馆学科技，这合实际不？"他同意了。

三月底，他们单位搞新闻发布会，在布置会场试话筒的时候，他拍了一段视频发来给我。我打开一看，他左手拿着手机，右手握着话筒，对着镜头唱"是谁，在敲打我窗，是谁，在拨动心弦"，然后指着镜头说，"是你是你"。我逗他："此曲只应天上有，这不会被遗忘的时光"。

四月，先后发生了两件好事和两件坏事。

一件好事是清明节我们俩去上坟，他姑姑说之前上坟时看见坟上有蛇洞还有蛇皮，让他这次去看看，可我们俩都不懂这些迷信的东西，就跟我爸说了，我爸去咨询了他认识的一个风水大师，人家说这样不好，年内会对家人形成某种戾气，但有化解方法。我爸把人家教的化解之法详细地教给了我们。这个事好在让我感觉我爸是真心疼他，对他好。他也很开心，对我爸表示了感激。

不好的是，现在想来，迷信这种东西，要么是小概率巧合性事件，要么就真是某种无法用科学解释的神秘，因为到了 12 月 27 日，这个说法应验了。

当时，我们俩是完全相信科学的，其实我觉得是因为他懒，我说按方法准备好东西去弄一下，他说不用，虽然我们上坟时真的看到蛇洞和蛇皮，但我们没有当真，没有去化解。

另一件好事是我有个朋友在古城开了个店，经常邀请我去吃饭、喝东西，虽然卢昇依然爱干打电话来让我当着男性友人的面在电话里回答"我也爱你"这类令我反感的事。但有一天，也正是他的这种"查岗"救了我。

那天，我们三个女人被一个店员的朋友叫去跟她接待她的老乡。本来不想喝酒，可经不住人家热情地劝说，喝了一杯。可是不一会儿，我这个皮肤过敏性体质的人，手突然像酒精过敏一样，从红肿一块变成红肿一片，难受极了；大家此时又正在兴头上，不好打扰。好在卢昇刚好查岗说要来接我，已经在路上了。他很快就到了，立马带我回家，熟练地给我上药、贴药膏，过敏症状得到控制，没有蔓延，没有像很多年前一次晕乎至入院那么严重。

第十五章　无畏无惧，除了骗欺

然后坏事就来了。

坏事之一是有一天我和卢昇去一家餐馆吃晚饭，因为一楼已经坐满，服务员引我们上了二楼，他跟着服务员，走在我前面牵着我。刚一上到二楼楼梯口，他扭头看见左手边的餐桌，突然就停住了脚步，我还奇怪说："宝宝怎么啦？走啊。"

服务员把我们引到距离他看见的那张桌子斜对面隔着两张桌子的餐桌坐下。坐下来后，我感觉他各种反常，平时一坐下来他会开始点餐，给我读菜品、问我要吃什么，点完餐茶水上来他就会给我倒水……那天他什么反应也没有，坐立不安、扭来扭去，表情也不自然。我问他怎么了，他说没什么，还手捧下巴，身体斜向里侧坐着。

我开玩笑逗他："怎么整得跟遇见前女友似的。"

他一惊："你怎么知道？"

"啊？还真是啊？哪个啊？"我好奇地环顾了下四周，压低了声音问他。

他指了指刚才一上楼梯看见的那桌。我循着方向望去，一对男女和我们一样对坐着吃饭，巧的是，那个女的也正在看我，对，是看我，而不是看我们，因为她的目光和我对上了。我装得很正常地把眼神移开，把头转了回来。

我小声逗他："不至于吧，遇上个前女友就这样，那要是遇上一桌，你怕是要休克了——话说这么不自在不自然，是那会儿很相爱吗？发生过刻骨铭心的事情吗？——哈哈哈，看来要常出来吃饭啊。"

"你就乐吧！"说完他就调蘸水去了。

蘸水佐料台就在二楼饭厅的中央，我本着继续看乐的心观察他，看见他居然躲在调料台旁边的柱子后蹑手蹑脚地。我又看了一眼那个女的，可她也在看着我，我就没再看了。

他调完回来坐下后，我就问他："你们好了多久啊？在一起了很长时间吗？"

他想了想说："好像一年吧。"我说："她是哪一任啊？就孩子他妈之前的吗？"

他又想了想说："不记得了。"

我逗他："情史丰富的人就是这样啊，连顺序都分不清——那名字总该记得吧。"

他不说话。

我说："不至于连名字也都忘了吧。"

他回答记得的，我问他："那你们是怎么分手的？你提的还是她提的？"

他也说不记得了。

我笑笑，略带调侃地说："不错，会保护过往隐私，看来也曾很有感情。"之后就没再聊。

当时，前半段的场景还被我编成了个朋友圈，发之前还问了他，他说我可以用他们训练时"被包扎"的照片。朋友圈发了后，我的医生闺蜜还打来电话，说她觉得太搞笑了，问我能不能转发。

吃了好一会饭之后，我再望向那个女人，她还在看着我，我不知道是不是凑巧，只是我心里想，如果是我遇上前任和他现任之类的人在一起，我只会看看他，对他身边的女人不会感兴趣，也不会过多留意。但就还是那句话——每个人想法做法不一样，不能以自己的习惯和标准去衡量别人做同样的事。

我没再看那边，只顾着和他吃我们的。他那天话不多，我们不像平时吃饭时一样有说有笑。

等我上卫生间的时候，那个女的突然从我身边经过，对我说了句"他不是什么好人。"我有点懵，也不知还想不想问她些什么。我呆了几秒钟，我再反应过来的时候，她已经走了。我赶紧上楼，见她坐在自己的座位上，我和她有了一个奇怪的对视，我回桌继续吃饭。不一会儿，她们走了。

自那个时候起，我脑子里就像戳进了一根什么，我时不时打量下卢昇，也几次差点儿脱口而出地问他。我心想，这话什么意思呢？是专门说给我的吗？她是知道我不是他媳妇，还是不知道？知道不知道，是和不是，和她这句话之间又有什么关系？他们是发生过什么吗？卢昇怎么也那么不自然，以前去古城也遇上过他交往过几个月的女人，也不像这样啊！那句话到底对我是什么暗示？提醒？还是某种'吃不到葡萄说葡萄酸'的挑拨？妒语？但和那个女的在一起的男的，明显是她老公或男友，因为走的时候还帮她拎包，还搂着她，两个人吃饭也有说有笑的。一个就算是被前任辜负了的女人，她在开始新生活后，也不至于还心存怨念无法释怀到这个地步吧？分开了的人不是就一别两宽，各生欢喜了吗？干吗还去掺和人家的现在？！

我心里有很多的疑惑，他也问我怎么了，我说没什么。可是自那天起，这个事就扎在了我心里，虽然不想胡思乱想，总是故意不去在意，但是它就是梗在了那里。

如果接下来没有事再发生，那它可能也就过去了；如果恰恰还有事再发生，那它就不会隐退，相反会对浮想联翩产生助推作用了。

月底，我以前的同学，闺蜜栗莉来酲江旅游。被她联系后，我很意外也很开心，因为自从两年前她家里发生了点事情后，她就在大家中"消失"了。

接到她后，我的语言和行为都小心翼翼，接触了一阵儿之后却发现她已经很正常了，又跟读书时候一样，还是阳光灿烂。我很欣喜，心想她肯定已经经过两年的调整，从两年前被家暴的风波和阴影中走出来了，我们几个关心她的好朋友都可以放心了。

吃饭的时候她还专门强调，放心吧，已经好了，并说有的人真的是有双重人格，这种有暴力倾向的男人在发作前真的识别不出来。看她自己都能坦然地讲了，我也就和她聊了起来，不然哪敢问哪敢提。

我说："是啊，以前大家心中的阳光大男孩，谁又会想得到呢？"

"是啊，直到他把酒瓶砸向了儿子，我都以为是幻觉。"

我问："恋爱两年，结婚三年，难道就一点端倪都没有吗？一些细枝末节的东西也没有暴露出来吗？"

她说："之前也觉得他容易嫉妒，有些偏执，控制欲强，对亲朋都不满意，但总觉得那只是缺点。婚姻里嘛，谁家两口子不互相包容缺点。但是事后想，其实这些都是蛛丝马迹，包括他收藏了藏刀……反正越回想，就越觉得这个人其实秘密很多、见不得人的小动作也多。"

我一听，不知为什么，心里一颤，尤其她说到刀的时候，我突然想起了——枪，对，卢昇还在我家也放了枪，几年了，我都忘了。当时我没说也没表现出什么。

晚上睡觉前，我就在想，藏刀是栗莉她老公家暴的隐象之一，那藏枪呢？他对我的各种不放心，查岗、跟踪，甚至连我每次出去的开房记录也要查，也算控制欲强，偏激，嫉妒之心吗？——对亲朋不满，他随时说磊子跟他好只是为了跟他借钱，星子给他介绍厂商只是为了发展自己的生意，舅妈给他做米酒饼只是因为他给她儿子作了贷款担保。——秘密？他一直说在我家装了摄像头，我问了他几次在哪，他总说我是找不着的。几年前他家换了密码锁，我感兴趣地问不带钥匙是不是很方便，我也想换，他说没必要，他是因为家里有秘密，我问他什么秘密，保险箱？金条？名画？他说以后我就知道了。他总说想换工作，我问他想去干吗，他说想禁毒，我说那会不会太危险，他说他仔细研究过了，那样还可以从中牟点利。这些玩笑算秘密吗？——小动作？他们单位每次组织考试，他都去偷试题和答案，有一次还让我在停车场盯着楼梯口帮他把风，这不算成年人的手脚，算见不得人的小动作吗？——那天他的那个前女友说的'他不是什么好人'这句话，是指他做了什么错事坏事吗？……

我啪地拍了下自己的头。打住、胡思乱想什么！这又不是电视剧，又不是侦探小说。栗莉她老公只是个例，不能以个例去推想其他人啊！（但最后事实证明，他就是有暴力倾向，只不过，他暴的是他自己）

这两件当时看来是坏事，现在看来算好事的事（所有具有预警作用的事，我觉得都算是好事），都也就这么过去了。

第十六章　生疑生恙，久疾难医

我们如约在周末带孩子去了科技展览，虽然孩子还不懂什么是科技，但显然还是对神奇的东西和现象感兴趣。我给父子二人拍了很多合照以作纪念。经过无数次的接触，娃也跟我越来越熟；随着长大，词汇和语言也越来越丰富，从科技馆出来就一直滔滔不绝地跟我聊这说那。我跟他说，外面，比如，省城、首都、国外，还有很多很多比这个大、东西更多的科技馆，如果在幼儿园好好表现，以后就带他去看那些更好的科技馆。娃激动地连连说好。

那天，娃喉咙发炎，我在家给他煮了银耳汤，把银耳剁得碎碎的。娃很喜欢喝，卢昇夸我真是既细心又贴心。

他还跟我商量说："以后孩子肯定是跟他妈，所以星期一至星期五就跟他妈住，反正她周一到周五也是闲着，而我们要上班。只是他妈没有房子，所以说不定房子还要给她，折给她一半的钱她肯定不乐意，而且一半的钱也买不到个房子。周末她上班，孩子过来跟我们住，我们一起带他。不过以后周末宝宝就很难有自己的空闲时间，我们俩也很难有二人世界了，宝宝会不会介意？如果房子给了孩子，我就相当于净身出户、一无所有了，宝宝会不会嫌弃我？"

"你是今天才认识我吗？你觉得我会吗？先不说我不缺这个房这个钱，就算缺，我也不会啊，不然你让孩子跟着她住大街啊。"我继续跟他说，"时间也不用规定得那么死，不是周末，只要孩子愿意来，她也同意，随时都可以来啊，以后给孩子装修一个自己的房间就行。或者你们父子俩想睡一块，那他来的时候你和他住就可以；要是还想有更大的、完全属于你们俩的空间，我出去住也行。平时你想他了，也可以回去看他，甚至回去住，只要她没有异议，都行啊。

你不是说房贷一直都是你在还嘛，那以后虽然房子给她了，但你也可以继续还呀，反正都是给儿子住。"

他很感激，拼命地亲我，我怕孩子看见，就制止了他。

他问孩子："升升，你喜欢妹妹吗？"升升点点头说喜欢。

他把手放在我肚子上对升升说："以后阿姨的肚子里也会有个小妹妹，你以后跟妹妹玩好不好？"

我赶紧把他手推开，瞪给他一眼，可是升升跑过来对着我肚子看。

我对升升说："你爸乱说的，还没有，还早，现在只有升升，以后升升在爸爸心里也是第一的。"

后来我跟他说，以后不能在孩子面前这样说，万一孩子排斥和逆反，就不好了。他说那在于我们的引导方法，我虽然觉得有道理，但没有表现出很赞成，因为我觉得未必那么简单，反正以后这些都是家庭大课题，只能是"尽人事，听天命"了。

四月底，我的服装小店因经营不善倒闭了。虽然谈不上失落气馁，我还总结了失败的经验教训，以筹谋下一次的重新出发，但心里多少还是有点难过的。小店被转出去的那天，看着这个我们曾付出心血的地方，心里很不舍，居然在卢昇的怀抱里哭了起来。卢昇了解我坚强，不软弱，他拍着我的背安慰我说："不怕不怕啊，不然我肉包以后成为女强人了，回首往事都没有吐槽自己的谈资。我肉包以后还会有更多更大的店，会有更好的生意，会成为大富婆。"我一边哭一边笑着说："等我成为大富婆了，我要包养小鲜肉。"他说："今天就不跟你计较了，但这个想法仅限于今天，过了晚上12点，你这个梦想就要被我掐死在床上了。"我哈哈笑了。

五月。

五一假期，我回了梵城休息，他前两天值班，说值完班也回梵城家里，还自己跟我妈说了。

他值班的第一天晚上，他说孩子妈的表妹家从襄市来到甏江，住在他家，孩子妈把人家安排在了他的房间。我冷冷地说："既然都办了分居，那爱咋住就咋住呗，你要又过去打地铺就打呗。"他说他在得知后，已经和孩子妈理论了，让他们去住酒店他付钱，可是他到了家，人家已经铺好床了，还给我拍来她表妹家的孩子和他儿子在床上嬉戏打闹的照片，让我相信他。他说他会睡沙发，并拍照给我，我说不用了，并没再理睬他。

第二天他又说，老人要跟着亲戚去女儿湖玩，没人带孩子，我说来不了我家就不用来了，虽然我妈已经跟几个亲戚说了。他说他会想办法，不会让母后失望。

第三天，他还是来了，坐车来的，因为我之前带着小乖把车开回来了。他这次来干了件大事——跟我爸妈说要结婚。我还怕我妈或问或催，因为她一直操心于我晚婚这件事，结果，他倒自己先说了。我妈自然高兴，问他打算什么时候，他说等八月份过了他爸三年祭之后。我妈一听，想等到自己父亲守孝日后，自然理所应当，也就说好。我心里又慌又疑惑又茫然，便约他出去买东西，问他怎么就敢这么说，胆子也太大了。他说他自有安排和计划，如果我不喜欢掺和这个事，就不用操心，他自会办好。

他今天这一擅自做主的冒失行为令我很不满，我心里实在忐忑，所以在所谓的"买完东西"后，我让他陪我去了趟教堂。

梵城的教堂离我家很近，就在我家门口那条路的路口，存在了近百年，五年前翻修一新。

我奶奶出身于当时梵城的地主之家，是当年梵城大家小姐里面唯一一个没有裹小脚的，据说一是我太爷爷追求进步民主，二是太爷爷特别偏爱奶奶这个闺女。在我奶奶还是少女的时候，有西洋的传教士来到梵城教孩子们英语，我奶奶也去学了，就在教堂上课，并随之信奉了基督教。后来遇上了从军打仗的我爷爷，两个人也算谱写了一段战争时期进步青年的爱情史诗。我出生后不久，我奶奶就带我去教堂进行了洗礼，我就这样在自己完全不知情的情况下入了教，每个周末的礼拜也都是雷打不动的，哪怕后来我去上兴趣班，礼拜也被我奶奶强制参加。小时候没什么概念，只记得喜欢跟着去参加圣诞节、感恩节那些活动，觉得好玩，后来慢慢长大懂事了，做了错事又倔强，不愿跟父母说，就喜欢在祷告时悄悄告诉上帝，也有时候会讲给那个慈祥的、喜欢给我饼干的老牧师，这样也真的会心安，可能就因为像我奶奶说的，是心理的救赎，而且愿意主动悔之改之。这就是虽然我没有我奶奶那么虔诚，甚至算不上一个合格的教徒，但却也很认可、很仰赖这份信仰的原因。

所以那天，我也把我心里的惶惑讲给了上帝，愿他指引我、帮助我。

晚饭时，我爸发话了。

"小卢，谈恋爱是你们两个年轻人之间的事，而婚姻不是，是两家人的事。按以前的风俗，是要双方家长在一起商量后，走各种礼节程序的。但是我们也开化，不是老古董，而且你情况特殊，也不容易，那家里的亲戚长辈，你看有谁还可以帮你，你安排了我们也见一下，走下最基本简洁的礼数。别的，我们对你一样要求都没有，不存在彩礼。冷杉是独生女，你们好好过，过得幸福，我们就满意满足了。经济上，你一个年轻人也不容易，你们需要什么我们都会帮助你们——两代人的思维和生活方式都不一样，我们不会来和你们长住，只偶尔小住，你们节假日还有工作之余有空回来梵城看看陪陪我们也就行了——所以在酽江，我们会支持你们买个别墅，这样我们偶尔过来的时候住在一起也方便些，冷杉现在的公寓毕竟只适合你们自己住。出行上，你们两个人一辆车也不够用，就再添上一辆，方便些。你对我们有什么想法也可以提，我们家是很民主的，也正因为如此，从小把冷杉惯坏了，气性大，你多包容他，当爹的我也就谢谢你了。——有缘才能成为一家人，你父母不在了，我们就不只是你的岳父母，你就把我们也当父母，有什么困难就说，像儿子一样，我们也不只把你当女婿，而是当儿子，对你和对冷杉一样，她有的，你就有，家里的一切，以后都是你们俩共同拥有。——我和你阿姨一辈子相互扶持过来，每一分钱都是共同积累起来的，几十年了，没有红过脸，一起经营好这个家。上，养老送终了四个老人；下，养大冷杉。虽然时代不同了，年轻人的想法也和我们有些不一样，可还是希望你们同心同力，经营好婚姻，经营好家庭。"

卢昇听完连连答应我爸。

后来他还跟我说，越来越喜欢和仰慕父王了，我说我爸可能这辈子唯一的败笔就是把我养骄纵了，他哈哈笑了。

从梵城回到靤江的第二天，他带娃，我和朋友去办事。后来他问我在哪，说娃在问我，还说好久没和阿姨一起玩了，我说那就吃饭时候见。见面后，娃还端着饮料要和我干杯。

我提议带他去观摩少儿英语活动，但娃说想玩拼图，让我给他买，于是去了超市选购。买完玩得正嗨时，他发现娃有点发烧，保险起见，我们赶紧去医院检查，好在无大碍。感觉娃也完全没受影响，车上一路抱着他回家时，他还不停地在我大腿上摆弄着拼图块。

第二个周末，到了母亲节，那天我早早就问候了我妈。可能再严厉的母亲，年老了也会对子女变得柔软了。我妈那天说不知道为什么，特别想我，所以又给我打了两个电话，说想我时，语气里还带着些撒娇，把我弄笑了，也弄哭了。

后来我问卢昇，今天是母亲节，有没有问候我妈，他忽地想起来说忘了，于是马上打电话过去问候。

我也没有生气，但就是心里有点不舒服。他也看出来了，问我怎么不高兴了。我想了想，跟他说："我们以前说过，两个人要诚实坦白，有什么要开诚布公地说出来，不要藏在心里，是不？"

他说是。

我说："那我今天对于你忘了问候我妈这件事，我不舒服的点在于，去年你是自己主动问候我妈的，今年就忘了。我就想，是因为去年我们俩是在谈恋爱，而今年，你刚回家说了要结婚，我爸妈也基本算是应允了，你这算不算敲定了结婚的事，对长辈的心意就放松懈怠了？"

他连忙解释说不是我想的这样，是我想多了。

我说："那就好，我问了，你答了，我信了，就解开了这个心结，避免了一个误解。以后长长一辈子，结婚以后过日子，鸡毛蒜皮的事满天飞，我希望如果宝宝你也对我在某件事上有猜疑不满，就像我今天这样表达出来。不管在多大的矛盾面前，我们都有保持坦诚的沟通交流模式，你觉得怎么样？"

他答应着说好。

我觉得母亲节的这个事也算是个好事，是两个人在相处路上一个进步的契机。正如我一直相信的：一件坏事的背后，肯定藏着甚至不止一件的好事。

第二天晚上，我自己跟家里视频电话的时候提起这个事，我爸还教育我说，卢昇没有父母，他肯定没有对这些节日的概念，没有问候长辈的习惯，甚至不喜欢这种节日，教育我和我妈不能在这方面计较他的礼仪礼节。我说我有想过这些的，所以去年我都根本没提，今年我还以祷告的方式祝福问候了他妈妈；前几天给妈妈买礼物的时候我也问了他，说姑姑也算他半个妈，要不要给姑姑也买一份，他却说不用了，我想他有他的考虑，就没买，而且每次出去玩，买东西的时候我都会问的。我爸让我多体谅他，后来我也反省了自己在这件事上的主观思维，还专门跟他道了个歉，撒娇卖萌与认真诚恳并用。他很感动，说以后会注意。

几天后，我有个朋友请吃饭，他也去了，他以前把普通住房贷款转为住房公积金贷款时有问题咨询过我这个朋友，加过人家微信。席间，我这个朋友跟在座的其他人聊起不要找原生家庭不好的男人。

饭后，他就把我这个朋友的微信给删了，我问他为什么，他说人家指他。

我理解他的心情，所以不但没有生气，还好好劝慰他："人家根本不知道你和你家的情况，根本就不是故意指向你。每个人有不同的看法和观点，宝宝不用在意。任何标准都不能一竿子打死一片人，她们说的都只是普世的观点或极端的例子，不包括我宝宝，我宝宝就是很大比例的特例中的一个，很好，很棒，很优秀！"

他当时倒是听进去了，可是后来很快，他又删了我两个朋友的微信，原因就是看不惯、不喜欢。

我心里是生气的，但是我憋着气跟他理论："人家在我们出去游玩的时候帮我们照看过小乖，你有事询问请教过人家家属，人不能这么忘恩负义吧？还有，你一时意气用事把人家删了，你有没有考虑过我和人家的友谊交情？你有没有为我着想一下？人家发现了，我还怎么跟人家相处？我怎么就没把你朋友删过呢？"

"是啊，我朋友是喜欢你，吃饭也约你，甚至都直接跟你联系。"他阴阳怪气道。

我不想和他辩驳，此番争执到此结束。

因为心里的气还没有过去，周末，我没有如约和他一起带着孩子去摘草莓，我自己去了省城散心。

到了省城，和我的闺蜜们在一起，她们都问起我和卢昇的情况，我第一次说了"心累"一词和"越来越不想和他在一起了"这句话。

期间，他依然会询问我"在干吗""在哪儿"之类的话，会让我赶紧回去，说"很想我"什么的，他也给我发来他带着孩子在外面吃饭的照片和视频，我都没怎么回复；晚上，我没有接他的晚安电话，也是从那个时候开始，我不再回应他的晚安照，不再也给他我的晚安照；每天早上他都会打电话或拨视频来质问我昨晚在哪儿睡的，去干吗了，并让我把房间扫一遍给他看，我几乎懒得回应，也不照做，随他如何去想去说。也是这一次，我首次外出回来没有给他带礼物，我回来时他到车站接到我，似乎也感受到了我与以往的不同。

第十七章　不再是从前的模样

第二天是 5 月 20 日，可我们似乎都没有心情过"5·20"。中午吃完饭，他让我送他去姑姑家拿了东西后，问我晚上想去哪吃饭，我说不吃，让他晚上回他家，他看出我没有兴致，就哄我说他来想。可到了快下班的时候，他也没有想到去哪儿吃，让我也想想，我说那就去古镇的一家，我也没去过，只在朋友圈见过，于是我们去了。

吃饭时，他看我一直闷闷不乐、心情不好，就各种耍宝逗我乐。他跟老板要了几颗柠檬来，一会儿学小丑表演抛柠檬，一会儿表演无表情吃柠檬，被酸到吐，还让我拍视频给他记录下来，说以后给闺女看看她妈是怎么欺负她爹的。我乐了。成年人在这种时候的乐，其实不是开心，是感动。

吃完饭从古镇出来后，经过一条通往容济海的路，他一转方向盘往那边走了，把我带到了容济海边。这年，这个时节，这个时候，在那儿散步的人已经很多了。我们没有下车，就在车上坐着，看着湖面。

他跟我说："宝宝，那年那天晚上，我们也是这样看着湖面，我第一次对人讲出心事，那个人就是你。"

我没搭话，眼泪却掉了下来。

许久后我说："要是没有那天晚上，那该多好。"

他看看我，给我擦了眼泪，对我说："宝宝你是一个多么骄傲多么坚强的人啊，一惹你流下眼泪，我心就好疼啊，我好自责啊！"

说完，他扇了自己一个巴掌。

"都是我不好，尽惹宝宝不开心不高兴，害宝宝为我哭，为我流泪，都是我的错，我是坏人！"

我看他连鼻血都流下来了，赶紧拿纸给他擦掉。

这时他电话响了，孩子妈打来电话说孩子要找他，孩子想去超市，想让他也去。我让他赶紧去找孩子，可他说不，然后开动了车，送我回了家。

到家后我一直没说话，他也没说，只是给我倒水喝，把我抱去卫生间给我洗了漱。

给我刷牙的时候他还让我龇牙检查我的牙龈。检查后他说："一年了，宝宝的牙龈增生看来是不会长了，我宝宝不会变成小老太婆了。"

给我洗脸的时候又说："不许我再惹我宝宝哭了，我宝宝哭丑了我就把自己也毁容。"

给我洗脚的时候问我："宝宝，我们爬华山时你说的那句话是什么？"

我说："哪句话啊？我怎么知道你说的是哪句？"

"就是你刚好说完，旁边有小伙儿经过还给你鼓掌的那句，跟脚有关的。"

我想了下说："哦，你说的是'我踏遍万水千山，跋山涉水，只为你而来'？"

"对对对，就是这句，学渣脑子不好用，记性不好。"

我问他："你会不会记性不好，有一天把我，把我们的爱忘了。"

"那应该是我死了吧！宝宝呢？"他反问道。

我说："那应该是我心死了，'忘'字不就是心亡了，就忘了。"

把我抱上床后，他也去洗漱了，他回来时，我装作睡着了，他抱着我，也没有睡。

就这样带着隐隐的矛盾和沉郁的心情跨入了六月份，可是到了六月份，更大的风暴又来了。

起因是陈枫出境考察，给我买了一块名牌表并寄来给我。

说实话，收到的时候我也是很惊喜的，或许不能用喜，但是也不能说是惊吓，反正就是很意外，也带着些感动，毕竟分开三年了，也没什么联系，他只是依然会在每年我生日那天凌晨准时发微信给我说句"生日快乐"。

我也纠结了半天，是收下还是退回去，还有，要不要跟卢昇说，不说他知道了会怎么样，说了又会怎么样。

果然，告诉他以后，他表面上没有太表现出来，可内心却暴跳如雷。

他问我："他为什么要给你送表？"

"他说下个月是我生日，当生日礼物。"

他又问："那为什么不退回去？你们一直有联系吗？他经常给你送礼物吗？你怎么都不跟我说？"

"哪有都不跟你说，这是第一次送好不好。"

"分开这么久还给你送礼物，不奇怪吗？他跟你分开后没有再找吗？"

"我不知道他有没有再找，他嫂子跟我说他没有再找。"

"他嫂子为什么要跟你说，他不找是还想着你惦记着你咯？"他呛声道。

我也生气了，说："他为什么要惦记我，我一个背叛者，配吗？！"

"所以这不是更奇怪吗？"他一副怀疑的样子。

"不要用你的思维去想象别人！"

说完我扭头走了。那会儿我们在饭店吃饭，刚上的饭菜我一口没吃。

就这样，冷战了两天，直到他又来求和。

命运或爱神也许从那个时候开始就已经在好心地提醒我们分开，可我们没有领悟，所以它安排了一连串的事情继续提示我们，给我们制造分开的契机。只是我们应该还是相爱的，也念想着曾经答应过不轻易放开对方的手，所以一直一步一步走到了血淋淋的最后。

六月，像连着的两个导火索，另一个也来了，林臻来酆江找我。

他其实是来酆江办事的，并请我推荐了个人与他认识，这个人和他们想做的项目有关。

卢昇这边气得不得了，他认定林臻是专门故意来找我的，办事只是顺带的幌子。

他问我："奇怪了，你的两个前任接二连三地出现，是你不想跟我在一起了，所以给人家什么暗示了吗？"

他还坚持说我上个月去省城肯定去见林臻了，说不定就是专门去找他的。奇怪了，这两个男人一个没再找，一个没再娶，是什么意思？

我不想和他理论和辩驳，我只说："卢昇，你想过没有，这说明我跟人家分开后，我们没有撕破脸；没了爱情，可能还有另外的情义在。包括陈枫，我都那样做了，是我的错，人家一开始那两年也没有理我，可是时间过去了，不说原谅我，但人家没记恨我。我跟人家的恋情时间都不算短，都是几年，人家能不了解我是个什么样的人？如果我是个不怎么样的人，人家会对我这样吗？并且从始至终，我都没有听谁说过他们在任何人面前说过我的半句坏话，而你呢？"

说出最后这句话的时候，我好好看着他，想起那天在餐厅遇见的他的那个前任，以及那句"他不是什么好人"。

他没说话。我问他："卢昇，如你所说，你的每一段恋情都很短，都只有几个月、半年，最长的除了与她的婚姻，也就一年。你说是因为你没有遇见我，不是真爱。那除了这个因素，你是否想过，你也许并不是一个长情的人？！"

他想解释，我却接着说："宝宝，对不起，今年以来，我有很多次像这样，没有叫你昵称，而是喊了你名字。可是你要知道，我得在怎样一种情感状态下，才会这样。我在乎我们的感情，我不想我们的感情被磨淡磨没。最近发生了些事情，你也有，我也有，你的事情让我困惑，我的事情让你怀疑，这其中，我们都有错，都有处理得不对的地方。但就像之前我跟你说过很多次的，我们都该本着坦诚、真实、信任的基准，去沟通解决，不要赌气，不要吵闹，更不要自己去发挥想象，脑补画面。我们分开一个星期，各自冷静下，思考下，好好想想吧。长情，不只需要情感，也许还需要信仰和品格德行。"

他想了想，同意了，并跟我说了句话："肉包，肉包包，我爱且只爱过你，我以后爱的，也只有你一个人。"

自那天起，一向睡眠好的我，莫名睡不着了，连续两天晚上都睡不着觉，我第一次知道了失眠是一种什么感觉。没办法，我只能到市医院看了医生，开了安眠药，可效果却并不怎么样，吃了是能睡了，可是睡到半夜就会醒，醒了也不是说会控制不住地去想什么，就是不想，也睡不着。

于是我休了假，到保市去找我的闺蜜兰岚，在那儿待了几天。

在和兰岚的谈心中，我也第一次说出了"我以前一直觉得，他从小经历了那么多事，做事情想问题还是周全麻利的，我觉得他很成熟。但也许，他并没有我认为的那么成熟，也或许，成熟得过了，也就是城府了"这句我心生已久的话。

我从保市返回的那天，恰逢父亲节，也恰逢我们的纪念日。他说等我过纪念日，我说我会回得很晚，不用了，我只是提醒他那天是父亲节，别忘了问候我爸，他说他记着呢。

第二天，他问我有没有看见几天前他给我发的火烧云的视频朋友圈，我说没有。但其实我看到了，看见的时候我就已经知道他的意思了。

他每次给我制造一个什么小惊喜，哪怕只是电影候场等待时他用爆米花给我摆一颗心，用棒棒糖纸给我折一只鹤，他也都会说"Just for you"。有一次他陪我去美容，店里放着光良的《第一次》，他就在我旁边猛唱，我当时说，这歌也算是一代人的青春啊。他说，冷二妞可是我的第一次啊。我说，放屁，他的第一次不知道几岁就给了哪个人了。他说，低俗！自己说的第一次，是心动，是爱情，是爱一个人的滋味，是魂被她牵走了，不能没有她，没她活不了的第一次！

那个视频，就用了这首歌，也注明了那句话。可不知为什么，我当时就是不想说看见了。大概是那天看见的时候，更倍觉往日可贵吧；回想曾经，不过是徒增伤感罢了。

第十八章　失望叠加，凉薄累积

到了七月，我生日，他问我想怎么过，我没再像去前年一样说"只想和你一起过"。我说："要么不过了，要么就叫上处得好的几个朋友一起吃个饭。"那天，他还专门调休了半天假，帮我去拿蛋糕什么的。

吃完饭大家去孔萱的店里喝酒，他酒量不好，喝多了，怕他又像上次旅游一样喝吐难受，我还没等大家玩尽兴就先扶着他走了。出来以后我说我打车送他回去，他问为什么不回我家，他说最近孩子妈和孩子在娘家受气，不在娘家住，回去住了，他不要回去。我说那不能成为他来我家住的理由，他问我为什么以前就可以随时住，而我现在总不让，我没有好气地说："因为说难听点儿，你以前在家住，可以叫过夜；但是你现在在分居，你在家住叫非法同居。"他生气地把我扶着他的手撒开，走了。

七月下旬，他去省城培训。可能他忙，也可能我们都还各怀心事，他这次出差，虽然也会干什么都给我发信息、发照片，但我总觉得我们之间的那种感觉不像他以前出差下乡时那么腻歪、那么想念了。正如他出发的那天和我说："宝宝，我怎么感觉我亲你的时候，你的吻都不像以前我要走的时候那么甜那么温柔了。"

他走了以后我也在想，我们到底怎么了？是我矫情了？是我心思心态的问题？还是他呢？

他走后的第三天还是第四天，我收到了他寄来的礼物，是他在网上定做的一个我的陶蜡塑像。打开看见的时候，我还是挺惊喜的，因为很像、很逼真，连神态什么的都是，而且这种礼物不常见，也算得上有新意和心意。我赶紧把塑像拍了照发过去给他。

"还是很像宝宝的啊。"他随后又问我，"就是这样的吗？没有帽子吗？"

我说没有。

他说他发给人家的照片是有帽子的。

我说："无所谓呀，本来我就很少戴帽子。"

他说正因为如此，所以才专门挑了一张我戴了的，那天看见我戴，专门给我拍了。他坚持让我寄回去给商家把帽子加上，我依他了，下班后去快递公司寄出了。

回家我反思了，我想，他出差在外也能如此有心，我是不是应该把那点心事和情绪放下。所以那两天，不管多晚，哪怕夜里我很困了，我也坚持等他那边的培训任务结束，一起道晚安再睡。

他培训结束的那天，他很高兴地跟我说他买好了第二天的动车票，终于要回来了，想死我了。

晚上他们聚餐去了，那会儿大概下午五点钟。一般他去玩什么，我是不管他的，但他总会自己报告情况。可那天到了晚上十点了，他都还没有任何音讯，没有发来任何信息或打来电话。

我有点担心他是不是喝多了。外面虽然有各州市兄弟单位的人，可没有很熟悉的人，有没有人照顾他呢？可别像之前一次那样，所有人都喝多了，都没人管，他自己坐在花台边；但那起码是在本地呀。

于是，我先给他发了微信问"活动结束没有""有没有回酒店""喝酒了吗"……可是一个小时过去了，仍然没有回信。没有他周边人的联系方式，我越发担心，开始给他打电话，可是没人接。

我又等了一个小时，十二点多了，又接着打，连续打了好几个，还是打不通，我的心很慌。我想，是睡着啦？那怎么听不到电话声？难道是静音啦？那万一是静音了，在外面躺倒了，岂不是人家找他也找不到！还是手机丢了？那捡到手机的人一般都关机呀，怎么没关呢！如果是手机丢了，他清醒的话可以借电话打给我，因为他背得我的号码。如果没打，那就说明已经不清醒了。我又想到他那头疼的毛病，虽然两年前那次去省城看了以后就很少发作，但是有时候喝了酒还会特别疼，不会在哪儿晕倒了，发生什么意外了吧？

我越想越恐慌和担心，又打了几次，那会儿已经凌晨一点多了。我又想如果我一直持续打，万一找寻他的人占线打不进去，或者我把他电打没了，要是他有事都联系不上人呢？所以我就没再继续打。

虽然睡不着，但我还是在睡。

突然，一个想法冒上了我的心头，他是不是故意不接不回？是不是故意不联系我也不让我联系上？

我是第一次对他产生这样的想法，以前从未有过。

女人有一个优点，也是缺点，其实说不清是优点还是缺点——会推理。当时我觉得就是这种可能性了，否则说不通，以前从来没这样过，这不是他的行为习惯，或许是他变了。那为什么故意失联呢？无非不就是不方便或不想嘛，不方便的话，很有可能就是在干别的什么事，比如那个方面，要么就和大家一起去了那些场所，要么就自个有约。

顿时失望直冲心房，很难受，心想，这个自己以为与众不同的男人，其实也许也是免不了俗的俗人一个。

于是我起床把在手上牢牢戴了两年的戒指取了下来，放在了抽屉里，又找了一片上个月开的安眠药吃了入睡了。

第二天一早，我就去上班去了，虽然一想到这个事，心就像被戳了一样，可是本着"万一是我想多了，他是不是真遇上什么事了"的想法和担忧，在快下班的时候，我依然给他打了个电话，因为我记着他昨天说，他的动车是中午的，虽然具体几点我忘了。

可是依然打不通，没人接，心里的担心多过了愤怒。我赶紧借了个同事的手机打过去，打通了，他接了，他接起来的瞬间我就已经没话了，之前担心之类的心情也都就咽了回去，不存在、没必要了。

他喂了几声，我冷冷说："你还好吗？"

他愣了一会儿，说好。

"那昨晚为什么不接电话？"

"我睡着了。"

我没问"你说我信吗"之类的话。

他自己说："真的，我喝多了，什么时候回去躺着的我都不知道。"

"那按你这个说法，你今早为什么不跟我说一声呢，你知不知道我担心你是不是出什么事了。"

"对不起，我早上发现的时候害怕宝宝生气了，不敢跟宝宝说，我想等回来亲自见面说。"

我没有回话，把电话挂了。

说实话，他平安无恙，我是放心了，可这也正说明，如果他所言非实，那其中不就存在我猜想的那种可能了吗，那种我无法置信和接受的可能。

过了一个小时左右，他给我打来电话，我犹豫了半天才接。他说他误车了，到了车站，动车已经开走了，他在改签其他趟次，可是人好多、票好少。我带着质疑问了一句，"那你还想今天回来吗"，他说："想啊，肯定想，我要回来见我的肉包包。"我冷冷道："那坐飞机回吧。"他答："好，我现在立马就去机场。"

他到了机场后，在几个小时的候机时间里不停地给我发微信，可我忙着工作，也不怎么想搭理，直到下班后去接他之前才跟他核实了航班信息。

那天晚上他登机后给我发了信息，我出门不久，就开始了雷暴雨天气，闪电满天飞，我不知道他的航班会不会返回，延时，取消，我继续在雨中前进，直到雨大得完全看不清前路，才靠边停下等待了一会儿。

到了以后，我没去接机口接他，我在停车场等他。他上车后，很快就发觉了我不对劲，因为我一句话也没和他说。他淋了一身雨，可我也连问都没有问他，只是开车，他说什么我也都不回应。后来他也不说话了，掏出手机打游戏，我们就这样安静地在雨中前进着，除了雨声一直很大，除了车里音乐的声音时起时伏。

到了家，我径直到主卧的卫生间洗漱，之后就关了灯躺上了床；他在客卧的卫生间冲了澡也过来了，没有再开灯。我故意翻了个身背对着他，他躺下后过来抱我，我让他松开。

他说："肉包不要生气了，我真的是睡着了。"

我说："我不知道该不该相信。如果不是，那你辜负了我的信任；如果是，那你辜负了我的关心。"

他打开灯，坐起来，拿出一条项链，说是赔罪礼物，是他在机场选了好半天才选到的，店员给他介绍说，这条项链叫"你是我的星球"，说着便把它戴在了我的脖子上。他顺势亲吻我，我让开了。

我对他说："在我自己搞清楚或想通这件事之前，你不能碰我。如果你的身体已经背叛我了，我接受不了；如果你连心里也一起背叛了，那我就更不会接受你了。"

他坚持让我相信他，我没再搭理他。

之后，他的肚子发出咕咕响声，我问他是不是还没吃饭。

他说："是啊，想着回来以后宝宝会像以前一样等着我一起吃，或者吃了也会再陪我吃，可是今天宝宝连问都没有问我。"

我说："今天家里什么都没有，只有方便面，要吃就去吃。"

他说："不吃了，宝宝不理我，我不想吃。"

我没管他，起来到客卧睡下了。

不过一会儿，他过来哄我。站在床边摸我手的时候发现我戴在手上的戒指不见了，他打开灯拉起我的手确认，问我："戒指呢？"

我说："丢了。"我看见他眼里的失望了。

他问为什么，我说你觉得呢，他叹了口气，半天没说话，我也没搭理他，他就起身出去了，到了门口他跟我说："你知道这个戒指是什么吗？它是我的信念，你把我对你的信念丢了？！"

我回他："人变了，自然信念也就变了。"

他没再说话。

我们就这样分房睡了一夜，都没有关门，我没睡着，半夜我听见他那边也还有动静，他也没睡着。

接下来几天，差不多都是这样，我们没怎么搭理对方。

有一天他问我到底是怎么了，我只回答了他三个字"你变了"，他说他没变，问我他哪儿变了，我说哪儿都变了，他说他可能有些事做得不好，但是他没变。

那天下午，他在美团上给我买了些甜点和饮品，当外卖小哥把东西送到时，我看见贴在提袋上的外卖单上打印着"肉包，肉包包，爱你的路上我一直没变"。我没像以前收到他送的东西时给他回应，直到他打电话来问我收到没，我说："我现在开始戒糖了，以后不要总破费给我买这些了。"他问我看见备注的字没有，我说看见了，打得很大很显眼，他说他从未变过，也永远都不会变，我说那等我把心里这个坎过去了再说吧。

进入八月，一天早上上班时间，他很兴奋地给我打电话说："宝宝，我们又可以出去玩了！"我问为什么，他说因为十月是新中国成立七十周年大庆，九月份有很多工作，所以单位通知他们在八月份把年假休了，他可以带我出去玩了。我一听却不怎么能高兴起来，他问我怎么了，是不是都不想跟他出去玩了，我说不是，他说那中午吃饭时候说，我说好。

吃午饭的时候，他看着我，一副可怜样地说："完蛋了，我宝宝现在都不愿意跟我出去玩了。我还一听到有假期，兴奋地第一时间给宝宝打的电话。"

我看看他说："要不这个假期你带孩子出去玩吧，你还没带他出去玩过，上次去也只是看病顺带在省城玩玩，这次好好带他出去玩吧。"

"可是我想跟宝宝一起——要不我们一起带升升出去玩？宝宝上次从保市回来不是说那里的温泉山庄还有小孩的游乐设施，挺不错的嘛，我们一起去那儿。"

"想法能不能切实际点儿，现在我们怎么一起带他出去玩？你要怎么跟她说？她能放孩子吗？而且孩子会乐意吗？他肯定喜欢你和他妈带他一起玩儿，所以现在还是你们带他去吧，以后不管他跟他妈还是跟你，我们再每年找寒假或暑假带他出去玩一次。"

他想了想说："可是我还是想跟宝宝——那要不我们先出去玩，回来再带他附近玩玩？"

　　我推说我只有周末有时间，顶多只能周末前请一两天的假，让他先带孩子出去玩，回来我们又再出去，他同意了。

　　随后他又问我想去哪儿，我说让他先想带孩子去哪儿，他说就一两天，两三天，就去周边吧，我提议去恐龙谷，升升喜欢恐龙，还让我给他买过玩具恐龙，卢昇一听也很赞成，那就带孩子去恐龙谷。

　　他又问我我们一起的四天去哪儿，我问他想去哪儿，他说想带我去的地方可多了，想带我回丹东老家去看看，也想带我回南昌他上大学的地方看看，可是去这两个地方四天时间不够，太紧促。我说那就去周边省市吧，可以去重庆吃火锅，他说重庆火锅等冬天再去吃，这次想去贵州，我们上次去成都的时候遇上大雾天气降落不了，转停在贵阳机场待了半天，说哪天要专门来贵阳了了缘分，我立马同意了。

　　想着马上九月新学期，他要给孩子交学费，我就在下午把周四、周五的假请好后，把机票给买了。

　　他带孩子出发去玩的前一天，我们去看了他心心念念的电影《哪吒之魔童降世》，他超级喜欢，几乎整个观影过程都和很多观众一起在笑，而且笑得前仰后俯停不下来，看他开心，其实我也挺开心的，似乎心头的一些疑虑也消散了些。看完电影到了停车场，他跟我说他带孩子去玩能不能把车开走，我说当然能了，我还没说什么，他说孩子妈不一定会去，我说我不介意，我们不是一早就有一切为了孩子的共识吗，只是我车上没有儿童座椅，如果孩子妈不去，要注意孩子的安全，他说知道了，说孩子总记着我的车，每次看见相似的就会说，也记得我家，有时候路过附近就会指。

　　那天下午，我到季静她们小区附近看房子（我们五月份从家回来后，就一直按我爸妈的指令到处看房子，但一直没看到合适的），之后就到季静家待了会儿。知道了他把车开走带着孩子去玩的事，季静就问我孩子妈去不，我说不知道，也不关心，季静说："要是去的话，我觉得这女的真了不得，你的车她也愿意坐，这么无所谓。"我说："这世上大概真的有一些人心很大。不是马虎大意，而是心真的装得下很多别人装不了的事。"

　　说这话的时候我若有所思，思的是我自己，我想，人和人真的可以如此不同吗？人要相互学习，我在这方面难道该向她学习？为什么卢昇失联了一个晚上的事我到现在都耿耿于怀？！是我太较劲了吗？不，我很快给了自己答案，这是我自己的底线！

第三天，卢昇回来了。当天他去他们单位拿了那个之前寄回厂家加帽子的雕塑，然后到我办公室找我，让我跟他去车上看看有了帽子的"我"是不是更像更好看。到了车上，我一看后座位就知道孩子他妈也去了，因为他平时单独带孩子的时候从来不让孩子自己坐后面，可后面显然有坐过的印迹，副驾驶也干净整洁得不像孩子平时坐过后的样子。

我问他："她也去了是吧？"

他说没有。

我说："去了就去了，我又没有说不让去，我也支持你和她一起带孩子去。可你为什么偏要撒谎呢？"

他说："你是不是又生气了？我不想在我们之前的不愉快都还没彻底过去的时候又增添新的不愉快。是孩子要叫她去，我全程都没理她，到了那儿我也是自己带着孩子玩，连去泡温泉都没叫她。我已经做到这个地步了，不信你可以等跟升升玩的时候问升升。第二天我也不想跟她玩了，我说回去，她说那就着顺带去襄市她奶奶家看看。我睡的沙发，我没和她一起睡。"

我打断他说："你觉得我关注的重点是这些吗？你是不是永远搞不懂我关注的重点是你的诚实！你是什么时候学会撒谎的？还是你从一开始就是在撒谎？！你到底对我撒过多少谎？有多少事瞒着我？！"

他没说话。

我把雕塑拿起往垃圾桶那边走去，直接丢进了垃圾桶。我看都没看他一眼，但我相信，对于我又丢东西，尤其是当着他的面，丢了刚刚才收到的塑像，他肯定又很失望，甚至比上次我丢了戒指更失望。但我就是连看都不想看他，直接上楼回办公室了，他也走了。

到了晚上，我想了想，真是没有心情第二天如约出发去贵阳玩。我把票退了，并跟他说了声，他没回应。我火更大了，我让他把我以前送他的手表和打火机丢到垃圾桶，因为手表代表送的是时间，也是我许给了他一生一世的承诺；

打火机代表光明温暖，是他说他的人生黑暗与寒冷太多，我是他的太阳，我愿意照亮他，而我现在没有信心能跟一个撒谎精共度此生，对一个我看不全的人谈什么照耀。

他让我见面说，我不想他来家，就开车出去他们小区门口见他。

他说不管我明天出不出现，他都会去机场等我，他一会儿就把票重新买了。

我说我觉得我们现在最需要的不是一趟旅行，而是一场谈心，诚实的、交底的谈心。

他说好，现在就开始。

他说："宝宝，我知道，包括我在省城失联了一个晚上的事，宝宝一直都怀疑我，但我说的都是真的。我虽然在一些事上跟宝宝撒了谎，但我是不想宝宝多想，是为了我们的感情。在爱宝宝这件事上，我从来没撒过谎，一开始是什么样，现在就也还是什么样，没变过。要说变，那就是我更爱宝宝，越来越爱宝宝了。我知道宝宝为了我，为了升升，忍耐和付出了很多，这些我都记在心里，我感激宝宝，会用一辈子对宝宝好来报答宝宝。可是我也不容易，宝宝多体谅我一些，我真的对宝宝是一心一意的。她没地方可去，住在家里面，她也在极力地挽留我。"

"她怎么挽留你？"我反问他。

他说："她每天就带着孩子在家录各种视频发来给我看，我都不回复。我不跟她拍合照，我们一家三口没有合照。上次带孩子看完病去公园划船照了一张，回来后她去把那张照片洗印出来，还发来给我，我也没回复。她在网上选了很多亲子装发来链接给我，我不但没同意买，也是连回复都没回复。"

"所以你的意思是她用孩子当法宝来拴住你这个当爹的心，然后你这么不容易我还不体谅你？"

"不是，你先听我说嘛宝宝，我真的一颗心全在你身上。她生病了在医院打针，我没去管，而宝宝你只是上楼梯碰到膝盖，我是不是就立马来了；她的教室搬多重的东西我都没去帮忙，宝宝你只是从超市买了包纸回来，我都让你等我给你提；她哥欠了网贷，怕人家来家里找麻烦，让我想办法，我根本不管，而哪怕只是宝宝你的朋友让我帮忙问个啥，我都不会怠慢一下；她爸妈，不得已的时候我才喊，不然见面我都不叫爸妈的，而你才说父王最近腿抽筋，我就立马问要不回去带父王看看。"

"行了，你这番比较是想说明什么？你偏爱我、袒护我，我就应该知足了，甚至感恩戴德，而不是还不知足地跟你不懂事地闹？！你是不是有个思想不对啊，这不是古代，你三妻四妾，然后宠这个不宠那个，个个搞定。你要是这样的思想，那就太可怕了。"

"宝宝你看，我现在说什么你都能误解我，那怎么谈心啊？"

"那请问你都做了这么多事了，她的反应是什么？"

他掏出手机，打开她的微信聊天界面滑拉着，说："宝宝你自己看，不然你总说空口无凭，一面之词不足为信。她说我是百般嫌弃她。呐，在很早以前，她给我发过很长的一篇，我翻给你看，她说我对她是越来越冷、越来越淡。反正我和她的微信很好翻，一个月的一下就翻完了。宝宝你自己看，我是不是一天和她说话不超过五句，而且说的都是孩子的事，要么送孩子、接孩子，要么带孩子去吃饭、去玩，要么就是我不回去，要么就是孩子病了在问孩子的身体情况，除了这四件事，你还见有哪样？而我们俩的聊天呢，是不是一天的都够翻好久，我是不是关心你吃、关心你睡、关心你出行、关心你工作、关心你心情。我一天给你发几遍爱你、想你，你见我有给她发过吗？我跟她说话都是命令的语气，你经常在旁边也听到的呀，不管是拿快递，还是让她去拿户口本或者办什么事。我手机相册里一张她的照片都没有，全是孩子的；我手机百度云里面，满满的全是你的照片。这些不是比较，这些是我的心，我的心在哪儿，我的心里是谁，你还不知道吗？我是不应该不告诉宝宝她也一起去了，可是不管什么时候，她在我身边都是因为孩子，现在还纠葛在这个阶段也只是因为有孩子。"

"行了，你不用给我讲道理了，我不想我们之间变得只有道理没有情义，还倒显得像是我咄咄逼人。我跟你说过了，在孩子这个事情上，我不会跟你啰嗦。但是，是什么就是什么，如果你下次再跟我说假话，我就不会犹豫了。"

他抱抱我，开心地说："我的肉宝宝终于原谅我了。"

然后我回家了，他到家后把机票重新买了，我还道歉说我不该一时冲动害我们得多花几百块钱（因为机票涨价了）。

八月的贵阳，超级热，我又是一个极怕热的人，好在卢昇还是一如既往地体贴周到，给我拿冰水、给我打伞、我走不动的时候背我。结果第二天，我没事，他倒有些中暑难受，所以这次也没拍多少照片。

现在想来，这次我们最后一次旅行，印象最深刻的景点是个网红店——失恋博物馆。也像是一种预兆吧。

卢昇是不喜欢这类网红店的，进去之前他就说："我们为什么要去这种地方？这种主题也根本跟我们没有关系。"

我说："为什么没有关系呢，爱情是人类永恒的主题之一，人人都涉及呀。"

他说："因为我和宝宝又不会分手，永远都不会有这一天，所以干吗要去看！有没有那种相爱博物馆？我们去那儿。"

我逗他说："那这个商机你去开发吧！走啦，去看看嘛，任何分手也都是从相爱、热恋走过来的。"

我拿着票拉了他进去，他一脸不情愿。

当时在博物馆里看到那些有关分手的文字、物品，我还挺感怀，他也就跟着我东看看西看看。

我问他："你还有没有留着前女友们的什么东西啊？比如两个人的信物什么的。"

"肯定没有啊，分手了为什么还要留着——我宝宝倒肯定留着不少吧，哼！"他在旁边横了我一眼。

我撇撇嘴故意调皮道："留着记忆啊。"

他更给我眼色了，说："那说点不好的记忆来听听啊。"

"没有不好的记忆，我尊重每一段感情，我不会因为现任，去否定前任。"

"反正我永远都是现任，看不上当你的前任。"

"哈哈哈，可是所有分开了的情侣，分开之前也都以为对方就是永恒呀。"

"唉哟，我宝宝又要开始多愁善感了。"

"有些人说，世上所有的没能在一起，其实都不过是不够相爱罢了。我倒觉得，世上太过相爱的人，也许更不容易在一起，正所谓情深不寿，很难寿终正寝，爱得太用力了，情运就短了。一般爱，可以苟图继续；太相爱，在乎的东西多了，矛盾也容易多——唉，算了，不说这些伤感的东西。"

他摸摸我的头，搂过我亲了下我的额头，说："就是，走，我带宝宝去吃盒马鲜生，我给宝宝啃螃蟹、啃龙虾，生啃，宝宝就负责享受我啃出的精华就可以了。我宝宝除了是才女，更是吃货啊。"

"那你要啃快点，不然供应不上。再给我来几瓶生啤，这天气，安逸！"我也馋了。

他唰地一下把我公主抱起就往外冲，说是节省时间，我的小短腿走路太慢了。老板瞟了我们一眼，因为我们的状态跟那些在博物馆里外因参观而触景生情、沉默或哭泣的几个人形成了鲜明对比。

我吐了下舌头跟卢昇说："我们是不是有点不尊重这个场合？"

他却说："我们这才是对的，看了分手的东西，更知道珍惜。"

我夸他怪会升华主题的。

回来几天后，很快到了他爸的三年祭。那天晚上他给我发微信说，叫升升磕头的时候升升问在给谁磕头，他就说是给爷爷奶奶，升升问他们在哪儿，他就说在天上，升升就看了看天空问在天上哪儿，他就没再回答。我看着屏幕上这些字，心里很难受，我说下次你可以跟升升说，爷爷奶奶在天堂，看着、保佑着升升，看升升有没有在幼儿园里好好表现，他说好。我问他是不是想他们了，心里难过了，他说还好，但是我知道他的性格，他说还好其实是心里在难过，如果是还好，他连说都不会说。

看着屏幕，我眼泪就下来了，我对他说："我检讨我最近对宝宝脾气不好，也惹宝宝难受了，我认错，我改正，我以后不对宝宝发脾气了，保守点说，不轻易对宝宝发脾气了。"

他回给我："谁信啊。"

我哈哈大笑，说："不用管实际行动，有这个心就可以了。"

他也就哈哈大笑起来。

我继续说："宝宝就是要开心，爸爸妈妈在天堂看着，肯定希望你开开心心好好的。"

他说"好，遵旨。"

那几天我也真的收敛了脾气，因为他也没做什么会把我脾气烧起来的事，我们还挺好的。

有一天去吃饭，他给我拍照，我问他怎么总在我吃饭的时候拍我的吃货照，他就给我上了一堂"不忘初心"的课，说明他对我连这么个习惯都一直如此，从未改变。我也就对他上了堂"方得始终"的课，说如果有一天他要离开我，我会留他一次；如果我要走，也请他留我一次，这叫不留遗憾，但都不要留第二次，因为真正的离开是不可以被留下的。他坚持说如果我要走，他二百次都要留，因为他不会放我走。

我说："那如果我们是走散了呢？就是那种半路歧途，我找不见你，你也找不见我了，像那天在贵阳网红街，你虽然牵着我的手，可人太多，我们也差点挤散了，如果挤散了呢？"

"那我就到市场管理处那里，用大广播给你唱抖音的那首歌，什么爱的人正在路上。"

"这是特别的寻人启事吗？我们俩的寻人密码、寻人暗号？但你以为每个季节都莺飞草长啊？"

"不要动不动跟学渣说成语，说普通话（他的意思是指通俗的话）。"

"好，就说方言。"我更故意逗他。

"回去你会知道调皮所要付出的代价！"

"是买可乐（make love）的代价吗？"

"这是赤裸裸地诱惑我嘛，走，现在就去买可乐！"

"吃饱才有力气买可乐。"

"怎么会有这么懂情趣的一个老婆，而且这老婆还被我捡到了。"

"你说的那是狗屎运吧？"

"哈哈哈——唉，小生三生有幸啊，得妻如此，上得厅堂，下得厨房。好吧，下厨房这个将就，几次没把我咸死。还入得了卧房，完美完美，此生足矣。"

"我可不像你那么俗，但是我也谢谢老公如此，这么爱我、疼我、宠我、宝贝我，这些就算了，还也挺知情识趣，不错不错，大概真的履行了三年前从柔平县城回来的路上，听着《三十岁的女人》，被我打击后说的'给我春一样的爱恋'的诺言了——对了，普及一下，春天就是莺飞草长的季节。"

"你完蛋了，你要接受好几听可乐的惩罚了。"说完他便拉起我往收银台走，买了单，离开了。

八月，他和同事去了一趟江边下乡，坐船去的。这次我没管也没过问他任何事。但是他可能也知道我的心思，从出发就一直给我发他们坐船的照片、视频，包括晚上在驻村工作队做饭吃饭、住乡村小旅馆。他一直给我讲他们的情况，我只是正常回复，没有问他任何问题，包括他什么时候回来。

九月，他生日那天正值周末，那天中午，他带了孩子来我家接我，说一起去容济海放风筝。现在想来，那是我最后一次跟孩子一起玩。

孩子只要和狗狗在一起，不爱粘我们。

坐着看着孩子和狗狗玩的时候，他亲了我一下，说："终于 30 了，盼星星盼月亮终于等来这一天了，我终于和冷二妞在岁数的十位上一致了！不然以前，我都还在奔三，我宝宝都奔四了，哈哈哈哈！"

"你是不是以为有孩子在，我就不会动手了？"

"你怎么知道？不带着这个保护伞我敢这么肆无忌惮，哈哈哈哈——而且以后家里我有两把保护伞，你势力再大又怎么样？"

"那你等着我的打伞行动吧。"

"升升，快来救爸爸，你阿姨要打爸爸。"

孩子还真带着狗跑过来对我说："阿姨，老师说不可以打人。"

"好的，受教了，小卢老师。"

他得意地在旁边嘚瑟。我趁孩子又跟狗跑开，给了他一飞毛腿，并警告他

"不许再跟小卢老师告状"，他笑了，又亲了我，还正巧被升升看到，还好娃好像并没有什么反应。

我跟他说："说了好几次了，在孩子面前不要搞这些亲密举动。"

他说："肉包太可爱了，忍不住。"

我问他："话说每次回去孩子都有说什么吗？"

"说的呀，跟他妈说、跟他外婆说，跟阿姨玩，喜欢阿姨。"

"那她说什么没？有没有反对孩子跟我玩？"

"没有！他外婆倒是总问是哪个阿姨。"他笑得诡异。

我问："怎么啦？他是怎么说的？"

"他说是胖阿姨。"他哈哈笑着，又说，"宝宝，可能我们俩的幸福肥都长你身上了。"

"明天你去药店看看有没有在卖注射器，买个回来，我要抽一点脂肪给你。"

"不要，有没有两个人练武功作转移的那种？"

"我知道你要说武侠小说里两个人脱光练的那种，是吧？"

"嗯嗯，真不愧是芝心肉包（这个称呼来自我饿的时候他问我要吃啥，他给我带回来，我说我要吃芝士披萨，他说知心肉包吃芝士披萨，就是芝心肉包），深懂我心。"

"哼，美滋滋地想着吧，别走火入魔哦，走火入魔可是脱光光也救不回来的哟！"

说着，我就走开去追孩子和狗了。

快到中秋节的时候，因为我要值班，不能回家，所以我爸妈打算来靓江过节。我就和他商量，把实情告诉我爸妈，一是因为我觉得纸包不住火，世界上没有隐瞒得了的事；二是觉得欺瞒着父母，心里很罪过。可是他反对，他说要是我爸妈知道了实际情况，他就会失去我。我说未必，不试试怎么知道，虽然免不了一场雷霆震怒，他们可能无法接受，但是我们可以求情、可以争取，毕竟是自己的亲生父母，总是希望自己的孩子幸福，没有什么错是不能原谅的，也需要给他们消化和接纳的时间。他坚持说不行，说等他先搞定了孩子妈那边的事再说。我说感觉这不是一时半会儿能搞定的事，就算分居期满，她也未必会同意签字。他说那他就诉讼离婚，我说："别搞笑了，人家都是无过错方才去申请诉讼离婚，你一个过错方有这个资格吗，不怕闹笑话啊？"他说事到如今，不管了，最棘手的是争得他姑姑的同意，我说他姑姑肯定不会同意他走诉讼离婚的程序。他说不怕，他有他姑姑的把柄，可以威胁他姑姑，我问是什么，他说个理财的案子，他姑姑投了好几万块钱，他姑父不知道，他跟他姑姑说，要是不同意，他就告诉他姑父。我本以为是个玩笑，但看他说得认真，就问他："你不会真是这个打算吧？"他说："因为姑姑很强势、很固执，不然你以为姑父家跟几个兄弟姐妹从不往来，姑姑她难道没有功劳？你以为她女婿贾胖子想考公务员啊，人家不想，还不是被她逼着才专门去培训去参加考试，一年多了，上次没考上，这次又继续。所以对她，没点儿硬招不行。"我没说话，他问我怎么了，我说没什么。

晚上，我给我一个离过婚的朋友打了个电话，我问她："你老公跟你离婚的时候有无所不用其极吗？有暴露出平时不曾见过的丑陋嘴脸吗？"她问我干吗问这个，我说就是不懂，好奇，所以问问。她说他们还好，是和平讲好，协议离婚的，但听说有些人就是不到离婚，都看不清他真面目。她还打趣我说："你可不会，谁看错人你也不会啊，那么聪明，智商情商都在线，还有谁在你眼皮子底下被看不准的。"我叹了声气道："未必啊。"

到了中秋节，我爸妈因为家里有事情，没有按计划过来，他也又没有记起问候我爸妈，不过我已经不会为这种事跟他计较了。先不说习惯归习惯，心意归心意，我在爸妈面前给他打圆场的时候我爸妈还教育我要多体谅他，他没父母，这些规礼自然就不会太讲究。只是我那时关注在意的重点已经不是他这些关于家庭观念的问题了，而是他是否还有我所没有认知到的另外一面，这一面不只是偏激、控制欲强，甚至还薄情寡义、自私阴暗。

我也找了个心理师咨询过，我问心理师，现实生活中，而不是文学或影视作品里，是否也真的有那种所谓多人格结构的人，他也许看上去，甚至不只是看上去，而是很长时间的接触里，他所表现出的都是阳光的、向上的、懂礼的、有爱的、亲善的，但他其实还有完全与之相反的一面，这一面会像火山吗。

活火山有几率会爆发，死火山一定会永远静待藏匿吗。心理师给我讲了一些学术理论和实际案例，我心里也想起《月亮与六便士》里的一段话："都说苦难和不幸可以使一个人变得崇高，其实不然。有时候，倒是幸福可以使人做到这一点。苦难、不幸，却往往使人变得心胸狭小和扭曲。"但我仍不愿把我的这些猜测和臆断安放在他头上，我心里仍然念着那个和我欢声笑语的翩翩少年郎——虽历经风霜，却意气昂扬。

又过了几天，他下班回来跟我说："十山着了，被抓被谈话了。"

要是按以前，我肯定会吃惊地问他"怎么了"之类的，可是到那会儿，我也不知是哪儿来的本能，很淡定地问他："你把他举报了呀？"

他说："我肯定讲究策略了，我没出面。"

我问他："不是说你只是跟他吃吃饭、喝喝酒、玩一玩什么的嘛，他跟你有很大的利益关系吗？"

"我帮他查过信息啊，他后来给我打电话发微信我都不敢接不敢回了，现在是什么风口浪尖啊。"

我只哦了一句，他可能也觉得我对这种事件和话题不感兴趣，也或者觉得我心情不好，没再继续说。

那几天，怎么说呢，心事重重。不管是跟哪个闺蜜去吃饭、逛街、锻炼，或干什么，大家都看得出来我不对劲，说我心不在焉，一看就是有心事，都问我怎么了，也都问我是不是和卢昇怎么了。我都只能笑笑说没事，因为总不可能把这些事、心里的这些隐忧讲给大家吧。大家也都知道我的性格，不到不得不说的时候，我都不会说，所以也都继续约我出去玩儿，或开导我要想开些。

最记得有一天孔萱家里做好吃的，让我去吃，还让我给卢昇带，我本能地就说不用了。

饭后，孔萱认真地跟我谈心说："杉，你是不是有些什么事瞒着我们？感觉你这半年来都不怎么笑了，不快乐，总是心事很重的样子。我每次问你你都打哈哈，我好担心你啊。我了解你，小事你是最能扛的，不会是这种状态。你有什么要跟我们说，我们一起解决。如果是和卢昇有关的，感情的，我们帮你解决不了，可说出来你会好受些。你跟我说实话，你们俩是怎么了，我觉得你对他淡了好多，以前连包个饺子你都要打包带回去给他，现在我们约饭你都不让叫他了，你们俩到底发生了什么？"

"我现在不知道怎么说，再看看吧——也许，我们走不到头了，越来越不想和他在一起了。"我回答孔萱。

"啊？为什么？你们那么相爱，那么多年那么多困难都坚持过来了，怎么又不想在一起了？是他做错了什么吗？"孔萱很着急。

"不是他做错了什么，是——是他变了。"

"怎么变了，哪变了？是对你不好吗？他对你的好我们都有目共睹。"

"我不知道哪儿变了，就是感觉哪哪都变了——当然，也或许是我变了，我的认知变了。"

"杉杉啊，不是我说你，男人变了很正常，时间长了，很多男人都会变，两个人的关系肯定会淡些，不会像以前那么浓烈。"孔萱苦口婆心地跟我说。

"不是那种变，是另外一种变——不是感情变了，是人变了——反正我现在不知道要怎么说。"

"那好，等你想说的时候再说。只是杉杉，我觉得你一向是那种很有主见很有决断的人，你自己考虑好，做什么决定我们都支持你，不要给自己留遗憾，不要后悔就行。你看你以前多快乐、多爱笑啊，如果在一起实在不快乐，那还不如不在一起！"

"嗯，我知道了，我自己再想想吧，谢谢妞。"

以前感觉一转眼就是一个月，现在感觉熬啊熬，才从九月到了十月。

心里熬，心里的困惑没有人给我答案，而我自己，也找不到答案，因为我生怕冤枉了他。

国庆节，兰岚带着孩子来酰江找我玩。这一次，我没有让他陪，正如在这之前，我没有应他邀请陪他去体检，前几年他让我陪他去，我都去了，哪怕有时候只是在车上等着他，因为毕竟是单位组织的体检，人多眼杂。

兰岚来的那天，吃过午饭后我陪他去家附近的诊所打了针，因为他一直感冒不好，说了好几天了。打完针我得去上班，不能去车站接兰岚，兰岚说她和孩子自己打车过来单位找我，可卢昇说他去接就行，我觉得我跟他说谢谢都不像以前那种是甜腻的语气了，而像是带着客气。

第二天下午，他说要和我们一起吃晚饭，我答应了。吃饭的时候他和兰岚的女儿玩得很好，小姑娘吃完饭走不动了，他立马抱起她走。那个时候我和兰岚走在他们身后，我还给他拍下几张照片，大概在那个时候，我觉得这么一个"爸爸力"爆棚的他，还是那个我熟悉的暖男，不是我渐渐认识和接触到的那个冰冷灰暗、难以看穿的他。

后来他跟我说，他特喜欢这个小姑娘，活泼、胆大，像我，说想以后闺女也像这样。还说自己有了闺女肯定是个女儿奴，我逗他也相信女儿是父亲前世的情人这句话吗，他说他不信，他相信他前世的、来世的爱人都是我。我说我们上辈子是什么关系我不知道，但是我相信，我们上辈子肯定是互相欠了对方什么，又才有了今世的纠葛，但不管这世怎么样，谁还了债，或谁又有了亏欠，下辈子都不要再纠缠了。他说他感觉到我在离他远去，他问我是不是很快要离开他了，我说不会。我跟他讲，岁月给予女人的一种成长叫深思熟虑，让她不会再轻易或任性地做决定，这是个优点，但也是个缺点，因为它也可以叫作优柔寡断，没了果决。（后来回想发现，孩子是不能提不能念的，不然，还真的会被念叨而来。）

兰岚走的那天跟我说，她这次来感觉跟两年前来不一样了，她说："杉宝，我那次来在你们眼中看到的那种相爱的人满眼是对方、满眼都是爱的东西，这次没有了。但是，他还是对你很好的。"

我是特别相信兰岚的观察，因为十五年的闺蜜之情，而且我们性情相投（其实她性格和我是截然相反的，可我们就是很相知相惜），她是世界上除了我自己之外最了解我的人，并且她在我看来很是才情横溢，很能洞察人心。所以听了她说的这句话，我眼泪冲到了泪腺，但没有滴下来，我心被扎了，闷闷作痛。直到她走后，这句话都还回响在我耳边，我一直想着这句话，难过于某种逝去了不会再回来的东西。

兰岚走后第二天，我和卢昇按早就定了的计划，回梵城给我妈妈过生日。那天早上他睡过头了，我们出发得晚了些，加之国庆期间高速路堵车，我让爸妈先把午饭吃了，不用等我们。我妈平时不做饭，我们俩到家后我妈给我们热汤还把汤煮干了，闹了笑话。我妈觉得不好意思，一脸害羞，卢昇配合着偷笑，家里氛围很好。吃完饭他争着抢着洗碗做家务，我心情好了很多。

到了下午，我妈问他对我们俩有什么打算，我还没抢过话，他就跟我妈说准备过了年结婚，我吃惊得心冒到了嗓子眼，我妈又问他准备过了年的什么时候，我急死了，但又不能跟他说话。于是我不管这个时候给他发微信会不会被我爸妈看到起疑，我拿了手机给他发"就说明年就行了，不要说具体时间"，我觉得在那个节骨眼上，得应付，那就只能把时间说得越久越好，这样我才有时间去给我心里的那些疑虑找答案，然后做出最终的选择。可是他看了手机后，还是回答我妈说五月份，我那分钟真的是无语了，我不知道他为什么说了这么个月份，但我当时没法问他，我感觉在我前路茫茫的时候，被宣判了一个刑期。我妈说想请我懂黄历的舅妈帮我们看几个五月的日子以供挑选，他应声说好。

等我爸妈走开后，我有些生气地问他："你哪来的自信和底气说的这个日子？你以什么原因挑了五月份？没看见我都发微信给你了吗？"

"我觉得五月份已经足够把一切办妥了，我感觉我再不娶你，你不会嫁我了。难道你敢说你最近没有在犹豫和动摇？"他反问我。

他把这话问出来，我真的不知怎么回答。

晚上出去吃饭，我和我爸去取蛋糕，他和我妈散步去餐馆。那天下着雨，他一路给我妈打着伞、提着包，到了餐馆我妈还跟我说："一个没妈妈的孩子，良心真好，你啊，要对他好，不要像以前谈恋爱，尽欺负男朋友。"我没说话。

吃饭间，他也依然殷勤照顾我爸妈；晚上在家吹蜡烛吃蛋糕他也都积极做各种事。

我妈跟他说:"小卢,以后要是冷杉欺负你,你就告给我,我给你做主。"

他看看我,说:"不敢,我一贯逆来顺受,求生欲很强的。"

我妈笑了。

我爸问我们俩看房子看得怎么样了,我说还在看,还没看好,我爸就说:"两个人在一起过日子,就不能分彼此,房子虽然是我们出钱给你们买,但就是你们俩共有的,车子也是,都不是杉杉一个人的,你们两个人的名字都要有。成家起步好好过,我们老人就放心了。"

他回我爸说:"叔叔,不用写我名字,杉杉的就是我的。"

我爸说:"我们也没问你有些什么,你别以为是我们看不起。我们只是觉得你爸生病应该也花了不少钱医治,你一个人能扛过来就已经很不错了。你什么都没有,我们不会介意,你有什么,也是你的,你自己支配。钱财乃身外之物,两个人齐心,家就会越过越好。我和你阿姨也是从一无所有开始的。我们不是什么大富大贵的人家,只是相对宽裕些,所以会在能力范围内支持你们,冷杉也从小没有过过苦日子。"

"叔叔,我会对杉杉好的,你和阿姨放心。"

"天下父母心啊,你父母在天之灵肯定也是这样的,他们过世了,冷杉该尽的孝道也尽不着。我问过杉杉,她和你去上过坟,说坟墓还是简易的那种,那我想既然你之前说八月份三年祭已经过了,那等来年清明,把坟墓修建一下,让杉杉尽点心意和孝道,你们忙不开或做不来这些事情的话,到时候我过来给你们操办。你看我的这个想法是否妥当?"

卢昇很感动,连忙说:"谢谢叔叔,您有心了,我谢谢您们,我都听您们的安排,听杉杉的。"

"好,愿你们领会夫妻的意义就是患难与共。"

"我们会向您和阿姨学习的。"卢昇谦虚而郑重地回答。

那天晚上,他先回靝江了,因为七十周年大庆期间,他们单位不让外出。而我还有假期,又在家多待了两天。他开车走的时候,我爸妈让他开慢点,他还鞠躬状说"领旨",逗得我爸妈都笑了。

他走后,我妈跟我说:"真难得,从小经历了那么多事,性格还能这么好这么阳光开朗。"

我说："我以前也是这么觉得的。"

我妈听着就觉得有点怪，看了看我。

我继续说："但他起码有一样是好的，就是到目前为止，他从来没有对我发过火，连大声说话也没有过，这应该也是我最感念的。"

我妈说："你哪个男朋友有过啊？哪个不是对你千依百顺的。你啊，就是不知足，适可而止啦！"

他走后，我心里就七上八下、忐忑不安的，说不清是怕到这地步东窗事发、不可收拾，还是自己也搞不清楚自己该何去何从。

他到了靓江后，给我打来电话说："肉包，我到了，放心啊。父王母后休息了吗？"

"没呢，他们在二楼，说是等你平安到了再睡。"

"那赶紧给他们报平安，别让二老熬着了。"

"好的。"

"肉包，我想你。"

听他这么一说，我心安了些，因为我怕他和我一样忐忑，甚至都担心他的行车安全。但显然，他心理素质比我好，或者也是不想让我担心，没表现出来。

我说："不是才分开了两个多小时嘛——还有，怎么听你声音那么兴奋？"

"当然兴奋啦，你跑不掉了，父王母后把你许给我了，这是父母之命了。"

"你主意大，你说什么就是什么咯。"

"哈哈，肉包也有束手就擒的时候，耶！"

"那你开长途也累了，赶紧早点休息吧。"

"肉包在家要乖哦，等肉包回来我再接驾。"

"好的。"

"晚安老婆。"

"晚安。"

我一夜没睡，翻来覆去纠结要不要跟老爸老妈坦白实情，可就怕一坦白便前功尽弃，我们从此再无可能，所以我放弃了。

等我回到靓江那天，卢昇到车站接我，从接到我到去吃饭，他一直在说他这几天都梦见我们结婚的场景，梦见我们真的办了教堂婚礼，我穿着婚纱缓缓走向他。他问我有没有想象我们婚礼的样子，我说我只想要个很简单、很少人参加的婚礼，只有特别好的亲友来见证和祝福的那种就可以。不一定在教堂，因为靓江也没有这个场地和氛围，可以是草坪或湖边，或者就两个人去旅行结婚，去欧洲，去几个著名的大教堂和不知名的乡村小教堂看看，然后给亲朋好友带个伴手礼回来。

"迫不及待想看肉包被我掀起头纱时候的样子！"

"你以为我会在那个时候比个鬼脸啊？"

"哈哈哈，有可能，我的肉包可是与众不同的。"

第二天是他一个朋友结婚的日子，他那天晚上应该去帮忙，所以吃完饭我就让他去，可是他坚持要先和我回家。到了家，他打开衣柜在里面翻找东西，我也不知道他要找什么。他翻出一条白色丝质的大围巾，高兴地盖在我头上，然后唰地把自己的头也钻了进来，亲吻了我……

就这样，那天晚上，一个后来被我取名为"嘟嘟"的孩子来报了到。

因为卢昇知道我的生理周期，而我又一向周期稳定，加之我橡胶过敏不能使用橡胶类安全套，我们平时都是使用体外的方式避孕；在安全期卢昇不喜欢采取安全措施，而那天正是安全期的最后一天。

想来像是注定，是上天给我们最后的故意安排。那么多年我们从来没出现过意外，早已习以为常，而这次，就例外了，以至于我很长时间都没有意识到。

假期结束我去上班，琳儿来办公室找我就问我假期怎么样，是不是卢昇也和我回去了，我说是的，她看我不怎么开心，就问我怎么了，我说把日子定了，大概五月份要结婚了，琳儿马上高兴地跟我道恭喜，我却悲从中来，根本忍不住，眼泪立马掉了下来，泪流满面。琳儿吓到了，奇怪怎么了，这不是好事吗，和卢昇这么多年一起经历了那么多终于要修成正果了。我答不上话，只一个劲儿在那儿哭，琳儿打趣地安慰我说是不是婚前恐惧症，我说但愿是这样吧。

后来季静、孔萱、艳儿和妍姐都知道了，她们都发现我不像是把这事当喜事，纷纷关心我、开导我，我不好细说，只说了些皮毛的事情，我也不只一次问她们，她们的老公结婚前后有变化吗（除了孔萱，因为她还没有结婚），她们都以为我指的应该就是些鸡毛蒜皮的事情，所以都劝慰我不要想太多。

第十九章　爱情的回光返照，最后的努力

虽然也还心存疑虑，但我也认为，既然都到这个地步了，那就当自己想多了，不要再想了，好好和他携手共同克服最后的困难，一起走过所谓的最后的阶段。

于是，我又把以前的一些照片找出来，导入手机。专门挑了两年前我们去省城看病后在大学里照的两张，把其中一张合影换成了手机屏保（他六月份失联的那个晚上，我把之前的合影屏保换成了小乖）；另一张他给我拍的个人照设置成了微信头像（以前我都是用自己的自拍照）。我觉得两年前看病的那个时候，是我们最相爱的时候，相爱到不顾对方是健康或疾病，是生还是死，就像他给我拍的那张个人照，镜头是从两片叶子间透过去的，那个时候的我，大概是我最美的时候；也像那张合照里的我们，彼此的眼神里还全是兰岚说的那种东西。我把这个举动当作我自我修复感情的举措，决定对他既往不咎，不管他曾经究竟有着怎样我不知道的一面，我只希冀于，未来的他是我所希望的样子，是我有疑虑前所笃定的样子；如果之前的这一大段时间是他变了，那我期望他能再变回来；不，是变回去，变回没变之前。这也算是我履行了上次和他说的'我会留他一次'的承诺，但仅此一次，不会有下例。

所以在他去和他姑姑说那个决定的那个晚上，我给他发了个微信，说我为了挽救我们的爱情，已经做了我该做的，尽了我最大的努力了，只为了避免我们留下遗憾、有朝一日后悔莫及。

后来他跟我说他姑姑不同意，我说预想之内、情理之中，他说他会继续说，多说几次。看他坚定的样子，我想，两年前我答应他，不管多难，都会不离不

弃，会死死拽着对方的手不放开；那么现在和未来，他没有松开，我就也应该做到。

后面几天，他开始学摩托，考摩托车驾照，因为他喜欢骑摩托，他有个机车梦。

报名之前，他带我去一家摩托车行看了他之前相中的摩托车，全车磨砂黑，我还觉得挺酷的，他说以后带着我，更酷。我逗他说我过了穿小短裙坐机车的年纪，那是我高中和大学干的事，让他去拉个年轻的姑娘坐才有感觉。

他一边把头盔扣在我头上，一边说："就只拉你，你是坐也得坐，不坐也得坐，反正我的摩托后座永远只有你的位置。"

他学摩托那几天，早上特别早就去训练，还会一直给我发练习的照片和视频，但我都回得晚。他发现我那几天嗜睡得很，早上都起不来。有一天他玩笑地跟我说："宝宝你不会是中招了吧？"我完全没有往那个方面去想，便问："中什么招？"他说："有小宝宝了吧？"我想都没想就否定道："怎么可能，不要乌鸦嘴乱说话！"

在我看来，完全没有这种可能，我想都没想过。

可是自从他说了之后，我心里总是毛毛的，而且越来越不肯定。我买了个测试棒，可结果不明确。我问他如果真是小宝宝来报到，怎么办。其实随着我对他的了解，在问之前我自己心里几乎已经有答案了，只不过他没像我想的那样脱口而出。

他很愁很犹豫地说："可是现在不是要的时候。"

这难道不是我也懂的道理吗？但我还是问他怎么就不是时候，我想着他应该会说什么我们现在还没有结婚，名不正言不顺之类的话，可他的回答还是出乎了我的意料。

他说："因为如果她知道我们有孩子了，就更不会爽快地签字成全我们了。"

但这话一听，好像很有道理，我都无言反驳。

我说现在一切还只是推测，有没有还不知道，也许没有。我也抱着侥幸的心理希望这种可能不要发生。

可是事实并没有遂人愿，去医院一检查——有了。

当时是一种什么心情我现在都快忘了，大概是不愿意忆起的。只记得，当时也没有太慌张无措。

我去检查那天，他要和我一起去，可正巧摩托车行的老板让他去提车。他拿到驾照了，车子也落好牌照了，提车后便来找我，我刚好检查完。

我告诉他我怀孕了，他一把抱住我，抱得很紧，我们都没有说话。

我看见他摩托车的牌照是"7971"，问他："你怎么落了这么个牌照？"

他说："摩托车的牌照不像汽车的可以自己DIY，不然我肯定弄得跟宝宝的车一样，是宝宝的名字加生日。摩托车只能在可供选择的那些里面挑，我看一遍，有宝宝生日的只有这一个。"

"那干吗不用孩子的，哦，我说的是升升。"

"因为宝宝才是第一位的，我要骑着心爱的小摩托带着心爱的宝宝去兜风——哦，可是宝宝现在有小宝宝了，是不是暂时不能坐了，我本来想今天就去的。"说着他把手放在了我肚子上。

"是啊，你的小摩托和小宝宝同一天正式出现。"

他笑着说："那我是不是该去买个奶嘴的车贴贴在摩托车上？"

他把我抱起来放在摩托上，说要推着我走，还说要在摩托上装一个移动报警器，以后我可以在手机上看他摩托的路线，知道他的行踪，免得一天到晚冤枉他。

那天下午，孔萱的朋友从西安来，孔萱约了我去吃饭，我让他回家了。我吃完饭没一会儿，他就发微信打电话来问我在哪儿、吃饱了没有、有没有不舒服，我说我们在去孔萱店里的路上。等我们到了孔萱的店，远远地就见他已经在店门口等着了，正坐在摩托上。见我们回来，他就下车牵着我进了店。我问他怎么来了，他说特别想我，特别特别想，而且不放心我。我说有什么可不放心的，他说怕我有什么不舒服，我说什么感觉都没有。

在孔萱店里和她们聊了一会儿后，我们回家了。从店里出来我跟他说，现在他有摩托了，不用再折来折去送我了，我自己回去就行了。他坚持说不，说以后都要骑着摩托在前面带路或跟在后面送我回去，我说好。

到了家，我让他不用上去了，我想自己静静，但他坚持要上去，还背起我，把我背回了家。到家后，他给我洗漱，给我铺床。

等把我扶到床上躺下后，他也要脱衣服，我问他干吗，他说："从今天起，我搬回来住，照顾宝宝。"

"不用。"我立马说。

他问我为什么。

我说："因为你自己之前也说了，这个孩子来的不是时候，所以，言外之意也就是我们不能要这个孩子，是吧。"

他想了想，点点头。

我说："所以，你跟我在一起，我容易触景伤怀，万一舍不得了呢，怎么办？所以这段时间，我们还是分开点儿，等我咨询咨询我的医生闺蜜，看看应该怎么解决。"

他在床边抱着我，说不让他在家住可以，但是他每天中午要陪着我，帮我做事情，让我 24 小时有什么事都要第一时间给他打电话，我应声说好，但又告诉他说："我没那么矫情，我们还是正常地该干吗干吗，该各忙各的吧，我不想一副孕妇状。"

从那天起，他跟以前一样，会各种照顾我。他包揽了所有家务，没事就嘘寒问暖，甚至比以前还要体贴周到。以前都是我洗了澡，他给我吹头发，他喜欢把我头发都披到前面，让我模仿贞子。但那段时间，他只要知道我要洗澡或在洗澡，不在家也会赶回来帮我洗和吹。以前是偶尔背我或抱我上下楼，那段时间是必须、强制。来上班的时候，他会给我从他家带来现榨的果汁，用蓝色的保温杯带来给我，我还跟他就保温杯是否保冷进行了"理论"，他笑称不跟孕妇计较，一孕傻三年。上班期间，他要么会跑过来看我，哪怕我办公室有人，他也要叫我出去在大厅看一眼，抱抱我、亲亲我，有时候摸摸我肚子；要么就约我到楼道隔着街远望一会儿，在那边他不是逗趣耍宝，就是比心飞吻。但我已经没有以前那么依赖他，也没有以前那样在意他的这些表现举动了。一是他的种种决定让我失望和寒心；二大概就是传说中的"为母则刚"，我也体会到了。自己突然当妈了，却相反不娇气、不矫情了，愿意什么事情都自己做，也觉得都做得了。

　　我一般在承受不住压力或太压抑时，会把事情和负面情绪诉说给我的几个闺蜜。可这件事，我没法说，不是怕丢脸，是觉得说出来自己更悲伤。别的任何事都可以"当局者迷，旁观者清"，唯独这件事，我觉得除了我自己，没有人能了解那种感受。我自己也好好地想过了，要还是不要。要的话，这个孩子会被说成是非婚生子，我不想他（她）被人非议，哪怕我和卢昇在一起了，别人大概也会说我们是因为有了孩子才在一起的，我更不可能去用一个孩子当砝码，去让他跟他的家人谈条件，那跟利用这个孩子有什么区别。如果他离婚的事一时半会儿办不好，那么这个孩子从一来到这个世界，就要面对很多本不该面对的白眼和歧视，让孩子在这种环境中成长，我不要，这太不堪，也太不公平，只会惹来更多不可知的麻烦。但这个小生命一天天在我肚里，我似乎越来越能感受得到他的存在和成长，心里越发难过和悲伤。

　　在搞清了不要他（她）的话，我接下来要做些什么事情后，我意识到，既然这个孩子和我待在一起的时间那么有限，每天都是倒计时，那么，我要做一个快乐的妈妈，把快乐传递给他（她），让他（她）在有限的时间里也做一个快乐的孩子。所以我每天起床就对着镜子给自己一个大大的微笑，对他（她）说一声"嘟嘟，你好"。我给这个孩子取名为嘟嘟，我想不管男女，他（她）大概也是个会嘟嘴卖萌、肉嘟嘟的小可爱。而且，孩子也有卢昇的份，卢昇那么喜欢小摩托，接我的时候，也会学摩托的喇叭声喊"嘟嘟"。

　　我没有什么妊娠反应，可能也是时间没到，所以我每天好好吃饭、好好睡觉；我也看书、看电影、去遛狗散步、去轻微运动，我想让他（她）有积极的心态，过健康向上的生活；我还和孔萱她们一起去爬山，爬到城里最高山的最高处给他（她）看看靘江城是什么样；我还和焦虹她们去郊游，带他（她）去感受深秋初冬交替间大自然的气息。

　　我带着嘟嘟去爬山的那天，卢昇去省城出差。他每半个小时或一个小时就会给我打电话、发微信，问我怎么样，累不累，叫我不要累着。一般，他出差到下午才结束的工作，他都第二天才回，但那天，他坚持不管多晚都当天就回，说我一个人在靘江，他在外面不放心。

我心里对他不要孩子这件事，有失望，但并不埋怨，也不责怪，我没有觉得他是心狠、害怕、不负责任，我总觉得他也有他的无奈和考量，这不是说我为他开脱。

他从省城回来的那天晚上，我看见他下意识地看我的肚子，看见他每次抱着我时的愁思。那段时间他食欲不振，吃不下东西，一吃东西还干呕反胃，我逗他说妊娠反应转移到他身上了。有两天夜里，他值完班回来睡觉，把手一直放在我肚子上，我睡着了，他却醒着，一直看着我，当我醒来时，被他吓一跳。别说我那半年因为各种心思和情绪上的困扰，老了许多；他光那一两个月，大概是因为孩子的事，我也觉得他老了很多。

也许是孕妇的情绪会有起伏，也许是遛狗时被追狗的小朋友可爱到。有一天晚上，我由衷舍不得这个孩子，我跟他说我想带着孩子离开酲江。他飙着摩托回家找我，可我不在家，我让他回家，不要管我，他急得在电话里口不择言，说我再不回家他就将摩托飙到 120 码去找我，连红绿灯都不停，找不到我他就去死。我当时没有去在意那是他第一次对我"以死相逼"，我只是很着急地回到家，看见他泪流满面地扑过来抱住我，说他也舍不得孩子，那可是我们的孩子。他哭得身体都抽搐了，他把头埋在我肚子上，对着孩子说："对不起，嘟嘟，是我们对不起你，你来得不是时候，你以后挑个时候再来，我们补偿你。"我心都碎了，眼泪大滴大滴地掉落在他头上。哭罢，我把他扶起来，跟他说，悲伤和眼泪截止到今天，在嘟嘟离开我们之前的每一天里，我们都要跟他（她）有说有笑的，让他（她）到了天堂也是一个快乐的小精灵，不然他（她）以后就不愿意来找我们了。

那天后，我和卢昇开启了我们共同的历程里最后的快乐时光。如他最后回忆所说，一切又像是回到了以前，回到很久一段时间之前，甚至胜过以前。我们打情骂俏，我们嬉戏逐闹，我们爱意绵绵，我们情趣盎然。

他把头盔扣在我头上给我拍了所谓的机车照，还教我骑了摩托，我的小短腿够不着，他就推着我。我也带着孩子圆了他拉着我去兜风的梦，虽然他骑得很慢，但在微冷的夜风中，他不停叫我抱紧点，他给我挡风，我们骑车穿过那些我们曾无数次一起经过的酲江城街道，我默默对孩子说："爸爸是不是还是挺酷的。"

其中还发生过一个小插曲，卢昇把我怀孕的事说给了磊子，磊子出于关心，来问我，我还和磊子说，不怕，两个人一起走过一生，会遇上多少事啊，遇上事不怕，一起面对和解决就行。磊子夸奖我识大体，他佩服。

我对卢昇却有点不高兴，说他大嘴巴，我都没跟任何人说，包括我的闺蜜们，孩子的事是我们两个之间的秘密，孩子也是个生命，哪怕他（她）终究只能成为一个灵魂，但他（她）也是有隐私权的。

结果磊子无辜被他骂了一顿，他还给我抱怨说磊子就是爱多管闲事，以后不跟他相处了，说他们共同的朋友车勋家的事他也掺和，人家都不理他了。我教育他说不能这样对磊子，磊子帮过他那么多，对他那么好，包括我开服装小店的时候，磊子也和他一起来帮忙搬东西，很难得。而且磊子知道我有些不高兴，答应会保密。听我说了这么多，他才没有继续执拗。

就这样把十月、十一月横跨了。

十一月里还有个"双十一"，我把家里以前用坏、用旧的蒸锅、炒锅、煮锅通通丢了，重新买了套新的，是马卡龙色系的。卢昇打击说我又不怎么做饭，是买来摆着看吗。我说以后常做，还给他看我在抖音美食达人那儿学的一些菜谱。

大概从那时候起，我又重拾了好好和他过日子的心，距离上次给他做饭，已经快大半年了。

这段时间，我们顺顺当当地把嘟嘟给解决了，卢昇一直紧张担心的那些意外没出现，很幸运。

我之前没有恐惧，之后没有阴影，当中对嘟嘟说了句"嘟嘟对不起，但爸爸不是坏爸爸，妈妈也不是坏妈妈，我们爱你，原谅我们，等合适的时机，请求你一定重新回来找我们，我们要你，我们等着你，我们欢迎你，我们加倍爱你、疼你、补偿你"。

那天，卢昇茶不思饭不想，为了鼓舞他重新振作起来，我还跟他说："算了，医生说应该是个男孩，我们不是想要女孩吗，所以嘟嘟回去重新改造，期待他变成女孩再来投胎吧，多好！"

手术后的那几天，他似乎是按照所谓坐小月子的标准在呵护我，我干什么他都要抢，哪怕我拿个杯子。加之冬天我皮肤更容易过敏，他还把以前给我买的除螨仪翻了出来，把家里的床、沙发等全部死角除了一次螨。可我不想专注于坐月子这件事，因为那样我会怀念孩子，会心里不舒服，我想把这个事过了，翻过篇。我和卢昇说了我的想法后，他也理解我，配合我，不再太过贴心地照顾我。我那段时间正常上班，其他时间还恢复了健身锻炼和瑜伽，我觉得身体和精神状态都挺好的。

但可能我这种方法不科学或者不适合我体质，刚入十二月，我就发烧感冒咳嗽了，很严重，持续了好几天。是一天我上午上班中突然出现症状的，我没跟他说，自己跑去单位旁边的诊所看了病，打了针。他知道后把我骂了一顿，那应该也是四年半里，他第一次有些大声地凶了我，说我不听话。之后的几天，他都陪着我去打针。冬天冷，打针时他都用他的围脖把我的手包起来，还用他的手捂着；打肿的另一只手，他会给我敷、给我揉。打针的两个护士谁看见都笑着说我们恩爱甜蜜。"来打针的夫妻、情侣见得多了，你家这个最细心，真疼你，你幸福啊。"

就以这样一种美好的心情和幸福的姿态踏入了十二月。迎接十二月的时候，他还给我发来自己用拍摄的落叶制作的《世间美好与你环环相扣》的视频，虽然当时我有事在忙，只回了他一个"赞"的表情，但他后来跟我说那是在告诉我，他永远在爱我的路上。我也跟他说，经历了那么多事，尤其是经历了嘟嘟的事，我感觉这些都是爱神安排给我们的考验，好让我们多年后回想，这些都是一路走来的积淀。

因为我自小喜欢冬天，总觉得萧条中积蓄着最多的能量，若无冬季，那人类四季皆无起始循环。所以，本以为这也会是人生中又一个温暖美丽的寒冬，但没成想，这个十二月，我们共同的历史岁月中的最后一个月，是一个真正的寒冷的月，它是一个终结，不再有起始。

第二十章　对不起，是我的错，只顾着爱你，却忘了看清你

　　陪我打针的最后一天，他去办他父亲以前保险的事情，他回来跟我说也许会理赔到七万块钱，问我说："宝宝，你不会嫌弃我吧，我跟宝宝在一起，应该就只会有这七万块钱了。"

　　"我知道啊，这个问题不是很早之前就聊过了的吗，存款你不是说你们俩没有积蓄；有的话，你也好意思拿吗？你觉得我会变卦，会有什么意见吗？"

　　他摇摇头说不是，他只是觉得房子不是给她的，是给孩子的。

　　我问他这有什么区别，我说："给她就是给孩子的呀，也是孩子住，以后自然也是孩子的。"

　　"可是孩子现在还没满 18 岁，办不了过户给他，给她的话我担心……"

　　"我不管你担心的具体是什么，但是我告诉你，根本不用担心。我以前没有这个发言权，可我自己当了次妈以后，我告诉你，世界上最不用担心的就是母爱，母爱是世界上最不可能有私心的爱。哪怕你担心的东西会实现，那就也是一套房子而已，也是你该给她的，先不说法律上是夫妻共同财产，道义和情感上也是你对她亏欠的补偿。如果她不愿意在那个房子住了，那就把房子卖了给她钱，让她重新去买。"

　　他听完没再说什么。

　　一会儿，他说这个月有圣诞节，说今年圣诞节想给我买个女式头盔，我说可是那天在车行没看见有，问人家，人家说等着补货。他说他在网上帮我看了一下，然后掏出他的手机打开他的淘宝给我看，我边说着"哎，我来看看你在

心爱的小摩托上都败了些啥"，边打开了他的全部订单。一滑，我赫然看见之前一个订单是一双情侣鞋。

那双浅卡其色的回力牌休闲鞋，他已经穿了一段时间了，是两个月前我们去逛街时在实体店里看到的。他当时就很喜欢，想要买，还要给我买，说难得有这么好看的男女同款的鞋子，可以当情侣鞋。但我说不适合我的风格，我不要，而他的码数实体店又没货，所以他说要在网上买，还磨叽了半天让我也买，可我坚持说不喜欢。他在网上买完到货的第二天就穿来我面前嘚瑟，问我后悔了不，我说并没有，太中性。

我那会儿看到订单女款尺码是 36 还是 37，我忘了，但反正不是我的尺码，我脚小，只穿 35，我就顿感不对劲，一股火瞬间冒出。

我问他："你给我解释一下这双情侣鞋是怎么回事？"

他急着解释道："你看你又要乱想了，不是情侣鞋，是我买的时候她看见有女款的，她说她也要，然后她就买了。她没有淘宝账号，和她妈共用一个，也用我的号，我不是早跟你说过吗。她买了东西会把钱转给我，我也给你看过的呀宝宝！"

"你觉得你这份说辞有说服力吗？我可以相信吗？"

"是真的，宝宝你看，我退了的，她买了我就退了，如果是买给她的，我为什么要退呢？"

"那按你这么说，你退了她难道没有说什么吗？"

"没说呀，她不会说的。"

"她都没有一点不高兴吗？"

"她不会，她是那种不管我怎么对她，她都不会有什么的人，她和你不一样。"

"等一下，你最后这句话什么意思？你现在是拿我们在作比较吗？"

"不是，我的意思是，我都不会说了……"

"你怎么变得这么搞笑，居然拿两个女人来作对比，我有拿你跟前任比较吗？人和人是可以比较的吗？"

"你是不是打心眼里就觉得我比不上他？！"

"你的自卑心不要动不动就出来作祟，我跟你不一样。你倒提醒我了，按你这话的意思，你是觉得我比不上她呗？好，她性格好、脾气好、修养好，你对她再怎么坏她都是一副温顺样，我呢，我就一丁点儿都受不了，是吧？"

"我不是这个意思宝宝！"

"我跟你说，她性格脾气好是值得学习，但如果你是想让我像她一样用那种方式爱你，我做不到。我爱你，但我不可能卑微地爱你！你现在可以给我滚了，我不想再看见你。你现在变成这样，我就不可能再跟你在一起了，你已经不是我爱的那个你了，这个你让我觉得前所未有的陌生、害怕！今晚我就和我爸妈说，说实情，被骂死打死我也认了！"

"不要啊宝宝，我们好不容易才到现在，你不知道父王母后同意我们结婚的时候，我有多高兴，虽然心里还是有块石头压着，可我兴奋得两天都没睡着，我们怎么可能坚持到现在却放弃了呢！"

"那是他们还不知道实际情况，我才是被压得喘不过气！现在好了，我们都可以解脱了。"

"不，宝宝，你等我，就这个月，就今年内，这个月里，一定解决。"

"哈哈，你真是好笑至极，现在你开始给自己规定时间。我跟你在一起这么多年，我从来没有催过逼过你离婚，甚至连问都没有问过，甚至你每次提要离婚，从 2017 年第一次开始，我有哪一次没有反对和规劝过？"

"那是不是你从来就没有想要真正跟我在一起过？"

我简直不敢相信自己的耳朵，我简直气炸了。

"这种浑蛋话你也说得出来？！所以你看看，我的无私、我的体谅，到最后纵容了你的肆无忌惮！我从不怂恿你离婚，还随时劝你回家多陪孩子，到最后还容许你在家里住不搬出来，这是我良知还没丧失殆尽，我不想因为我们的爱而毁了一个娃娃的心理健康，不想我们和她撕破了脸皮闹得太僵，不想以后娃娃游走于两个家庭之间太艰难。到最后你不感恩这份心意、这份付出，还倒质问怀疑起我的初心，你是良心被狗吃了吗？"

"那难道你又体会不到我要离婚的决心吗？我跟你说了多少次了，我跟她从她怀上娃娃开始到现在，纯粹只是为了娃娃而维系着关系，难道我不煎熬吗？

只要娃娃不在家，我在家都待不住，待着我都难受，你懂不懂？"

"娃娃不在家？那娃娃去哪儿了？"我警觉道。

"宝宝，你是很聪明，反应很快，但你不要总注意这些奇怪的点。"

"我问你，你说啊，娃娃去哪了？"

"她有时候会把孩子送回娘家。"

"那家里只有你们俩吗？你俩单独都干些什么？"

"什么也不干，我都催她去接孩子回来，或者我自己去接回来。——宝宝你不要像审犯人一样审我，我已经很难的。"

我冷笑道："嗯，你难，就你难，你最难，别人都轻松——你给我滚，赶紧滚！"

"宝宝，你看，你就是这样，你有没有想过她为什么会把孩子送回娘家？她就是在挽留我，制造我们独处的空间！而宝宝你呢，你却相反，你总是把我往外推，你总是一气就让我滚。"

我气急败坏地说："那你是要让我下贱地拴着你、留着你、看着你、管着你、不准你走，那才是有风范的，才是对的？！对不起，我学不来、我做不到，不是我清高，不是我自负，是人生来不同，我就是做不来——所以，谁留你你就去找谁吧。我不要你了，你可以回去找她去了，滚，有多远滚多远！"

我把他推了出去，把门砸得巨响。

后来有一天，磊子给我发微信说那天是他和媳妇的结婚纪念日，媳妇带着娃回远方娘家去了，他不想自己在家吃饭，想约我和卢昇一起吃晚饭。

我跟卢昇说了，可是他马上发过来一连串奇葩微信"他干吗跟你约，不跟我约？他是对你有意思吗……"，我懒得回他，只是让他和磊子商量吃饭的时间和地点，吃饭的时候见。

吃饭时，磊子讲起三年前的这个时候，我们陪他去媳妇家接亲，感叹时光真的好快。我心里也感叹：是啊，三年了，好多当时在一起的人，现在还在一起；有些当时在一起的人，现在却不在一起了；而我和卢昇，是还在一起，但也相当于不在一起了。时间这个东西，真的太好了，它不说话就能给出所有问题的答案。

饭后，因为磊子没有开车，我开车把他送回家。卢昇一直骑着摩托在前面带路。等把磊子送回家后，他依然对为什么磊子约吃饭不跟他说而跟我啰嗦，发表着他的不满。我没理他，我只是对他说："我觉得你这个人，不是对人存在严重的信任危机，而是信任缺陷，你可能大脑里就没有这根神经。磊子是什么人，你不感激他我都帮你感激他（有一次我们在一起喝酒，喝了点酒后人都感性，磊子就说起卢昇他爸去世后，出完殡要返回那会儿，卢昇抱着骨灰盒，因为可能风俗忌讳吧，没有任何一个亲戚朋友载他，是磊子毅然让他上了自己的车。我当时听着心疼无比，觉得磊子那是天大的恩情。他所有跟我接触过的朋友里面，我最欣赏、最感激，也和我们走得最近的就是磊子），连这样的人你都能说不处就不处，说猜忌就猜忌，往难听了说，忘恩负义也不过就是这个解释了吧。"

回家后，我又把微信头像换了，没再用他给我拍的那张照片，因为我觉得他已经不配了，他在以他特有的速度，走出我的心。

第二天，他看到后问我为什么把头像换了，我说就是想换了。

过后那几天，我俩没怎么说话，我也没让他来我家。

白天他会跑来单位看我，有几次办公室有人我没让他进，他就在大厅里看我，跟我说话，好几次遇上了我的同事，也是他认识的人，我们都只是笑笑；晚上他在单位加班会给我拨视频，有一搭没一搭地聊几句，然后他会让我看着他工作，我也就看着，不说话；他会故意选一些我们常去的店吃饭，坐我们常坐的位子，点我们常点的菜品。

十二月开始是大家约吃年饭的时节，只有实在盛情难却的邀约我俩才会一起去，不然我们都各自前往。也总有关心我们的朋友会问我们的进展情况，我感觉我已经疲于应答了。几个特别好的闺蜜倒都看出了些端倪，一开始问我，我都只一句"一言难尽啊"，后来想想，这大概是这一年里，大家听我说过的最多的话。后来再问，我便也绷不住了，经常发自肺腑地说："感觉事到如今，如果不在一起了，要跟好多人交代啊，好累啊。"

有一个一直说我俩是两心相知，是具有深厚激情的爱情，并特别羡慕我俩这种关系的离了婚的朋友还说，如果我们俩都没有在一起，那他以后就更不相信爱情了。听完，我既深思，也苦笑。

有一天晚上在微信里，我跟卢昇说："我现在还跟你在一起，不是因为我还爱你，只是不想再跟很多人交代一圈。"他让我不要说气话，说他会解决好，我说那就拭目以待，我还讽刺他，离婚的见得多了，离得像他那么麻烦和困难的，还真是少。

过后自己想想，觉得这两番话都说得太狠，不中听。我还意味深长地跟他探讨，觉不觉得我们俩现在特别不合适，他会让我情绪不好，而我又会让他倍感压力；其实这都不是好的爱情，一个会让对方有不良情绪、会让对方觉得辛苦的人，都不是对的人。他没有正面回答我，只是说让我不要多想、不要想多。

后来有一天去吃饭，依然是他在我前面骑着摩托。停着等红绿灯的时候，车载音乐又放到了《再度重相逢》，我看着他的摩托车车牌，心里五味杂陈，百感交集——和好容易，如初难。眼前人已非彼时人，当下情已非彼时爱了！

第二十一章　分开是慢慢的，离开却是瞬间的

过了几天，我记得是 12 月 14 日，因为那天是我和孔萱的一个好朋友——小妹妹雯雯的生日。

前一天雯雯就邀请了我们一起吃晚饭。卢昇知道后，说要跟我一起去，我说："不用去，我已经跟雯雯说了你不去，而且星期六休息嘛，你带带孩子。"他说他就要去，就要跟我一起去赴宴，说孩子有老人带出去。看他坚持，我也就欣然答应了。雯雯这个小孩，以前还挺喜欢卢昇这个大哥哥的，觉得他阳光，很有精气神。

那天我上班，早上还抽空去给雯雯买了个礼物。下午两点左右，卢昇问我上班的情况，我说大概四点就能下班了。四点多，我在回家途中，他给我打电话说他已经到家等着我了。

回到家，遛了狗，收拾了下东西，我们就准备出发去参加雯雯的生日宴席了。这时，孩子妈打电话来了，问他在哪儿，约他吃饭。他依旧没什么好口气地让她自己去吃，孩子妈问他怎么了，他说没什么就挂了。

我就问他："孩子不在，约你约会啊？"

"我从来不跟她约会，出去吃饭都带着孩子。"

我哼给他一句，拎起包就要走。

他忽地一下跪在地上。

我冷冷地说："不至于吧，人家约你吃个饭你都要这样跟我跪求同意吗？不用，你去吧，我也要过生日去了。"

他说："宝宝，你之前说我们俩要坦诚，如果做错了什么要说出来征求对方

的原谅，是吗？"

我下意识地觉得不对劲，便警觉地问："那你说说看你是做错了什么呢？你是和她睡了吗？"

他愁眉苦脸不说话。

我当时的感觉说是五雷轰顶可能有点儿过，但就是类似那种感觉。

我一巴掌甩在他脸上，那种连我手心都呜呜疼的一巴掌。

我也忘了我当时是怎么呼吸的，但就是感觉很窒息，我紧紧握紧拳头，把全身的火气都攒在拳头里，不然我感觉脑袋和心脏都要爆炸了。

他抱着我的腿求着说："我是被强迫的宝宝。"

"你给我闭嘴！这事有强迫得了的吗？你能不能编得更像样点儿？"

"真的，我那天晚上喝了酒，你知道我的酒量的，一杯就废了，怎么发生的我都不知道。"

"哪天晚上？什么时候？"我声嘶力竭地怒吼。

"我不记得了，真的不记得。"

"就是你所谓的那些孩子不在的时候吗？还是你干脆就已经搬过去一起住了？"

"是搬了几天……"

他还没说完我就笑了起来。

"哈哈哈，我真是报应啊！"

"是姑姑逼我搬的，是为了哄孩子睡觉，姑姑说毕竟是男孩子，一直只跟妈妈睡人格不健全。我刚搬过去的时候也是很抗拒的，我睡在最边上，被子也是各盖各的。"

"行了，你不用给我具体描述了，你难不成还要把你们的细节都讲给我，然后让我给你鼓掌吗？"

大概人生最强烈的歇斯底里也就我当时那样了。

"不是，宝宝，那天以后我很后悔很愧疚，我几次想说但我不敢说。"

"那你现在怎么敢说了？你是觉得瞒不住了吗？还是你是通知我你以后都要跟她睡了？"

"不是，是我感觉她会来跟你说这个事，你要是从她口中知道了，你就不会相信和原谅我了。——而且我爱你，所以我装不住这件事，对着你我心虚，宝宝。"

"所以，你自己交代，我就不只该原谅你，我还要表扬你咯？你这是原谅得了的事吗？如果是，那行，我也去跟别人睡，然后回来跪在你面前让你原谅我，可以吗？行吗？你做得到吗？还跟我扯你是被强迫的，还说是你姑姑逼你搬的。对，你的人生都是被迫的、被逼的，你都是无奈的、无辜的，婚你是被迫无奈结的，孩子你是被逼无奈生的，你一点问题都没有，一切都不是你的错。"

他拼命地摇着头。

我感觉我当时每听和说一个字脑袋都嗡嗡响。

我指着他说："从你上次讲有时候孩子不在你们独处，我就已经往这种可能性上想了，可是我还是本着信任你的原则，打消了这种猜测，否则你总说我不相信你。你要知道，包括之前的很多事，我都甚至已经怀疑你的人品了，我是做了多大的心理建设，才打消猜忌接纳你。可你就是这样来给我证实的呀？！"

"宝宝，我错了，我心里也被折磨了很久。"

"很久？那意思是一段时间之前咯？"我恍然大悟，"是我怀孕的时候吗？还是我做了孩子之后？呵呵，你现在告诉我多震惊的消息我都不会吃惊了吧。"

"不是，我不记得了，但就只有几天，那次以后我就又搬回自己房间住了。"

"所以你每天晚上说你在打游戏，此地无银发来的那些打到半夜的游戏记录都是假的？谁帮你打的？"

"啊，宝宝，你要怎么才能相信我，那都是真的，我自己打的。"

"行了，我不会再相信你了，你这个人不配'信任'这个词，你更不要动不动说爱，你也不配爱，更不配得到爱。都不用跟你讲多高大上的爱情的意义了，你连最起码的，我告诉过你的我的底线，忠诚、贞洁，你都做不到。而且你还在孩子没了的时候，连为一个亡魂守灵守丧的概念都没有吗？"

"不是不是，宝宝，不是那段时间，那段时间我也晚上都难过得睡不着，是那之前。"他想着、回忆着说。

"那之前？"我脑中搜索着，"我懂了，那就是我不理你，不许你碰我的那段时间？"

"大概好像是。"

"所以，我不理你，你就折回去找她；我不让你碰我，你就去碰他？你是没了那种事会死的禽兽吗？！"

他拼命地扇着自己的耳光，鼻血直流。

我气得我不知道我自己要干个什么，我让他走，他不走，我冲进卧室把门反锁起来，在里面放肆嚎哭，不管他在外面怎么哭、怎么求、怎么敲门。

中途，孔萱和雯雯还给我打电话发微信问怎么还不去吃饭，我也顾不上理。

天怎么黑掉的我不知道，眼泪怎么停下的我也不知道，我只知道我透不过气，我只是想我爸妈，但我不敢给他们打电话，而且那时快凌晨了；我也突然很想我的孩子，那个突然感觉像是被冤死掉的孩子。

我不能再在密闭的空间里待着，我先从抽屉里拿出那个被我搁置的戒指，走到客厅对他说："你看好了，从此没有未来。"然后走进卫生间把戒指丢进马桶，按了下水冲走了。

看着戒指被水漩涡卷裹，冲走不见，我心里像是被刺了一样疼。那份我曾答应的誓言，我再失望都没有彻底把它丢弃，总希望有朝一日重新戴上它。但现在，这个誓言已经被彻底撕毁打破，不复存在了。

我冲出家门飙车而去，卢昇骑着摩托追来找我，但他找不见。

我的人生第一次有了信念被摧毁的感觉，不是绝望，绝望这个词分量太轻。

开着车，看见副驾驶上还摆着早上去给雯雯买的生日礼物，想起这个小姑娘对我的各种好，心里有些愧疚。我给她打了个电话，祝她生日快乐，我说："雯雯对不起，今天没来参加你的生日聚会，杉姐现在才给你送上迟到的祝福，给你准备的礼物也只能后面有机会再拿给你了。"小姑娘还是了解我的，一听声音就觉得我不对劲，所以挂了电话她就和孔萱讲了，孔萱也给我打了电话，可是我没接。卢昇后来也去到她那里找我，知道我给雯雯打了电话后，就更担心，骑着车到处去找，也一直给我打着电话。

后来我终于接了他的电话，他声音听着像急得虚脱了，他问我在哪儿，我说不用管我在哪儿，我以后都跟他没有关系了。他说他错了，让我先告诉他在哪儿，他继续来给我跪着，我说不用了，我不想再看见他，此生都永别了，我想去找我的孩子。卢昇哭着说，如果我有什么三长两短，他也陪我而去。他还说他刚刚急着找我，不小心撞了个人，给了人家两万块钱。我是知道他的经济状况的，心疼于他那两万块钱，我就问他是不是傻，为什么不报警，他说他一心只想赶紧找到我，哪有时间耽搁，人家要多少就给多少了。我问他撞得严重吗，他说只是碰到而已，我说那他就是被讹了，我问他有没有留下那个人的信息，他说没有，我说那个人有没有给他留下字据收条什么的，万一过后又来找麻烦，他说也没有，还说这件事就不要跟别人说了，我问他那钱是怎么给那个人的，他说是去附近取款机取了拿给人家的。他说他给我跪下了，求我赶紧出现，不然他也不活了。我说我会自己回家，让他也回自己家去吧。

等我回到家，看他整个人瘫坐在我车位上，旁边停着他的摩托。看见我回来，他连忙起身过来，可是腿是软的，马上就又瘫下去了，手捂着胸口。我赶紧停好车过去扶起他。他一把把我抱住，说："你吓死我了，我从来没有被这样吓过，没有你了我怎么活！"

就在这个时候，孔萱和雯雯也来了，一见我也是拉着我的手，拥抱我，问我到底怎么了。她们也是骑着车到处去找我，直到卢昇给她们打电话说我会回来。

我们一起上楼回了家，她俩一直问我原因，我没说，说不出，也不想说，我只说让她俩放心，我没事了，早点回去休息。

她们走后，我进卧室躺下了，自然睡不着，各种难以置信和伤心一波一波不停翻涌。卢昇进来，我让他出去，他在客厅沙发上待了一夜，时不时来门口看看我，直到第二天早上才走。

走之前他站在我卧室的门口和我说，他回去就和她说去法院。

我说："不用了，你跟她过吧。"

第二十二章　那些无法安放的，那些垂死挣扎的

中午，我想做些事分散精力，看见小区微信群里说闲置冬衣冬物可捐至小区里爱心捐助箱，我就开始收拾，结果发现他的枪还在我家。他从把枪搬来那天就叮嘱我不能在微信和电话里说这事，只能当面说，所以我给他打了电话，叫他到他们小区门口。

见了面，我说叫他把枪搬走，不能再放在我家，他说他想办法处理。他说他知道我还在生气，我说那不是生气范畴内的事。

他让我想想孩子，说我们答应过嘟嘟，会给他来世找我们的机会，我不能毁约，不能不要他。我说他倒是一语点醒我，我要是当初带着嘟嘟走掉，那才对，那就好，我让他把嘟嘟还给我，他说所以我们得坚定地在一起，我们得结婚，让嘟嘟回来找我们。我说我没有信心和他在一个家庭和一段婚姻里，尤其他现在是脏的，我想起来都恶心，更别说还怎么可能跟他躺在一张床上，或者再做那种事情。他问我那怎么要嘟嘟，我恶狠狠地说反正他再也不能碰我了，他可以去把精子挤出来做人工受精，之后他就可以滚了，我兑现了让嘟嘟来世再做我的孩子的诺言，而他也可以离我们远远的，不用来搅和我们的人生了，我们跟他没有任何关系。他说这样对嘟嘟不公平，嘟嘟得在健全的家庭长大，享受爸爸和妈妈的爱。

我说："嘟嘟的未来就像我以前想带着他走的时候一样，不用你操心，这个孩子跟你没有关系，以后也不会认你。我之所以还愿意这个孩子的生身父亲是你，是因为如若不是，我怕不是嘟嘟来投胎，这是我们共同许给他的诺言；至于我是一个人带着他长大，还是以后他还会再有个父亲，都跟你没有关系。"

说完我就让他走了。

他说当时对嘟嘟许下诺言的不只有手术室里的我，还有他，他那天也像心里滴着血一样哭着跟嘟嘟说了那些话。我说他不配说"诺言"这个词。

晚上，他发微信跟我说，升升发烧去了医院，他们刚刚才回到家，他只提了一下离婚的事，她没回应他，所以也就没再继续谈，想等孩子烧退了再接着说。我说不用了，按我说的方法做就可以了，我只要嘟嘟，不要他。

可是仅过了一天，我就放下了这个错误的执念，因为我把有嘟嘟以后的日子思考了下。我想，既然那个时候我都不愿意嘟嘟因要承受非婚生子的非议而降世，那么难道现在和以后，我就愿意了吗？

所以，17日的中午，我给他打了个电话，限他在三天内来把家里的枪搬走，从此再无瓜葛。

他不回应我。

18日，我思前想后，鼓起勇气给我爸妈打了个电话，我说我和卢昇分手了。我妈问又为什么，去年分了一次，又和好了，现在都谈婚论嫁了，怎么又要分，一天到晚闹些什么。我说因为他结过婚，有个孩子，我考虑再三，觉得不合适。

我没敢说实情的原因是因为我隔着电话，不在身边，我怕把他们气出个好歹，还有我觉得反正从此没有关系了，也就不用让我爸妈知道了，免了他们一份糟心。

对我爸妈来说，可能还是太出乎意料了，他们被吓到了，一时没缓过神来回应我。

我说："一年前我就暗示你们说，如果我找了一个离过婚有孩子的，你们介不介意。爸爸说那得我自己想好能不能对不是自己的孩子视如己出才行，其实我指的就是他，只是那会儿你们还不知道；今年给妈妈看过的小孩照片，不是他的亲戚，就是他的孩子。"

我没再说话等着我妈发难。我妈果然劈头盖脸把我骂一顿。

"你们怎么敢这样欺骗隐瞒我们，要不是你们现在要分手了，打算什么时候才让我们知道实情？！你们啊，太不像话了！他呢？他在哪儿？他怎么不自己说？！"

"他以后都跟我和我们家没有关系了，妈妈你就当他没有存在过吧。"

"我真是被你们气得，哎呀，我这一口气！"

我听见我爸在喊我妈的名字，叫她顺顺气，我在这边也急喊着我妈。

我爸把电话拿起对我说："别气你妈了，先这样。"

他挂了。

我担心我妈，但还好我爸在她身边，我爸永远是我家顶梁柱，是我和我妈的依靠，我也不敢再打过去问了。

到了19日下午，我再一次发微信催他，因为微信里不能提"枪"这个字，我就只说让他抓紧时间。他说下班后姑姑叫他过去吃晚饭，我就让他吃完饭来家里搬。

他晚上来到家，说那天是姑姑家外孙女周岁宴，也是去到才知道。我让他搬枪，他说他还没有想到处理方法，让我再给他一个星期。那天是周四，我说截止到下周三，如果他再不来搬，我就只能按我的方法来处理了——虽然我也不知道是应该丢了，还是应该怎么办，也许我只能咨询下我的律师朋友，问问她这种事情要怎么弄；如果他也不知道怎么处理，也可以求教我的这个朋友，我可以把她的联系方式给他，让他自己去问。他说不用，这事儿他会自己想办法解决掉，但他不会和我分开，分手是我自己的想法和决定，他不同意。离婚的事他也会解决好给我看。

我说一切为时已晚，我已经跟我爸妈说了他离过婚、有孩子，我们分手了，我妈的反应显然说明一切已经没可能了。

他很气，也很急，问我为什么这么大的事不跟他商量就自作主张，这样我爸妈怎么看他。

我回敬他："那你搬去和她住跟我商量了吗？你和她睡跟我商量了吗？你自作主张的事不是更多更大！像你那种逻辑，我不理你，你喝喝酒就可以去睡她；那你不理我，我也可以喝喝酒去睡别人，为什么我没有呢？因为我没有背信弃义的思维，我没有轻浮浅薄的习惯。算了，不跟你说这些了，你自己的错，却把我沦落成一副跟你讲道理的咄咄逼人的样子。你不配我讲道理，更不配我讲情义。大概像我这样较劲的人，你跟我在一起也只会觉得累，你去找那种你做什么都不会在乎的人最轻松，而且可以一直为所欲为！"

说完，我摔门而去，我到容济海待到半夜才回家，他什么时候走的我不知道。

到了 25 日，也就是我们约定好他来搬枪的那个周三。

中午的时候，他给我发微信说容他到周六，我同意了，我告诉他那是最后的期限，到那个时候还不解决，那我就只能按自己的办法，去找我的律师朋友了。

可下午上班的时候，四点左右，他给我发来信息说他要给我爸打电话。当时我人不在手机旁边，等我看到的时候已经过了大概十分钟了。我正要回他，他电话就打来了，说他已经给我爸打了电话，说了实情，他不想让我爸觉得他没有担当，这个回旋的余地他要自己争取。

我当时简直被气得不能自己，骂他是不是有病，既然都没有关系了，干吗还去气我爸妈，气出个三长两短他负得了责任吗，心里不会歉疚吗。他说，事到如今，只能这样了，他要自己回家去跟我爸妈解释，重新争得他们的同意，他已经走到我们单位停车场门口了，在车上等我下班，见面说。

我那时真的气得想打人，我感觉整个身体里面都充满了气，眼泪也忍不住夺眶而出，有愤怒、有委屈，有对爸妈的心疼和不知如何面对的无措与恐慌。

我赶紧跟单位说了一声，早退走了，妍姐和艳儿看见我那样，还担心地一直问我怎么了。

到了车上，我简直揍他的心都有，我朝他怒吼，问他一天到晚抽些什么疯，要疯自己去疯，不要来连带我和我的家人。他说回家说。我一看停车场人来人往，也就开走了。

到了家把车停好后，我让他在车上说，不准他上楼，他不配进我家门。我赶紧给我爸打了个电话，我爸应该在工作，接起来听他说话很不方便，我只说了句，"爸爸，不用理他，你和妈妈要好好的，他就是个神经病，是个疯子"，就把电话给挂了，我挂的时候还听见我爸正说着"杉杉，别急，有什么事好好说好好解决"。

我挂了电话后，他对我说中午已经跟孩子妈说了，必须得离，说他一提，孩子妈果然就知道是我，而且她爸妈也早就提醒过她，她说从他不戴结婚戒指了的那天起，就已经预见到了自己的悲惨命运。

我说然后呢。他说我们可以在一起了。

我说："你用身体的背叛，当然，心理的背叛应该也是必然的，把我们的爱情埋葬了，现在来跟我说要跟我在一起了，你觉得还有这个可能吗？我们现在在一起还有意思吗？"

"宝宝，我知道你是伤心了，对我很失望了，可是你要给我机会弥补。你还答应了要跟我去雪山给嘟嘟绑许愿彩带，答应了要跟我骑摩托去机场拍以起飞飞机为背景的机车大片，我们还有好多一起要去做的事没做，一起要去的地方没去。"

"你给我闭嘴，你别给我提孩子，你不配提。你更不配给他系许愿彩带，我自己已经给他系了，在容济海。"

"我要怎么样你才能饶恕我？"

"我不知道，要不你教我。——你走吧，我累了，如果你还有良知，我做了嘟嘟连身体都还没恢复好，你就不要再从精神上折磨我了。我这几天总是肚子疼，我的心也活得很累很痛苦。我本以为你是那个一心一意的一生人，没想到，你不过也只是个俗人，甚至是个烂人。"

我下车砸门而去，他追上来拉住我，我朝他吼让他不要跟着我。

"你要怎样才能相信我？我要怎么证明给你？我死可以了吧？"说着他就翻上车位旁那栋复式结构房子一楼的隔梯要往下跳。

我吓坏了，一把拉住他，真是用了我毕生最大的力气才死死把他拖拽住，要不是还有个隔栏挡着，我是根本拉不住的，他肯定已经跳下去了。

我连四处张望和求救的空当和力气都没有，根本没法分神分力，生怕松一点点，我就拉不住了。

我一边拽着他一边喊："想想你儿子，你想让他没有爸爸吗？死了的已经没法弥补了，活着的你还要再亏欠吗？"

"我不管了，我对不起你，我也对不起他！"

我本来为了拉住他，身体就已经下沉得几乎快跪下了，我还哀求道："我求求你，你下来，我拉不动了，你爱我你忍心抛下我，我爱你，你死了我怎么活？"

他这才放开了栏杆，我一把把他从台阶上拽了下来，我们都跌到地上。

他死死抱住我说："宝宝我错了，我会用一辈子来弥补这个错误带给宝宝的伤害。"

我已经无力和他争论这不是一个错误，是很多错误；这不是伤害，这不是伤害能盖论的。

看见这时有车辆经过，我说先上楼吧，下班时间人们马上都回来了。于是，他扶着我，回了家。

到家后，我们都没说话。他还问我要不要吃饭，他去买或点外卖，我说没胃口，让他自己去吃，他说他也不吃。

不知道为什么，到那个时候，我感觉和他待在一个密闭的空间都会喘不过气。我说我去遛下小乖，他说他去，我说我去，正好去问门卫水表的事。

我下楼后，遇上了小区的保洁阿姨，那个阿姨很着急地问我说："怎么啦？小两口吵架怎么还爬栏杆呢？"

我只能很羞愧地答："嗯，有点激动，您看见啦？"

"我在对面那栋楼扫楼梯，我以为你们俩闹着玩什么呢。小两口平时不是总抱抱背背，我们看着都觉得好玩，但今天看着又不对劲儿。"

"嗯，没事啦，闹点别扭，谢谢阿姨关心。"

我到了门卫室，门口保安也问我："刚才两个人是干什么？有东西掉下负一楼了吗？我看监控看见你家那个从栏杆上下来？"

"哦，没有没有，就是看看。"

我真是羞愧难当。

回到家，我跟他说："以后不要再这样了，如果我没记错，加上上次你飙摩托，这已经是你第二次对我以死相逼了。先不说你把我吓得不轻，而且万一我没拦住你，你真怎么了，我怎么跟别人交代；还有，让别人看见你这样，我真的是脸都快没了，以后还要不要做人？成年人，又不是小孩，我怎么现在越来越觉得，你要么真的就是太极端、太偏激，要么就是真的太不成熟了。好聚好散，分个手大家互相留个体面，好不？"

他不正面回答我，只说："宝宝，我们明天回家，回梵城去见父王母后，我要自己跟二老请罪，我要跪求到他们原谅我，又同意我们为止。"

我说："明天我要上班，怎么回？哪有时间回？而且你把我爸妈气成这样，你怎么好意思回？我都不敢回。"

他说："不管了，父王母后要怎么对我，我都受着，打我骂我我也认，要杀要剐都行。"

"你不用回去了，我自己回去，我也不放心他们，我自己回去看看。要承受什么我自己承受，谁让是我自己犯的错呢，我活该。你这个人啊，做点什么事想一出是一出，带给我多少麻烦。"

我让他回自己家去，他不走，我进书房待着，他自己在客厅待着。

到了晚上，他倒了杯热水，拿了点零食送进书房给我，在我旁边坐下。他掏出手机放语音给我听，我一听，应该是孩子妈的声音，哭哭啼啼地问他在哪儿，说她爱他之类的话，还有一些我听不懂的、类似在读什么言情小说片段的东西。

我问他："你给我听这些是干吗？"

"你自己听听，不然我说了你就是不会相信我，就是她一直死缠着我不放，不是你想的我一直拖着不离不办。"

我讽刺挖苦他说："那你真是捡到宝了，都这样还能这么爱你，我相信她才是爱你的。我比不了，我自愧不如，你现在要让我对你说爱这个字，打死我我都说不出来了。所以，你赶紧回去找她，你赶紧回复她，她说她喝着酒在家等你呢。"

看他没反应，不知哪来的气，我抢过他手机。

"来，我帮你回，要怎么回，回你马上回去啊。"我拿过手机一滑，惊叹道，"给你发了这么多呐，你都无动于衷啊？"

就在这时，我滑到他们之前的信息，应该是中午或下午的，卢昇回了一句"我依然爱你爱孩子"，还有另外一句"我也不会和她在一起的"。

我真是顿时被这两条消息闪到了眼睛，闪到了脑子，闪到了心。

我问他："你这个'她'指的是我还是又是别的哪个女人？你跟她说的'也不会和她在一起'不会指的是和我在一起或是和别的哪个我也不知道的女人在一起吧？啊？"

如果女人的咆哮是会把自己震碎的，那我那时候差不多就是了这样。

"不是！哪有别的什么女人！这就是套话，套路，我就是为了让她签字，我不这样说她会离开我让我跟你在一起成全我们吗？所以只能骗她。"

"哈哈，你是骗她还是骗我？你好厉害啊，你还有这心机、这戏码，我怎么早没发现你有这个天赋啊，你到底是套路了她还是套路了我啊？！"

"事到如今你还不相信我吗宝宝？我做的一切都是为了我们能在一起啊！"

"别再来跟我演和装了好吗？你真是撒什么谎都能自圆其说，继续再扯新的谎话来掩盖上一个谎言。你说她傻，你当我也傻吗？还是我不识字？还有你这个你依然爱她爱孩子，这什么鬼，你爱她你就跟她在一起啊，你还来纠缠我干吗？"

"这就是一句安抚，是亲情，爱她爱孩子是亲情的爱，这你也不懂吗？"

"不懂，我不懂，我现在根本不懂你，或许，我从来没懂过真正的你，我懂不了。"

"那你不懂我的爱吗？我做了这么多，付出了这么多，都是因为我爱你。"

我一巴掌甩在他脸上。

"你闭嘴，你不要再跟我说爱来恶心我。今天是你第二次对我以死相逼，这也是我给你的第二巴掌，你不要再以爱的名义来侮辱我，你不止是在侮辱我的智商，你简直是在践踏我的尊严，你毁了我对于爱情的信念信仰，把我变成了我自己都看不起的模样，我觉得我对不起我自己。卢昇，你自己想想，四年半前的我，哪怕就一年前、半年前的我，可像这样？你现在还能否在我脸上，看见以前那天真的样子？！你辜负了我在爱你这条路上非你不可的义无反顾！你滚，滚得远远的，我当你没有来过，离我的人生越远越好！"

他不动。我踢他、我踹他，他仍不动。

大概万念俱灰就是那种感受了，我想回梵城的家，可我觉得我都无脸回去。世界之大，我突然觉得自己多余，觉得没有自己的安身之所。这个本是我自己小家小港湾的地方，杵着这么个我余光扫到都会觉得戳心恼怒和疼痛的人。我想出去，去很久，去很远的地方，没有他的地方，具体是哪儿不知道。

我给孔萱打了个电话，让她明天到我家帮我把狗接走照顾一下。孔萱很担心我，一会儿就到家里来了，卢昇给她开的门。她看见我瘫坐在沙发上，赶紧过来坐在我旁边，拉着我的手，问我到底怎么了，说我肯定有什么大事没有告诉她，我说我想孩子，孔萱问我什么孩子，我才把有过孩子的事讲给了她。

第一次把这件不曾也不能对别人倾诉发泄的事说了出来，虽然讲每一个字的时候都觉着像被刺了一样，也讲得我又流泪不止，但我觉得好舒服啊。

孔萱很意外，也很心疼我，问东问西，叮嘱不停，抱着我，给我擦眼泪，给我拉盖身上的毯子。卢昇就一直在旁边地上坐着。后来我情绪平稳多了，让孔萱走了，她走的时候让我一定要好好的，也很不高兴地对卢昇说："你要照顾好她，有什么就给我打电话。"

到了门口，她还一直不走，很担心地看着我，这让我倍感感激，感激这样的闺蜜和友情，也为这段时间总害她夜里来回奔波而歉疚。

但是，我给她造成的麻烦，还不止于此，最大的麻烦在最后一天，也就是三天后。

孔萱走后，卢昇过来抱起我，说客厅沙发上太冷了，让我到卧室床上去睡。把我放到床上躺下后，他帮我把被子盖得严严的；摸到我的脚是冰冷的，他就坐在床边，把手伸进被子一直给我搓脚捂脚。

我躺着，睡不着，眼泪止不住地流，我不知道我在想些什么，想起了些什么，大概想起来了很多曾经的事，从我们一开始认识，他第一次跟我打招呼……

他看到我这个样子，连忙在床边跪下，一个劲地磕着头，说让我原谅他、相信他，他也是慌不择路了，他害怕失去我，他不能没有我。我说他现在说什么、做什么我都不会相信他。

他把头狠狠砸在墙壁上，发出了很响的一声咚声，然后倒在床上，我连忙起身扶他，看他脑袋，问他怎么样了。他用手按着脑门，说头晕，我说带他去医院看，他说不要，躺一会儿就好。我赶紧把他拉上床脚，把旁边凳子上的毯子盖给他，又起来去弄了热毛巾，又觉得是不是应该拿冰，本来就没常识，那会更慌，我问他应该用什么，他说都不用。

我看他肿了一大块，也很心疼，我说："你干吗这样，你是不是傻？"

他抱过我："我是傻，我傻才会把事情弄到这个地步，我傻我才会把和我相爱至深的人伤害折磨成这样，我最傻的是我不应该从一开始就错过了你，我不能再错过你，我不会错过你。"

说着他便开始亲吻我，几乎是以强暴的方式对待了我。那个时候我也就知道了，女性在男性面前，除非有点儿身手或防卫手段，否则真的没有任何反抗力，你的哀求、叫喊和蛮力，毫无作用。

第二天早上，我去单位请了假，要回家去面对我爸妈。我也同意了他和我一起去，我说："行，那一起回去说，你自己跟我爸妈交代，免得我代你说，你说不实不详，不认账。"

回家的路上，我们几乎没说话。到了家，一进门，他就给我爸妈跪下了。

我爸压着火说："有什么站起来坐着说，我们家没有让人跪着的规矩。"

我妈生气又疑问："你们俩到底一天到晚闹些什么？说的是些什么意思？我都不敢相信！"

他依然跪着，我也跟着跪下。

他说："叔叔阿姨，对不起，是我欺骗了你们，我有婚姻、有家庭、有孩子，我还没有离婚。"

我妈马上骂起来："这像什么话，你们是一点谱都没有，竟敢一直这样欺瞒着我们！"

"我不是想一直欺瞒，是怕说了你们就会反对，我爱杉杉，我不能没有她。"

"你有什么资格爱她，你一个有妇之夫，你怎么能爱她——还有她，冷杉，你也是怎么回事，这种事你也做得出来？"我妈说着就朝我走来，啪地扇了我一巴掌，"是我没教育好你吗？你居然干这种事，天下男人都死绝了吗，你为什么偏挑他？你还要不要我活了？你还要不要我跟你爸做人了？"

说着又开始打我，一拳一拳锤在我头上、肩上、背上，我没躲避、没反抗、没说话，我心甘情愿地受着，我只希望我妈把火发泄出来，不要气坏她身体。

卢昇一边哀求："阿姨，你打我，别打杉杉，都是我的错，不是她的错。"一边把我搂入怀里，用手护着我。

"你护着她，我是打不了你，也骂不了你，你从我家滚出去，我自己的女儿我自己打死骂死，我自己管教！"我妈说着哭了起来，"我们也是傻，看你一个人可怜，不问你、不查你，你们就这样肆无忌惮地耍弄我们。"

"是我的错，是我太相信你了，没有爹的孩子应该自立自强啊。"我爸坐在沙发上指了指他，"你们还有些什么瞒着我们的？胆子也太大了？！"

"我在办离婚了阿姨，我们本来计划就是等一切办妥了再跟你们坦白，请求你们原谅和同意。"

"我们不会同意，你这什么人品？你为了她抛妻弃子，你这种人我们不敢要；她也是，不在我们身边就疏于管教，居然敢做拆散人家家庭这种事，我打断她的腿把她锁在家里！"我妈说着就往储物室走，去拿打我的东西。

我爸从沙发上起来把我妈拉了回来，要扶她在沙发上坐下，可是我妈依然冲过来踢我，卢昇护着我。

"妈，你不能踢我，我才流了孩子一个月。"我理智地对我妈说。我没哭，我从小都这样，做错事，我敢认、敢承担，不会哭饶。

我妈一听简直脸色大变，整个人摇晃了一下差点跌倒，我爸一把扶住她，眼泪也下来了，那是我在我奶奶去世后第一次见我爸哭。我妈哭嚷："冤孽啊，你们俩造孽啊！"

我爸也在他旁边举起了手掌，却又放下了。他流着泪哭腔着对卢昇说："你啊，我们把她养到这么大，我从来没打过她，她妈打她我也没见过几次，都是她小时候调皮打的。你看看你，你把她妈气成什么样，看她妈把她打成什么样，我看着心疼啊！"

"我错了叔叔，都是我的错！"他说着便深深地磕了下头。

"你不要这样，我们也受不起。你走，以后不要踏入我家的门，以后也不要再跟冷杉接触！"我爸对他说。

我妈依旧哭着。朝着我喊："你怎么敢把孩子拿掉啊，这么大的事，你怎么都不跟我们说一声啊！"

"我不敢。"我回答我妈。

我爸过来把我扶起来说："先坐下，身体都这种了。"

我看着我爸那副又气又恨又心疼的样子，真是心如刀绞。

"你奶奶要是知道你把孩子打掉，怕是在天之灵都不宁息啊。你知不知道基督教是不能轻易打掉孩子的，你这违背教义啊！"我妈骂着。

"我知道，所以今年圣诞节我都不敢做祈祷，我已经被上帝抛弃了。"

这时，我舅和我表叔来了，我表叔说我爸厚道，但他不是，他要代我爸教训下卢昇。

我爸立马制止道："算了，冷杉也有错，我自己的孩子我自己教育。他没有父母，我们也没有义务去教育他，让他走就是了。"

我起身对卢昇说："走啊！"

他木讷地看着我，意思是不走。

我过去提起他的包，也拿起我的包，叫他走。

那时我想，只有赶紧把他护走，事情才算结束，毕竟是在我家，他也是孤立无援，相爱一场，我不可能把他丢在那种想留留不下、让走不好走的境地里。

我妈问我去哪儿，我说回甂江，我妈说："你还敢回去？不准你回去了，你以后都不要回去了！"

"妈，我今天都是请假，我不可能明天、后天、大后天也把我的工作丢给别人吧；就算我要走，不干了，是不是也得自己回去正式辞职和处理啊！"

我恳求我妈，我妈说她不放心，要回就和我一起回甂江，她要守着我、看住我，不许我再和卢昇有来往。

卢昇对我妈说："杉杉都有过我的孩子了，我会对她负责，阿姨你给我点时间处理，我已经在办了，我一定办妥当，给你们个交代！"

"不要，你不准再跟她有瓜葛，你要是有父母，有直系亲属，我就跟他们说了，但你没有，你只有你姑姑，如果你再纠缠她，那我就只能过去找她们，让她们管好你了。冷杉交结完工作的事情，我会让她回来，你们以后都见不着接触不着了，各走各的。"我爸道。

我舅说："你啊，真是碰上了我们这样的人家，换别家，人家要么怕是把你打废，要么去你单位反映你、去纪委告你。你以后祸害别人小心被人家收拾，小伙子我劝你，以后做人本分点！"

我拉着他往外走，我妈追着出来不让我走，我赶紧上车让他开车走了，我看见我爸和我舅、我表叔他们出来把我妈拉了进去。

开出去一会儿，他拉过我的手问我："打疼了没有？"

我没说话。

他又说："对不起，让宝宝为了我承受了这些。"

我说："这是我对你最后的情义了"。

到了氤江，我把他送回他们小区门口就自己回家了。我给我爸打了个电话报平安，我妈还想骂我，被我爸阻止了。我爸说尽快把单位的事情料理清楚，就离开氤江。我没回话。我爸说有什么事给他打电话，我强忍着泪水回答他："好的。"

第二天，也就是 27 日，下午，他跟我说，他要去他姑姑家找他姑姑，再和他姑姑谈谈。

我说："不用了，你姑姑要真的如你说的那么喜欢我，不喜欢她，那就不会反对，而且还让你搬回去和孩子他妈同床而住了。要么就是你们家的人变脸比翻书快，一会儿一个样；要么就是你撒谎，你给我编了一个又一个谎言。"

"姑姑是因为她有孩子，姑姑说一切应该以孩子为首要。姑姑她不知道你有孩子，她要是知道你也有过孩子……"

"哈哈，你们家是什么名门大户吗？拼孩子，旧社会啊？按你这个逻辑，我应该把孩子留着。生下来，用孩子要挟她同意啊？别搞笑了好不好。还有，我警告你，不要把孩子的事拿着到处说，你心不痛吗？还是你觉得很光彩？让孩子安息吧，不要再提他了，他是倒了几辈子的霉，才来投胎给我们作孩子！而且拜你所赐，我爸妈现在态度也在那摆着了，我们没有可能了。所以，你好好回去挽留好你家那位爱你、你也依然爱的人吧。"

"我不爱她，我再说几千遍你才知道才相信？""我不需要知道也不需要相信，什么都没有意义了。"

经历了这些，我突然觉得心情好轻松，就带着小乖去容济海溜达了一大圈。晚上回到家我突然又想起了他的枪，我一看，居然不见了，我欣喜他终于拿走了。突然又想，他拿走了怎么没跟我说一声，不会不是他拿走，是进贼了被贼偷走了吧，那可事大了！因为他刚把枪搬来那年，有一段时间我们小区好多家被盗，他紧张说枪可不能被小偷偷走，所以要在家里装摄像头。

我赶紧给他打了个电话，我问："枪不见了，是你拿走了吗？"

他说是，我的心放下了。

我又问他："你什么时候拿走的？怎么不说一声，刚才把我吓到了。"

他说："不好意思，忘了说了。"

我突然意识到不对，我问他："你搬去哪儿了？"他说："就拿下楼，丢进垃圾桶了。"

我说："你这又是扯谎吧，你怕不会这么不谨慎？！白天吗，还是晚上？"

"白天吧。"

"那大白天的，你就更不会这样做了。"我又想到，三天前我催他的时候他都不搬，前两天他也几乎和我在一起，于是我就又问，"你是哪个白天来搬走的？"

"不记得了，就你不在的时候。"

"你可真是掌握我的一切行踪啊，不是说忘了，是故意挑我不在家的时候来拿。你这什么心态呢？难不成是怕我举报你啊？"

"不是，就是那天刚好在查，所以就赶紧去处理了。"

"你戏可真多！真是没想到，你居然以这样的心态想我、防我。你不只能扯谎，你果然还心理阴暗，小人心思！"

说完我就挂了。

28日下午，想起关于他搬枪的这件事，我突然又联想到他之前那天晚上骑着摩托找我，说撞了个人给了人家钱的事，我就想，戏那么多、谎言那么多，不会这事也是假的也是演的吧？但我不可能去找交警询问，只能查账，果不其然，子虚乌有。但我想，骗就骗吧，可能他实在找不到我又想让我回来就想了这个办法，无所谓了；可是他还拿着我家钥匙和我车的备用钥匙，得让他还给我，不然我不在家的时候，他又会来我家干些什么呢？而且那个他所谓的装的隐秘摄像头监控，我也并没有找到。

于是晚上八点多的时候，我给他发了个信息，让他方便的时候回我一下，可是他并没有回我，我想着那就等明天白天再要。

九点左右，我爸给我打电话问我怎么样，我说挺好的，让他们放心，可是我爸说哪儿放心得下，我妈也总说她眼皮跳、心慌，所以他们准备连夜过来陪我，我赶紧劝他们不用。

挂了电话后，我担心爸妈一意孤行，真的要来，要是因为还钥匙的事让他们误以为我们还有纠葛，那就不知又会惹出什么新的麻烦了。于是我赶紧给他打了电话，让他把钥匙还给我，他说他不。我给他又发微信又打电话，说我爸妈也许要来了，他再不把钥匙还给我我就要自己上门找他拿，他这才同意把钥匙还来给我。我让他不用来我家，我到他小区门口拿就行，他也答应了。

见了面，他又反悔了，坚决不把钥匙给我，说那是他的钥匙。

我说："那行，你真是逼着我换锁，包括车的锁，但再麻烦我也换。你啊，到最后真的是让我见到了你最丑陋的样子。对了，我请银行的朋友帮我查了，你所谓撞到人的那天，你任何一个银行账户都没有两万块钱的流水。"

他有些吃惊地看着我。

我继续说："你最好依然坚持撒谎，说你是因为要骗我回家，而不要说出你真实的动机是你怕我跟你分手后跟你要几年前借给你的那两万块钱。因为数字就是这么巧，你怎么不说个三万、一万？呵呵，算是扯平吗？你还真是深谋远虑、精于计算啊！——你啊，每天都在刷新我对你的认知。至于你说你在大白天把枪丢在垃圾桶，那么垃圾桶对面就是小区监控，只要去门卫看了也就知道你说的是真是假了，但是，我已经不屑于去查证了。因为，一，你爱怎么处理是你的事，跟我没关系；二，我真是怕我越深究越失望，越不认识你。"

我让他下车，我要回家了，他不下。

我说："好，那我下。"

我下车关门准备打车回家，他下来一把拉住我，我一甩一挣脱，他脱手了，结果我迎面跌向了绿化带，头磕在坎子上，瞬间觉得头好疼。

他赶紧把我扶起来，我一摸额头觉得湿湿的，再一看手，昏暗的路灯下也大概能看清是血。

他也凑近看我额头，紧张道："宝宝，你额头破了，流血了。走，我们赶紧去医院！"

我很生气吼他："你滚，我不要你管！"

我朝着路口走去，掏出手机要打车。他把我拽进车里副驾驶，自己坐上了驾驶位开始开车。

到了医院，他过来牵我，说要去急诊外科，我让他放开我，我说我自己会走，让他不要碰我，他脏。进了急诊外科，因为要排队，医生让他先去挂号，他扶我去旁边椅子坐，我又把他的手甩开，再一次对他喊："我说了你别碰我，你碰了别人，你脏，你是听不见吗？！"为了安抚我，他说好，然后去挂了号，站在我旁边等号。

到了我，医生看了后问我怎么弄的，我说跌跤摔的，医生说："你这个要处理一下，小心留疤，要清洁、消毒、上药，还要记得换药。有没有药物过敏什么的？"我说没有，他告诉医生说我皮肤容易过敏，医生说好。医生还问我有没有头晕、恶心、想吐的症状，如果有，建议拍个CT看下有没有脑震荡，我说头是有点晕，但是没其他症状，不用拍了，卢昇却坚持说还是要拍了看看。

上药的时候，护士告诉我要怎么样才能避免留疤。想到自己身体和心灵上的创伤也就算了，这次脑门上可能还要留个疤痕，更倍觉心酸了。

从医院出来后，他坚持要送我回家，回到家，他把家里钥匙和车备用钥匙放在了桌子上，可是他不走，说我额头受伤了他不放心，还说让我最后给他一次机会，他明天就回去搬东西，搬出来住，要是我不收留他他就去租房住。

我把自己反锁在卧室，一个字都不想跟他废话。

第二十三章　只有我想不到，没有他做不到

29日早上，我起床洗漱准备出门，他下去遛狗，顺便买了早点回来。孩子他妈给他打了个电话，我说："在催你了，赶紧回去了。"他说他先把电话接了，我说："那出去接，正好滚，我可不想听你们打电话，我没这嗜好。"他拿着手机下楼去了。

好一会儿，我都要出门了，他刚好回来，看见他我就讽刺道："怎么说啊？"他把手机递给我，说："她要和你说。"

那时，我心中的佩服真是油然而生，我说我不想说，他还是把手机递来给我，我对他说："真佩服，这种奇葩事也就是你做得出来了。"我接过手机接起，没有好口气地"喂"了一声，只听那边语气相当温和地喊了句"姐姐"。

我当时的心情真是不知道怎么形容，我就纳了闷了，这一家子是从电视剧里走出来的吗？这是现实啊！难道我也要客客气气地回声"妹妹"？他家电视是只播宫廷剧或民国大院剧吗？！如果不是被洗脑了，那她就真是涵养太好了，让我望尘莫及，是学习的楷模、值得借鉴的标兵。我想，要是身份互换一下，我会怎样？我会还好声好气地喊对方"姐姐"？哦不，我连名字都不会喊，不，我就不会跟她说话，我更不可能还主动给她打电话！

行，那接了就接了，听听人家说什么。

可能我接电话的语气实在不好，人家让我不要激动，听她说，我只能在内心告诉自己："对，冷杉，你的修养被'啪啪'打脸了，如果是你，你只会冷漠或不屑地凶出一个字'滚'。'活久见'大概还有一层理解就是，哪怕错的人是你，你也可以获得学习和进步。"

她说她从叫卢昇把那两万块钱还给我，而卢昇轻描淡写地说无所谓的时候，她就觉得我们关系不一般。

我还是以我的惯性思维问她："那你就没核实一下吗？"

她说她没有，因为她相信他。

那分钟，我第一次羡慕这个女人，我多想我也是这么单纯，可这却是羡慕不来的。

她接着说后来卢昇不戴结婚戒指了，她问他为什么不戴，卢昇说因为单位不准戴。

我那时候的想法是，卢昇你编个借口就算不带智商和逻辑含量，也带点常识含量好不好，这怕是连常识都不符合。我想对这个女人说"不会这你也信吧"，但是我问不出来，因为连我都不忍去凌辱这个比我小两岁的简单女人了。

我故意说："戒指的事我倒没注意到。"

还好，意外的是，她说："可能他就是把我当傻子，他这么说以为我信了。"

我也忍不住接："是啊，哪个单位会规定不让戴结婚戒指的。"

她也说："是啊，而且他脖子上还戴着项链。"再然后，她发现了他的手机屏保，他说就是一张网络图片，但是她看出来了那是我，因为她见过我，知道我留那样的发型，可卢昇说是我强迫他用的。

听见这话我都笑了，我懒得、不屑以及不用问她"信吗"之类的话。

我说："如果你信，我有更多图片、文字、视频、音频可以传给你参考。"

她说不用。

然后我就只想问她那些我落实不了的东西，其他一概我都已经不感兴趣了。

我问她："你们是一直住在一起的，是吗？他说你们是分开住的，是假的是吧？"

她回答我："我们是在一起住的，只是有一段时间是分开的，因为我要带孩子，怕他休息不好，他睡不够就会脾气特别大。"

她的答案没有让我觉得伤心、失望，大概要么就是因为这样的答案没有太出乎我的意料，要么就是我的心也已经被他磨得没有再失望、更失望的空间了。

我接着问她："那从他爸病了，你就搬回娘家去住了，也是假的是吗？"

　　她说："我是搬回去住了，因为他爸不喜欢我，因为我没有钱，我们一开始在一起他爸就反对，嫌我没有钱。对，我是没有钱，我们家也没有钱，我还有一个不争气的哥哥，可这不是我的错呀，我也想在有钱的人家，可是我没有。但是他爸的医药费，基本上都是我出的。你也知道那会儿他们还没有涨工资，他爸的医药费又高，我那会儿挺着大肚子，白天在古城卖茶叶，晚上在外面弹琴。就这样，他爸还是嫌弃我，一次最过分的是，他爸拉了大便，让我妈妈去处理，我妈妈是来找我的。他嫌弃我，也嫌弃孩子，我怀孕到月份很大的时候，有一次我们去做客，我摔倒了，迎面朝下的那种，他在我旁边连扶都没有扶我一下。当时我都不管脸了，只顾着双手护住我的肚子，等我起来后，我还跟他说'没事，我护住肚子了，孩子应该没事'，但我看见他一脸很嫌弃、很不耐烦的样子，我当时很伤心。"说着她都带起了哭腔。

　　我听着心里也怪不是滋味的，我不知道我是应该听，还是挂，还是接，我没说话，我只知道，我幸运地避免了这样的悲剧，因为要是换了我的心性，我不止会带着孩子远走高飞，而且估计当场就和他决裂。

　　她说她和卢昇结婚，是有一天卢昇接她下课后直接带她去领的证。她现在很后悔，后悔自己没有恋爱经验就跟了他。她说："你知道吗？我以前没谈过恋爱，他是我第一个男人，甚至我跟他的第一次，他发现我还是处女，他都惊喜了。"

　　听到这儿我该怎么反应呢？我是该鼓掌膜拜这个当时二十四五岁还如此洁身自好的清纯玉女，还是该自惭形秽我自己那时已经不是了？

　　我冷冷地说："别说你没有经验了，我有经验不也就这样了。"

　　她说她问卢昇有没有给我买过东西，卢昇说没有。我都懒得跟她说所有订单可见、可恢复，所有流水可查可落实，不会自己看吗。

　　我只说："那他自然也没有跟你说他要把他妈留给他的项链做成戒指给我咯？"

　　她说："那可见他对你是热的、暖的，他对我就不是。你知道吗，他对我是很冷的，很冷很冷，而且对我和我家人都很嫌弃。大概就是因为我们穷吧。我知道他为什么对你好了，可能因为你有钱吧。"

她这话突然提醒我了。

是啊，我也想不通，人能演一时，还能演长久？如果这么些年他都是演的，那自然不是因为爱情，那他图我什么呢？美色？不吧！我还正找不到答案呢，她倒把答案给了我了。是啊，这个女人跟他过了那么多年，难道不比我更了解他？！我以前自视了解他，可我现在发现，也许这个女人才最了解他！

"所以，我跟你说，他现在想回归家庭了，其实就是他玩够了，玩腻了，你懂不？"她接着说。

我嘴上没搭话，心想，懂了，我以前不懂，现在懂了；你信了就行，反正那是你家的事，跟我半毛钱关系都没有。

"没有留住自己的老公，是我的错，是我没本事吸引住他。"

接下来我都像失聪了似的，我记不住她这几句话后面说了什么，我只记得当时我心里为这个女人点赞，真的太高尚、太伟大了，我赞赏她，只是我们恰恰在这方面观念太不一致，我没法苟同应和。

我不想再聊，我觉得她来跟我讲这些事本身就已经是个奇闻异谈了。于是我拣了另外一个我最关心的问题，不是那些关于情情爱爱的。我问："他这几天有没有搬枪回去？"

问出的同时我都还在想这个女人知不知道他那些枪。

可是她立马回答我："哦，他的那些枪原来是搬去你那儿了呀，我就说怎么不见了，他那么宝贝的东西。没见搬回来呀，怎么了？"

"那就不知道他搬去哪了，或者又搬去他哪个女人那里去了吧。"我说。

她继续跟我说："你孩子的事算了，毕竟还什么都不是，只是个小细胞。他倒是说我给他生了天底下最可爱的儿子。"

话题到了这我只想结束，因为我想打人，不是打她，因为她没错。不管她的理念与我的怎样不同，又是怎样在万般委屈中生下了孩子，但孩子生下了，她就是可以有这种轻蔑我的胜利者的骄傲姿态；也不说天底下没有不可爱的孩子，所有的孩子在父母眼中都是最可爱的。可她不知道，恰恰是她孩子的父亲，背着她说，她的孩子有她家基因的影响，胆小如鼠，像个孬种。这是她不自察自己老公的悲哀，跟我没有关系。我要打卢昇，提到嘟嘟这个禁忌话题，让我怒不可遏、怒火中烧。

　　我和她讲电话时，他一直在旁边摇头、摆手、狡辩，我不想去区分那是无奈还是否认。挂了电话，他早已在我旁边跪下，我过去狠狠甩了他一巴掌。

　　我说："你记着，这是我甩你的第三巴掌，也是最后一巴掌。我甩你这巴掌不是因为你骗我愚弄我，是因为你又把孩子的事到处说，你居然讲给她，你是想让我赚同情分还是嘲笑分？！你凭什么让人对我的孩子评头论足？！——你把电话拿给我的时候我真是被你'雷'翻了，可现在我觉得你把这奇葩事做晚了，你就该早些做，早点让我们当着你对质，我就可以早一点知道你骗了我多少，你谎话连篇到了怎样的境界！"

　　"我没有骗你，你居然相信她，她是在故意气你，这你也不懂吗？"

　　"我不懂，但我来给你捋一下你真实的版本，你真实的版本就是当你意识到我开始疏远你、离开你，你就回头去找她，但你又不想放过我，你就是不同意分手，你还在争取我，然后你就两边演戏，对吗？我说得对吗？你要反驳吗？"

　　他拼命摇着脑袋说不是。

　　"演，接着演，继续演！你怎么戏这么好这么足啊，你上哪学的，跟谁学的，什么时候学的？还是与生俱来就会？你可真是会趋利避害，实用主义啊！你的心也太贪婪了，你居然在爱情这种浪漫主义的东西里玩起了现实主义，爱情是多么圣洁的东西，你却在里面动着唯利是图的心思。你肮不肮脏？你良心疼不疼？哦不，你没有良心！"

　　"我哪有什么心思，我动的一切心思就是为了和你在一起。你也听见她说了，我对她是很冷很淡的，因为我的心思都在你身上，我只爱你。"

　　"你给我闭嘴，你还敢说爱，你还配说爱！你口口声声说的爱，其实根本就不是爱，是自私。你根本不懂爱，你说爱都是玷污了爱。你一个人长大，估计你已习惯了什么东西都以自己为核心、为出发点去权衡，但人真的不能太自私，什么都想要的人容易一无所有。你不要再跪着了，赶紧起来！我跟你说过多少次了，男儿膝下有黄金，你不要动不动就跪，有骨气点！我不再是你哭、你闹、你下跪、你装可怜就心软的冷杉了，你真是让我大开眼界，长了见识。你赶紧回去，不要再在我眼前。曾经的爱是真的，现在不爱了也是真的，这些都是一份记忆，但你不要让我把爱变成了厌恶，那样真是太可悲了！"

"好，我现在就回去，都这样了，她应该也想明白了，我这就回去跟她谈！"

"你们怎么样跟我没关系，你只记住，我跟你，结束了。"

下午，那个女人又给我打了个电话，告诉我她不会和他在一起了，也不会让他见孩子；还有，他说了把房子给她，但是她该要的补偿她也会要。

补偿不是我关心的范畴。只是孩子，想起升升那可爱的模样，我劝她孩子还应该让他见，不说他这个人怎么样，但父子情深，他对孩子是好的，孩子也是喜欢他的，为了孩子的身心健康，也不能不给他们见面，那样对孩子也不好。

她答应，说我说得对，她承认他是爱孩子的，因为他说他只会有升升这一个孩子。

我想，那他信誓旦旦对嘟嘟说的那些话、许的那些愿，都不过也是假的？他居然能胆大、心无畏忌到对亡灵都敢撒谎发誓，那他还有什么不敢做不会做的呢？那些他拿父母在天之灵发的誓言，又可听信几分！

我对她说："他不去表演真的浪费了，我就该投点钱给他，动用所有的人脉，投个两千万给他拍部戏，让他尽情演去。"

她还告诉我，他大前天晚上在家还和她做了那种事。

我都不知道我该发出怎样的笑声，大前天晚上，那不就是我们从梵城家里回来的那天晚上，也就是他在我家把我强暴了的第二天晚上吗。

她说让我不用纠结于这些了，也离开他吧。

我那个时候心里想的已经不是离开他的事了，我想着他最无耻的行径是连一个来不到这个世界的胎儿都敢欺骗。

我说："他得接受我的惩罚。"

她劝我说何必呢，放过他，也放过自己。

我第一次觉得这个女人的话那么中听，但是，我只在这件事上，没有那么开阔的胸襟。我在心里劝慰自己。

后来这个男人很焦急地给我的解释。

那天晚上……

我说："你又要说你是被强迫的？或者子虚乌有没有发生，是吧？"

"不是，是那天晚上从梵城家里回来，她已经睡在床上了，我进去跟她说必须离婚，她就挽留我。"

"于是你就上啦？"我恶狠狠地讽刺道。

"不是，你听我说完嘛。她说她同意离婚，但是她问我那么久都不碰她是因为她没有魅力吗，问我你是不是很有魅力，问我是怎么对你的，是不是不像以前对她那么简单粗暴，是不是很温柔，想让我给她看看我是怎么对你的，这是她最后的请求。"

"你们两个变态！"

我不知道这个时候那个女人是如她之前说的去上课了，还是就在他旁边，但是我就是这样骂的。

"宝宝，我不骗你，我和她那个的时候，我满脑子全是你！"

"你赶紧别来恶心我了，你什么都不要说了，我也不想听。只是你愧对了我的孩子，你居然欺骗嘟嘟，你去给他赔罪，你去他的许愿结那儿跟他忏悔你的欺骗，这是我给你的惩罚，你必须接受！"

"我没有欺骗嘟嘟，我等着嘟嘟来世找我们。我那样说是因为她拿孩子威胁我，她要抱着升升去跳楼，她说让我以后只管我们的孩子，升升从此跟我没有关系。"

"行了，你现在说什么自己信了就行，我不会信一个标点符号。我之前还觉得，不管现在的你变成了什么样，我都还会怀念以前的美好，因为我相信曾经在你眼神里看到的那些真。可你现在精湛的演技让我对以往都充满了怀疑。你真的可以做到面不改色地撒谎演戏，一本正经、心安理得地胡说八道。我是性子多烈的一个人啊，你让我面对这些。你带给我的不是摧毁，是颠覆、是崩塌。都说压死人的最后一根稻草是最轻的，但你恰恰相反，你在压死我的每一根稻草，都是重的！"

"不会了，宝宝，我以后用一生来弥补偿还宝宝。她说了，她要补偿，她要一百万的补偿。"

"你是要张口让我给你一百万吗？"

"不是，肯定是我自己拿。可我没有这么多，我一会儿就去找姑姑，让姑姑跟她谈，少一点，我借贷给她。"

"你觉得我还会要你吗？这五年我大概是瞎了，眼瞎了，心也瞎了，瞎不够要继续瞎吗？庆幸的是，我虽然错了五年，却也做对了一件事，那就是不要嘟嘟，不然有你这么个父亲，让他情何以堪！我现在大概知道了一个家庭原来是真的可以有样学样的，这话不适用于所有人，但适用于你家。你家邻里说你爸到处骗人骗钱，最后逃跑了的，应该是真的。以前我以为你是用一生去治愈童年，现在我发现，你是用一生在模仿你爸，你学他，孩子以后又学你。所以好在嘟嘟没来到这个世界，不然只要他身上流着你的血液，有你的基因，他长大不过也就是和你一样，你们祖孙三代都只会是祸害别人的烂人而已。话难听，也对逝者不敬，但就是这个道理，就会这样注定。我更庆幸的是，当年我是有男朋友的，我没有嫁给你，不然现在在婚姻里苟延残喘的人就是我。也好在你这一切面目都暴露在我们结婚之前，不然我是不是也终究会觉悔之晚矣，陷入万劫不复。谢谢了，再见了，再也不见！"

他还说着他会证明给我，我把电话挂了。

我瞬间觉得有着五年来前所未有的轻松，于是我如约和孔萱、雯雯去看了电影。虽然我还是不怎么吃得下饭，她们俩一直哄着逗着我吃。但她们都觉得那天是我很长一段时间里状态最好的一天。

孔萱说，有些感情，放下了，就轻松了，我说是的，有些人和关系结束了比拥有更安稳；雯雯也说为很久没有在我脸上看见的那种愉悦轻快点赞，她还叮嘱我最近不要吃酱油、生姜这些易留疤的食物。焦虹给我送面包时，我感激了她这么久以来对我的陪伴与关怀，虽然她们每次关心问我怎么了的时候，我都只能说"一言难尽"四个字，而且以后更是什么都不会再说，因为过去的都过去了。

就这样，还以为一切都好了，一切都是旧的结束、新的开始了。可最大的戏码就在前面等着我，马上就来临了。

当天晚上九点多的时候，他给我打电话，我现在都后悔接了那个电话，但就算我不接，他还是会来敲门。

电话一接起来，他说："肉包，在家吗？"

我说："你要干吗？"

"来跟肉包说事情呀，已经谈好了，她答应离婚。"

我说："不用了，都说清楚了，我不想再说了。"

"不，我一会儿就到了。"

"你在哪？"我想出去躲他。

"我在去孔萱店里的路上。"

"你去她那儿干吗？"

"我叫她和我一起去找你，还有磊子，我让他们给我当见证，我要证明给宝宝。"

"证明什么？什么都不用证明了，不要来了，更不要叫人家来。孔萱忙着做生意，你好意思一天到晚打扰人家？为了我们这点破事，麻烦人家已经够多的了。"

"我已经跟她说了。"

我挂了电话马上给孔萱打电话。

我跟孔萱说："妞，不用来了，不用理他。"孔萱说好。然后我又给磊子打了电话，可是磊子没有接。

我那会儿正在洗脸，我想着洗漱完就出去，去酒店住，或者去哪个闺蜜家住。就在我放好水正要洗脚的时候，他们来了。

我去开门，看见他和孔萱、磊子，我心里真是一万个无奈，估计他们也看见了我犹豫了一会儿才打招呼的表情。但我不可能把客人拒之门外，我恶狠狠瞪了他一眼，让孔萱和磊子进来坐，我招呼他们在沙发上坐下后，还说："不好意思，这几天没顾上打扫卫生，家里好脏，到处都是狗毛。"卢昇去烧了水给他们倒了水喝。

之后他坐下，让我也坐下，开始了他的演说，我知道他又要开始演戏了。

说实话，我心里已经烦透了他的那一套。

我说："只有我们几个观众，怕是不够你展示的，或者你要不要开个新闻发布会，我去帮你叫上几台摄像机，帮你直播一下。"

人前，我真的是想给他留脸的，我觉得当着人撕开他那副面具是一件连最后的情分情面都没有了的事，可大概他没有什么隐私概念。

我起身说："我不想跟你说，我不想再说了。"

说完便走进卫生间接着洗漱。

我刚坐下来把脚放进盆里，他就站在卫生间门口问我："我要怎么样才能补偿？我要怎样你才能相信我？"

他这样不依不饶，我真是气急败坏、怒火中烧。

我相当不耐烦又凶狠地骂了一句："你滚，你去死！"

他立马冲了出去。

我还没来及多想什么的时候，只听见外面有人喊了起来，我瞬间意识到不对，直接把脚从盆里拔起来，既没擦，也没穿鞋，赶紧冲了出去。

一看，我真的惊呆了。

他站在餐厅，右手手腕处一大道口子，鲜血直喷，左手还拿着一把刀子，磊子在抢他的刀子，孔萱在旁边打着电话。

我被气得也快没有理智了，我凶他："比死是吗？谁不会死？我也死给你看吗？"

我感觉那一刻真的是人生中第一次最不受任何情感支配的时候，我也往厨房冲去，他一把用手臂扼住我，还要掏手机说给我爸妈打电话。

我求他："求求你，不要疯了！"

那个时候我也抓狂地明白了，这个没有父母的人，他永远不会为父母着想，永远也不会有打扰父母的那种负罪感。

磊子抢过他的刀子，扔了。

我拉着他的手腕急得慌张失措："怎么办？赶快想办法！怎么止血？快拿毛巾，快打120！"

孔萱说她已经打了。

磊子冲去卫生间拿了块大毛巾过来把他的手腕裹起。

孔萱冲出家门说："杉，我去接救护车，救护车进不来。"

那时候真的感觉度秒如年，裹着卢昇手腕的毛巾马上就被洇红了。我焦急地吼着："救护车怎么还不来？要不我开车送他去医院吧！"

磊子说"不行，还是要坐救护车，救护车比我们的车快！"

"那我们下去等吧。"

于是我和磊子扶着他下了楼，他还提醒我没有穿鞋，我又赶紧去把拖鞋套上，只穿着家居服、光拿了手机和钥匙就出门了。

他把我的手甩开，不要我扶他，那个时候，我自然是不会跟他较劲的，我说："上了救护车再说。"

到了小区门口没一会儿，救护车就来了，我和孔萱陪他上了车，磊子说他折回去开自己的车，他们来的时候坐的就是他的车。

在救护车上，医生立马询问情况，给他量血压，让我给他退了另一只手的袖子，他不要我帮他退，我只压着火说："这个时候就先不要犟了，先听医生的。"

我一边配合着医生，一边求医生："医生，求求了，救救他，流了好多血，谢谢你们了。"

一路上，我都有点恍惚发生了什么，很懊悔和自责当时不该说那句话，虽然我的意思不是让他去死，就是让他立马走，走远点，但毕竟他也是听我说的那句话以后才做了这件极端的事。

到了医院，他被立马送到了急诊外科，也就是昨晚我才来处理脑袋上伤口的地方。昨晚是我来靛江的十年里第一次来这个地方，今天是第二次。

我突然想起家里取暖器没关，怕只有小乖在家会着火或出意外，赶紧跟磊子说了，让他拿着我的钥匙回去关取暖器。

等待医生查看的时候，路过的护士看见他的手，冷冷说了句："割腕，一般不是女的才割吗？"

我羞愧难当。对他说："你看看你，做点事情就是这样，根本不计后果。你还自称你了解我，其实到最后你根本就不了解我，我一气之下让你去死的意思，就真的是让你去死吗？！"

他说："你不知道，我已经要崩溃了。"

"谁不崩溃？谁在这段感情里是完人？！你啊，我一直跟你说我希望就算有一天我们结束了，我说起你，你都是我爱过的人，而不是爱错的人。现在，我告诉你，你就是我爱错了的人。"

他看着我，让孔萱去拿点纸巾帮我擦下溅到我脸上、头发上、手上的血。

这时，那个女人打电话来了，他接起来的时候刚好医生要查看他的手。

我拿过电话对她说："他在市医院，他割腕了。"

那个女人在电话那边哇哇哭。

我也很内疚地说："对不起，我不该跟他说让他去死这种话，是我不好。但先这样，医生要看了，先医治。"

医生查看并询问了一些情况和信息后，说他割到了筋，要去住院部创伤科做手术缝合，不然会影响以后活动，让我们先去交钱。我立马去办理手续，可是他追上来说不要我管他，他自己来，我随了他，因为我觉得这个时候他不适合激动，更不适合与人对抗；到了交费处，要出具身份证、医保卡、银行卡，我看他一只手拿证件不方便，伸手想帮他，他也把我推开，说他恨我，我也随了他。开好了单据后我们去了住院部的创伤科，护士台没人，我急得到处找和叫。医生护士从病房出来把他带到了手术室，我和孔萱自然也跟着进去了，他躺上了手术床，医生让我们出去，说那里不能待，我求医生："就让我看着，我不会影响和捣乱，医生麻烦您，赶紧救救他，救救他的手！"医生没再说什么，开始手术。

我自小是特别害怕看见血和伤口的，可那时，我全部注意力都在他那只手上，我眼睛死死盯着他的伤口，那么长、那么宽、那么深的一大道口子，医生扒着打麻药、倒酒精，血肉模糊、筋骨全现，酒精还滋滋作响、冒着气泡。孔萱不敢看，出去了。

我那时心里是恨他的，但我也真的心疼了，不是那种会流泪的疼，是心里滴血了的疼。

这时，他姑姑和他妹夫来了。他姑姑一进手术室就给了我两巴掌，生疼的那种，说是我把他害成那样的，要替我爸妈管教我。

我自然是无所谓她要打要骂，人家是长辈，我除了骂不还口、打不还手，还能怎么样。而且他都那样躺着了，我能有理到哪儿去，难不成我要辩解？我也没有那个力气和心情。再说，那个时候除了他的手，还有什么是重点？

她不准我待在手术室里，说我没有资格，把我撵了出去，我说我就只看他做完手术，他好好的，我就走，可是她不依。出了手术室，她也一直教育我，具体说了些什么我不记得了，因为我正隔着手术室微开的门和模糊的玻璃，看着里面他的手，他也看了我。

他姑姑说的都是些奇奇怪怪的话，他大概又回家演了出什么戏，把所有的锅都甩给我，给自己留了一身清白。他的戏码还真是根据因人而异，为受众量身定做。

她还飙着脏话骂他是小杂种，说那是他的报应，他的报应还会有，还没完。我心想，能飙出这些诅咒，不是泼悍，是真够狠啊，我的家人都没有一个这样"祝福"他的，真解气。

后来那个女人也来了，来了以后先拥抱了他姑姑，然后也开始教育我，问我真的是信基督教的吗？做礼拜吗？她不信基督教，但她信佛教，她家什么亲戚也信基督教，人家是每个周做礼拜什么的。

这个时候，磊子也回来了，把钥匙还给我，说家里他随便处理了一下，我道了声谢。那个女人又开始指责磊子，说他的不是，磊子说他不想和她说话，晚上要不是他在，还不知道会发生多么可怕的事，他姑姑也让她不能怨怪人家朋友。

当时我心里对磊子和孔萱充满了歉意，觉得给人家惹了那么大的无妄麻烦。再一看他俩，我之前都没来及看，他们身上也都沾满了血，尤其孔萱，她穿的还是一件白色的羽绒服。

孔萱看不下去了，拉拉我，轻轻对我说："杉，别管他了，我们走。"

我说："不，起码等他手术结束，知道他平安无恙没事了我们再走。"

孔萱一直在我旁边站着陪着我。

那个女人进去手术室在他旁边待了一会儿就又出来了，对他姑姑说："你看她，那么心狠，居然都没哭，连一滴眼泪都没有。"然后又噼里啪啦说了一堆什么，我屏蔽掉了。

反正从她来，到我走，她没停下过嘴，我没理她一个字，只看见她一直在手术室外口若悬河、手舞足蹈，一会儿没歇着。我不可能和她理论"那个时候，救人和哭、吵、闹哪个更重要"。我记得她还问我留着那些和卢昇相关的文字、视频要干吗，听那语气大概觉得是我要拿来要挟他，我总不可能和一个没有类似情趣的人理论"有些人天生爱记录生活的印迹，而且你老公说了，等我们老了，这些东西是要在纪念日出成纪念册给女儿的"。她对他姑姑说他们家办客我居然还挂了礼，真是令她匪夷所思，我也懒得反问她"你怎么不问你老公呢？那么能耐，那你这么多年有什么疑问你怎么都不问你老公啊"；她说她应该相信她老公、相信她孩子的爸爸，那我更懒得为她加油助威，"谁拦着你相信啦？你自欺欺人地打了那么多年婚姻保卫战，继续就行了呀。这两天来这几出是闭关太久闲得慌吗？！还是跟你老公一样，路数太多，显显身手"。

我不屑于劝她："你有这个口舌功夫浪费时间，还不如先进去看看你老公，你可是有资格进去的。"她爱怎么义正辞严、楚楚可怜、我行我素都行，我无感。

旁边病房的很多人都站在病房门口观望议论我们，还有些家属拿出了手机，似乎在拍摄。但我什么都顾不上，也不上想顾，哪怕我上头条、上各种平台。在这种时候，名誉名声和面子，与一只健全或残败的手比起来，丝毫不值。

最后，当看见他的整只手臂被纱布包裹并吊起，医生拿剪刀把他那只手的袖子剪开时（那件外套，是我哪年送他的圣诞礼物，那件毛衣，是我们今年入秋逛街时他要买情侣衣时选购的），我觉得那种感觉也像是注定呼应的，对，一切剪开、剪烂、剪毁，世上没有任何美好的东西被打破后，能维持，能恢复，能原样不变！

他手术出来后，磊子开车把我和孔萱送回了家。走之前，我过去和他说了最后一句话，他姑姑开始还拦着不让说，但我还是说了。

我说："我不知道你回去又跟她们演了些什么戏，但你不用想着我会把这辈子都搭给你，戏精。"

第二十四章　没有"善终"，大概正因为"始"也非"善始"

回到家，那会儿已经一两点了吧。

孔萱坚持说她要在我家陪我过夜，但我拒绝了，因为我那时真的只想一个人静静，好累啊。孔萱说她会一直给我打电话发微信，让我不要胡思乱想，也不要害怕，有什么就赶紧呼叫她。磊子说家里所有的刀具，包括剪刀，他都丢了。我对孔萱和磊子心里千恩万谢，但嘴上只简单地道了声："你们放心，麻烦你们了，谢谢你们。"

到了家，我看见之前到处是血的地面已经被磊子简单拖过了，花花的，红色的水印斑驳点点。小乖不像平时那样活泼地来扑我，而是像被吓坏了似的窝在沙发上。

我没有收拾房间，只是简单地擦洗了下自己，脱下了那套满身是血的家居服，换上睡衣，窝上床了。

靠在床上，我脑袋嗡嗡直响，但还是空空的。

不管多晚多不合适，我还是给我爸妈打去了电话，把这件天大的事告诉了他们，他们很震惊，问了他的情况，我说："无性命之忧，至于手的恢复，就看后期情况了，但这与我无关了。"我爸妈很担心我，说要连夜过来陪我，我说我很好，请他们放心，我不想再讲什么，虽然也自责这一闹肯定又把他们搅扰得一夜不得安宁，但我还是就把电话挂了。

孔萱给我发了很多微信、打了很多电话，我怕她担心，怕她会急切地跑来我家，我给孔萱也回了个电话，也因今晚的事吓到了她而向她致歉，我知道她和我一样，怕血，晕血。孔萱说她真的千想万想也没想到他是要让他们来见证这个，他说只是见证他的真心，不然她也不会来。但是她又说，也幸好她来了，磊子也来了，不然我一个人该怎么办。

坐了半夜，我是更加清醒了，但也依然带着点儿懵，我问孔萱他从卫生间冲出去后就去割腕了吗，孔萱说："是啊，谁也来不及反应，谁想得到啊，你不跟他说话，他进去找你，我和磊子就在沙发上坐着。突然看见他冲出来，去了厨房，然后在餐厅那里站着，只听他大喊了一句'我只爱冷杉'，就看见他左手拿了把刀，往右手上一划，血就飙起来了。我和磊子赶紧上前阻止，幸好磊子力气大，按住了他，不然他还想再割。我都不敢看，赶紧给120打了电话，然后你也出来了，磊子也抢过了他的刀。我说不清你家门牌号，120说下去接，我就下去了。——杉，太恐怖了，我到现在都后怕。"我连连致歉，让她好好休息，她也让我好好休息，说天亮了她就来陪我，我说不用。

那一夜，丝毫没有睡意，准确地说，那时连续三天没有睡着过觉了，感觉人很累很虚。在他来之前，本来我都已经困了，想着这夜可以好好睡一觉了。可是，没有可是，除了眼睛疼，依旧能撑。

那一夜，这些年里的许多片段真的就像"过电影"一样在我脑海里转着、闪着。这个结尾是我从来没想到的，为什么会变成这样，是我的错吗？我想起来他躺在手术床上看着我的那个眼神，四年半来，我从来没见过那样的眼神，是带着怨恨的。爱变成了恨，那不就是世上最可悲的事情吗？可爱应该是这个样子的吗？爱应该是强迫，应该是以死相逼的吗？爱就可以以这样的方式绑架对方吗？是我太烈的性格导致了这一切，还是我在最后阶段处理不当了？是我们太相爱了？还是爱极必反了？唉，都过去了！只是他的手，会像医生担心的那样留下什么后遗的弊病吗？他那么爱骑摩托，那么爱摄影，那么爱打游戏，手不灵活了，那怎么做这些！难道我们相爱一场，已经输了最期待、最美满的结局，还得留下身心俱损的创伤？！

但一切都改变不了了。

天快亮的时候，我才把我们分手了的消息告诉了大家。按原来的计划，我是想悄悄地让一切淡了，渐渐消失；当有人问及，不说事由，随人猜测，包括我们回梵城的那天，季静问我们情况，我都说没什么。

特别好的朋友们得知了这一消息纷纷前来关心，问怎么了，我就说分手了，和平分手了。我只跟几个闺蜜说了实情实话。

季静请了假来家里陪我，到下午她要去上班之前，她给孔萱打了电话，孔萱和雯雯又来了，到了傍晚孔萱和雯雯有事不得不走了，兰岚从保市赶到来了。她们像交接班一样看护着我，就像生怕我做什么自寻短见的事一样。

也许在她们看来，从这样一段看似很恩爱的恋情中结束走出，是跟要了命一样的。我自己的身体和情绪虚弱得下不了床，一直躺在床上，吃喝都是她们端到床旁喂我。她们也和我说话、聊天、谈心，我也会情绪失控地呜咽、抽泣、流泪、大哭。孔萱和雯雯把家里所有带血的东西都丢了，兰岚把家里全部打扫了一遍，弄得干干净净，连墙壁上的血点都擦了。最后我把那天换下来的那套沾满他血迹的家居服也丢了，丢的时候，看着上面那些血，我心里还是跟针扎一样。

天天都有远在他处，来不到身边的闺蜜给我打电话，关心我、安慰我、开导我。大概大家都知道我的历程，觉得这曾是一段特别相爱的感情，就像雷蕾说的，"我没幸与人这么刻骨铭心、死去活来地相爱过，但我能想象，是不是像剥皮削肉、剔骨换壳，像死去又重生？！"

我就那样被侍候着、帮助着、陪伴着、恢复休养着。

两天后的跨年夜，孔萱组织大家一起吃年饭，我没能吞下几粒饭，而且几乎吃的是眼泪泡饭。大家都在极力逗我开心，孔萱晚上还安排了放烟花，我真的不敢去参与，我害怕毁了大家的兴致，也害怕自己承受不住那份热闹，毕竟那么些年里，这个时刻的喧闹，都是我们俩一起欢度的。

人，怕触景伤情，怕因今忆昔。

第二十五章　只是经过，不该误许厮守

我请了一周的假，因为真的上不了班。

元旦，和兰岚回了保市。因为她是领导，有自己独立的办公室，我和她一起去上班，坐在她办公桌的对面，我想我不能只是发呆，那样我更容易胡思乱想。打开她的手提电脑，我一开始只是想写篇日志，到后来想从头把这整段经历记录下来。

兰岚也尽量放下她的工作，陪我逛街、散步、吃吃喝喝。虽然还是没有胃口，但我慢慢也吃下了些东西；虽然一到半夜还是会因梦中的一片血红惊醒，不能再次入睡，但慢慢地，那种一身冷汗、心慌无比的症状也有所缓解。

后来我回甑江上班，我爸妈过来陪了我好几天，也请了我的朋友们吃饭，感谢她们，如果不是她们在，后果不堪设想。我家亲戚还说，如果不是她们在，他会不会把刀也挥向我。我爸坚持把锁换了，我妈坚持不让我继续待在甑江。我说："妈，我要走出这个伤痛和阴影，只能大胆勇敢地在甑江生活，否则就不是真正的走出，只是逃避、躲离，这道影子还会一直在我心中追随着我。"

我正常上班，也正常和大家交流，只是没像以前一样和大家出去玩耍休闲，我还需要一段时间、一个过程，而且看着朋友们太过在意我、关照我，我也心里不舒服，怕给人家添麻烦。

过年回家，我好好陪了下爸妈——我在世上最亏欠的两个人——我全身心地投入到与他们的相处中，他们没有再怨怪我，还极其周到细致地照顾呵护我。我也照顾他们，尽着平时不在身边时没尽到的孝道。那段时间甚至感觉回到了小时候我们一家三口相聚的时光，我仿佛还是个孩子。

我妈还带我去了趟教堂，走进去的时候我心里都瘆得慌，但牧师给我做了告解，我妈也给嘟嘟做了安息礼拜，我感觉我被救赎了，内心没有被折磨的感觉了。我对嘟嘟说："嘟嘟你真的就是个天使，你的来去都是被派了拯救我的，你永远活在我的心中，活在我的人生里！"

对卢昇，我从事发初期担心歉疚，到后来埋怨憎恨，再到最后释怀放开，像一种解脱。

第二十六章　从这场灾难中落落大方走出，就完成了从"洗劫"到"洗礼"

　　初三上班后，我也听见了一些流言，难听的、不难听的都有。

　　想想也是，在这么一个一传十、十传百的小城市，他姑姑在医院大喊大叫"你这个有钱人，离我们穷人远一点""你还跟他有孩子，你配不配"……大概是能激发出人的很多想象的。当时最令我不解的是，我家在当下中国的经济水平层面看，顶多不过一个小康中产阶层，怎么就成了他们眼里的有钱人了，是我没有见过世面吗？

　　本来觉得，人家爱怎么泼脏水就怎么泼脏水，人家自己都不要名声不做人，那还说什么"一别两宽，各生欢喜"这样文艺优雅的道理，人家也不懂。但我觉得，我不能把他们反咬说"包养他""我年纪大了赖着他"的罪名默默坐实成全他们。我让他把欠我的三万块钱还给我，转账就可以；告诉他，原来在他们看来，爱情和金钱是可以靠上关系的，他们真是给我上了好大一课，教会了我一个天大的、我从未知晓的道理。

　　我也告知了他，我在把我们的这段经历写成书，免得人家觉得事关自己，却没有知情权。他们喜欢当名人，可我不喜欢，所以人名地名均用了化名。我让他和家人不要再到处胡说乱讲，否则我只能运用法律维权。

　　好在我们生活在一个信息时代，所有的记录都可查：微信消息，或者其他任何一个App的内容，在前台删除，但后台依然完整；讲电话能录音；发生在车上的，不管画面还是声音，都有车载记录仪，对，就是他买了安装给我的那个；在家里的，他一直说的那个不会被我发现的监控摄像头我还没有找到，找到了就更好了。这不是一个轻易就能信口雌黄、造谣是非的时代了。

他给我扯，说他的手已经废了，弯不了，提不了重物，还会发抖，他是在苟活。可他为我着想，他的手吊了一个月，人家问他他都说是他骑摩托摔的。我说首先，他爱怎么说怎么做，他怎么了，我都不关心，也无感；其次，他爱继续怎么演，想怎么戏如人生，那是他的事，跟我没有关系。

后来，他又说他不想活了，是真的想死，我让他不用再来吓唬我、绑架我了，我不在乎。他说不是吓唬我也不是绑架我，是他真实的想法，那晚过后，他一直在这么想，只是家里的人有所发觉，看着他，他没有机会，他走不出来，他放不下，他真的想结束了。

我心里笑话，到最后他都依然是以戏傍身啊。一个真正想轻生的人，会到处嚷嚷他要死了吗？会有人盯到无数个 24 小时里都没有机会和方法自寻短见吗？呵呵，不过又是以惯用的伎俩和戏码博取人的同情怜悯罢了！他演不够，我已经看够了；他的这些圈套，再傻的人怕也不会再上当了！

这种无赖，我不敢再回他，我把信息转发给我爸妈看，我妈说他怎么样，是死是我，都让我不要管；我爸担心他变态到会把我怎么样，甚至问我是否需要请保镖。我也讲给了季静，季静担心我的人身安全，还让我每天跟她联系。我说我会注意的，我心里甚至都做了最坏的打算，如果他真的会把我怎么样，那就是命，大概我上辈子真的欠了他什么特别不该欠的了，这就是自己眼瞎而该付出的代价。

钱他还给我了，说得各种惨，刚开始说容他凑凑，今年内还，我说不行，我不想因为钱跟他有联系和纠缠。他分了两次还，说借不到，说我估计这辈子都不会知道借钱的滋味。我说，平时怎么就不知道少花点、节约点呢；三万块钱都借不到，平时怎么做人的。

我让他把以前我们俩的那些东西都丢了，人家拍来照片，都放在一个透明的袋子里，说是全部，可一数其实都不足五分之一，里边还混入一些滥竽充数的。唉，到最后嘴里都没有一句实话，还是原形毕露，贪财啊。

1 月 2 日开始写这个故事的时候，我甚至都还觉得我们应该是真爱的。可智商是个好东西，回顾一遍，到最后基本可以确认——他不过只是为了钱，而一步步经营算计而已。所以最后我跟他说,好在我和我家都还没有被他骗走什么,哪怕我家底殷实,可那也是我爸妈一分一分赚来并攒了一辈子的血汗钱。我让他转告他媳妇我对她的感激,谢谢她最后提醒和告知了我这个真相。我都想问他怎么不找个更老更有钱的富婆骗,而不是我们这种所谓的"富二代"。但我已经懂了,他的一些玩笑其实是他的真心话——那是他的下一个目标。

后来,因新型冠状病毒感染而造成的肺炎疫情肆虐,我们单位作为相关部门也投入到了紧张繁忙的抗疫工作中。每天早出晚归,我很充实,没有多少空余的时间。

林臻在知道了我的事情后,联系我、找我、关心我,也表达了他的心意。但我想,我现在还不想、不愿、不会考虑,也接受不了一段新的恋情。

就像和闺蜜玩笑时说的,"十几年后又第一次过上了单身的生活,好享受这个空窗期"一样,我现在居然有着这么多年来前所未有的安然、轻松、宁静。不用再花时间担心怎么应对父母、怎么保护孩子、怎么在对方的立场上想问题,我现在连看书时间都多了一倍。

我对林臻说,我甚至都想就这样一个人到老。我感激他这份难得的情意和关心。但这段不堪的情感经历真的把我抽空了,像术后康复一样,我得缓缓。就算我未来还会再踏入爱情和婚姻,不管谁会是我的下一个约定,都得等我彻底重新整理好自己,这个时间可能会长一点,甚至会很漫长、很漫长。

现在是 2020 年 2 月 12 日。本以为只会是个两万字左右的故事,却记录了十八万字。也是啊,原来真的一起经历了那么多。四年半,五年,人生若只活六十岁,也是十二分之一了呀,能短吗?

上班之外的空闲时间我写写记记,难免又得去翻看以前的那些东西,去回忆,越是历历在目、声声言犹在耳,我就越觉得不是滋味。我中途好几次想放弃,尤其写到最后一年、最后那些阶段的时候,我记录不下去,一再搁置。

　　但最终，我还是把这段所谓的"从意外，到好感，到喜欢，到爱，到深爱，到至爱，到不爱"的过程都记了下来。因为我有时候会想忘记这段过往，按照人类创伤失忆机制，我应该也终将有一日会把它遗忘。所以，就让它留在字迹里吧，从此永不提及。我也不会像写其他文章一样，写完会从头去修改一遍，因为真实无法修改，而且我也不想再面对一次了，哪怕我知道其中肯定会有一些语法、标点等低级的错误，我也不会再折回去改了，就这样了。还望读到此书的所有人，都海涵宽谅！

　　希望这段真实无虚构、非文艺创作的故事，真的能具有一点点意义，能告诉那些痴缠在错误爱情里的人——一旦发现错误的苗头，当断则断，决然抽身而去，不要因为所谓的同情心、念旧情而左顾右盼、思前想后，在感情里被裹挟往前；也远离有人格障碍的对象，否则等待你的结局有可能是个被胁迫、无法摆脱的泥潭；有些你以为是"爱"的，其实未必。就算你是个太阳，也照不亮阴沟里的灵魂！

　　之前我担心有一天在街上偶遇到，心里会不会波澜，毕竟有时候就连经过一个街口、看到一个店铺、听到一首歌曲，都也会不由自主湿了眼眶。但后来一天，真遇到了，我开着车，他走着路，就在单位下面的红绿灯路口，远远地，戴着口罩，只能看到眼睛。但瞟到的那一眼，却并无忐忑。

　　是谁说的，"爱情，不分对错，没有输赢，它就是一场经历，让你失去你想象不到的，也让你得到你想象不到的，终究和局。"人生没有一步白走的路，没有一场白白的经历，他们都只是在教我们变得更好。希望我们都好！

　　疫情期，生命至上，在"活着"这个主题的面前，一切都显得微不足道，更不好意思用这么个烂俗的错爱故事或者说是以爱之名的骗局去叨扰社会和人群。只是，经历了这场劫数和洗礼，我更觉生命的可贵，更感恩生命、赞颂人生，也更敢于直面错误、汲取教训。毕竟，成年人敢于承认一切言行，也能为一切行为买单，该为自己的行为承担后果，付出代价！

这几天哪怕只是呼吸着空气、吹着微风、晒着太阳，都觉奢侈可贵，沁心怡脾，心情缤纷灿烂。我答应了朋友等疫情过去，去兜风、去旅游……去启程重新开始、去出发继续欢笑……

希望一切向好，只计去途的安稳，不记来路的沟壑！